東京ブラックアウト

若杉 冽 *Wakasugi Retsu*

講談社

過去に目を閉ざす者は、現在に対しても盲目となる（リヒャルト・フォン・ワイツゼッカー）

プロローグ

毎日新聞（二〇一一年一二月二四日・夕刊一面）

「東日本大震災：福島第一原発事故　最悪『一七〇キロ圏強制移住』　原子力委員長、前首相に三月試算」

東京電力福島第一原発事故から二週間後の三月二五日、菅直人《かんなおと》前首相の指示で、近藤駿介《こんどうしゅんすけ》内閣府原子力委員長が「最悪シナリオ」を作成し、菅氏に提出していたことが複数の関係者への取材でわかった。さらなる水素爆発や使用済み核燃料プールの燃料溶融が起きた場合、原発から半径一七〇キロ圏内が旧ソ連チェルノブイリ原発事故（一九八六年）の強制移住地域の汚染レベルになると試算していた。

近藤氏が作成したのはＡ４判約二〇ページ。第一原発は、全電源喪失で冷却機能が失われ、一、三、四号機で相次いで水素爆発が起き、二号機も炉心溶融で放射性物質が放出されていた。

当時、冷却作業は外部からの注水に頼り、特に懸念されたのが一五三五本（原子炉二基分相当）の燃料を保管する四号機の使用済み核燃料プールだった。

最悪シナリオは、一〜三号機のいずれかでさらに水素爆発が起き原発内の放射線量が上昇。余震も続いて冷却作業が長期間できなくなり、四号機プールの核燃料が全て溶融したと仮定した。原発から半径一七〇キロ圏内で、土壌中の放射性セシウムが一平方メートルあたり一四八万ベクレル以上というチェルノブイリ事故の強制移住基準に達すると試算。東京都のほぼ全域や横浜市まで含めた同二五〇キロの範囲が、避難が必要な程度に汚染されると推定した。

近藤氏は「最悪事態を想定したことで、冷却機能の多重化などの対策につながったと聞いている」と話した。菅氏は九月、毎日新聞の取材に「放射性物質が放出される事態に手をこまねいていれば、（原発から）一〇〇キロ、二〇〇キロ、三〇〇キロの範囲から全部（住民が）出なければならなくなる」と述べており、近藤氏のシナリオも根拠となったとみられる。

読売新聞（二〇一四年九月一二日・朝刊一三面）

「原発事故調書の要旨」

細野《ほその》豪志《ごうし》首相補佐官「恐れたのは公表することでこのシナリオが現実になること。自主移転容認区域が二五〇キロまで含むと書かれ、これは東京を含む。（中略）東京からの避難が優先されれば福島の事故対応がおろそかになり、四号機のプールが露出することになると考えた。それは絶対にしてはならないので、この情報を見たときは非常に迷ったが、出すべきではないと考えた」

＊＊＊＊＊

年の瀬は典型的な冬型の気圧配置となった。シベリアから張り出した低気圧が日本海上空を通過する際に異常に発達し、「爆弾低気圧」となった。急激な天候の変化が、日本列島を襲った。

この低気圧は、強風とともに、日本海側の山沿いに五メートル超もの積雪をもたらした。沿海部でも積雪は五〇センチメートルを超えていた。

新崎《にいざき》原子力発電所の高台にある非常用電源車の車庫棟の入口も五〇センチメートルの積雪で埋まり、大晦日《おおみそか》の夕刻からの厳しい冷え込みで表面が硬化していた。

「関東地方で大規模な停電が発生、原因は調査中」――このテロップがＮＨＫの「ゆく年くる年」の放送中に流れたのは、新年を迎える数分前だった。

停電が起きたのは関東地方の五〇万世帯……しかし停電を食らった世帯ではテレビでテロップを確認することもできず、不意の停電に不吉《ふきつ》な予感を覚えはしたが、多くの人はそのまま床についた……。

翌、元日の早朝六時から、官房長官の緊急記者会見が官邸で行われた。

「昨夜一二時前、関東電力の高圧送電線の鉄塔が倒壊する事故があり、新崎原発が緊急停止いたしました。現在、原子炉を非常用電源で冷却中であります。周辺住民の方々は、冷静に対応願います。この事態によりまして、関東電力の供給区域内で、現在、五〇万世帯に停電が起きておりますが、順次復旧する見込みであります」

緊張した面持ちで官房長官がこう述べた。

新崎原発では、午前七時の段階で、原子炉を冷却中のバッテリー電源の残量がほとんどなくなりかけていた。そのため、非常用のディーゼル発電機を始動させようと、現場の当直の作業員が努力していた。

前日夕方からの冷え込みは非常に厳しく、気温は、氷点下九・五度に達していた。キンキンに冷え込んでいるためか、ディーゼル・エンジンがかからない。

午前七時半にバッテリー電源が切れたあと、原子炉の圧は急速に上昇し始めた。それに比例して、俄然《がぜん》、中央制御室の緊張が、ぐんぐんと上り詰めていった。

テレビ会議システムでつながる関東電力本店や官邸のオペレーションルームも緊迫してきた。

所長代理が外部電源車の出動を命じ、所員が原子炉のある海岸線から少し離れた高台の車庫棟に向かおうとするが、そこに行く道は五〇センチメートル以上の深い積雪に覆われていた。吹雪も強まっていた。

「外部電源車、出動できません！」

そう、所員が報告する……海抜四〇メートルの高台にある車庫棟へ歩いて近づこうとしても、積雪が、夜からの冷え込みで、カチンカチンに凍結している。アイゼンもピッケルもない状況で、吹雪のなか車庫棟に登っていくのは至難の業《わざ》だった。

免震重要棟の緊急時対策室の所長代理が、

「除雪車を呼べ、すぐにだ！」

と、必死の形相《ぎょうそう》で施設課長に指示する。

「原子力災害対策特別措置法に基づく一五条通報です。原子力緊急事態です！」

所長の留守を預かる所長代理が、官邸のオペレーションルームに報告した……。

官邸のオペレーションルームから、資源エネルギー庁次長の日村直史《ひむらなおふみ》がそっと抜け出してきた。オペレーションルーム内部の喧騒《けんそう》が嘘のように、廊下は静かだった。

そのまま側《そば》のトイレに駆け込む。個室の鍵《かぎ》を閉め、慌てて携帯を取り出す……妻への電話だった。

経産省から公用携帯として提供されているNTTドコモの災害時優先携帯電話——通常の携帯は災害時には大抵《たいてい》不通になるが、災害時優先携帯電話は、災害対応のためという名目で、常時つながるようになっている。

そしてこれは、政府関係者と、電力、ガス、鉄道といったライフラインを提供する事業者にだけ供給されているが、私用で使うこともできる。一種の役得といっていい。

「玲子《れいこ》！　いますぐ芳樹《よしき》を叩き起こして、着の身着のままでいいから、車で羽田か成田に向かえっ」

「……新崎原発の事故のせい？」

玲子にはフクシマの悪夢が頭をよぎった。そして実際、フクシマ原発事故に際しては、多くの経産官僚はもちろん、実は当時の経済産業大臣たる江田川《えだがわ》も、家族をシンガポールに逃がしていた。このとき即座にチケットをおさえて江田川家に届けたのは、税金で給料が賄《まかな》われている、江田川の公設秘書であった。

あのときも玲子は、小学生の芳樹とともに、いち早く岡山の実家に避難していた。

「どこでもいい、国内はみな危なくなるかもしれない。外国行きの航空券を、空港カウンターで正価でもいいから、すぐ買うんだ。必要なものは外国でもカードで買える。ロサンゼルスでもケアンズでもいい、急げ！」

――官房長官記者会見が三〇分後の午前九時に開かれる。そうしたら、羽田も成田も大混雑になるだろう。少しでも早く動いたほうがいい。

「……でも、東京から二〇〇キロ以上離れた場所じゃない。なんで、そんなに急ぐ必要があるの？　あなたも知っているとおり、明日は芳樹の、新年ピアノ発表会なのよ……芳樹が、あんなに頑張って練習したのに……」

玲子はどこか他人事《ひとごと》だ。口調も至って冷静である。それで日村は激情に駆られた。

「バ、バカ野郎！　おまえは知っているのか？　かつて新潟県の泉田《いずみだ》知事が、たった四〇〇人を対象に避難訓練をしただけでも、その地域には大渋滞が起こったんだぞ！

覚えているか、三・一一の夜を？　俺たちの目白の家の近くでも大渋滞が起こっただろう？　深夜一時にお前と一緒に見て回ったら、目白通りでも新目白通りでも、そして早稲田通りでも、ピクリとも車が動いていなかった……三〇〇キロ以上も離れた場所で起こった震災で、東京の交通は完全に麻痺したんだぞっ。しかも今度は放射性物質が飛んで来る！

このあと数時間で、東京の都市機能は失われるっ。いいか、これは命令だ……いや、土下座して頼むっ、おまえと芳樹だけは、何とか生き残ってほしいんだ。原発再稼働が殺すのは、実は大都市の住民なんだ！」

玲子は絶句した。いつも冷静でクールな夫が、一五年の結婚生活で初めて見せる取り乱しぶりだったからだ。

「……わ、わかったわ。私のお友だちの旦那《だんな》さんがＪＡＬの常務さんだから、すぐに相談して、たぶんアメリカ西海岸へのチケットをおさえるわ……でも、あなたも必ずそこに来てね、芳樹と私だけにしないで！」

最後は玲子も声を張り上げていた。涙声だった。しかし日村は、その涙で自分の意図が完全に伝わったことを悟り、ほっとする自分に気づいていた。

……これで日村には心の余裕が生まれた。続いて前経済産業大臣、小口陽子《おぐちようこ》の秘書にも電話を入れた。

小口前大臣には小学校一年生と四歳の男の子がいる。しかし、大臣を辞任したあとは原発事故の機密情報は入らない。だから小口前大臣も、この機転のよさには必ず恩義を感じてくれるはずだ。

なにせ、小口陽子はスキャンダルで失脚したとはいえ、禊《みそぎ》を終えれば、確実に五年後には、女性初の総理候補となるはずなのだ……。


ちょうど同じころ、二子玉川《ふたこたまがわ》にある高級幹部用の公務員宿舎では、窓という窓のカーテンがすべて閉められていた。

駐車場の自動車は一台もなくなり、自転車置き場の自転車もほとんどなくなっている。慌てていなくなったのか、三輪車や子ども用の自転車だけがその場に転がっている。

多摩川沿いを、いつものように犬の散歩に出ていた元大蔵省主税局長の吉岡重雄《よしおかしげお》（七五歳）は訝《いぶか》しく思う。

「……いったい何が起こっているんだ。公務員宿舎がもぬけの殻《から》じゃないか。昨夜は灯《あか》りが点《とも》っておったが、まさか全員が、新年の朝、一斉に田舎に帰省しているわけではあるまいし……」

悪い胸騒ぎがした。

東京ブラックアウト◉目次

【主な登場人物】

内閣府原子力災害対策担当室副室長
（兼）原子力規制庁原子力防災課長　守下靖（経産省）
原子力規制庁原子力防災課係長　東田達也（経産省）
内閣府原子力災害対策担当室室長
（兼）原子力規制庁放射線防護対策部長　黒城実（警察庁）
原子力規制庁長官　井桁勝彦（警察庁）
原子力規制庁総務課付（起訴休職中・元課長補佐）　西岡進（経産省）
経済産業省資源エネルギー庁次長　日村直史
経済産業省資源エネルギー庁原子力政策課長　畑山陽一郎
日本電力連盟常務理事　小島巌（関東電力）
総理大臣　加部信造
成長戦略担当大臣　赤沢浩一
経済産業大臣　寺沢洋二
元総理大臣　大泉総一郎
前新崎県知事　伊豆田清彦
保守党　聖和会会長　松村修孝

保守党　電力供給安定化議員連盟会長　臼田浩之
改新の党代表　越本透
衆議院議長　小吹善明
参議院議員・元俳優　山下次郎

東京ブラックアウト

第1章

避難計画の罠

毎日新聞（二〇一四年五月三一日・西部朝刊）

「現場発：鹿児島県避難試算　川内原発事故、バスで一〇時間移動　高齢者、不安の声『耐えられるか疑問』」

鹿児島県が二九日に公表した九州電力川内原発（同県薩摩川内市）の避難シミュレーションは、複合災害による避難ルートの途絶や支援が必要な高齢者らへの対応などがほとんど考慮されておらず、識者からも「楽観的なシナリオ」と指摘された。川内原発を巡っては再稼働に向けた原子力規制委員会の優先審査が進んでいる。一方で周辺には過疎と高齢化が進む集落も多く、住民からは不安の声が上がっている。

川内原発から五キロ圏の予防防護措置区域（ＰＡＺ）内にある薩摩川内市寄田地区は、海に面した山間部に集落が点在する過疎地域だ。地区の住民登録数は四月一日現在、二〇五世帯三二九で、六五歳以上の高齢化率が約五八％。市の避難計画では、住民たちは直線で約四〇キロ離れた鹿児島市内の公共施設に避難することになっている。

シミュレーションは自家用車での避難が前提だが、長距離の運転が難しい高齢者にとっては非現実的だ。市の調査では地区の約一〇〇人がバスでの避難を希望している。だが山間部の道路は狭く、大型バスが通行するのは難しい。バスに乗るにはいったん集会施設に集まる必要もある。他方で地区内にある自治会の一つは昨年春、高齢化で役員になる住民がおらず解散した。避難の際に、避難者の確認などをする世話人すらいない状態だ。

シミュレーションは、避難指示から二時間で全員が避難を開始すると想定した。県原子力安全対策課は「要援護者やＰＡＺ内の住民は優先的に避難させるので、スムーズにいく」と主張するが、住民組織「寄田地区コミュニティ協議会」会長の川畑文男さん（六九）は「高齢者が多いのに集落は広範囲に離れている。避難開始までの準備に相当時間がかかるのでは」と危惧する。

風向きなど状況によって二ルート設けられている避難経路上にも不安要素が多い。地区から約一二キロ離れたいちき串木野市中心部までは、県道四三号を南下して山間部や沿岸部を通るルートだが、土砂災害警戒区域がいたるところにある。しかもルート周辺には政府の地震調査研究推進本部がマグニチュード七・二程度の地震発生の可能性を指摘する断層帯もあり、避難どころか孤立する恐れさえある。

この区間を抜けたとしても、いちき串木野市の人口密集地が待っている。シミュレーションは、基本的に五キロ圏の住民が避難した後に五〜三〇キロの住民に避難指示が出されると想定し、「最も標準的なパターン」で、五キロ圏内の住民が三〇キロ圏外に出るまで一〇時間一五分かかると試算した。だが、川畑さんは「事故のニュースがあれば、みんな一斉に逃げるのではないか」と話し、渋滞でさらに時間が延びることを懸念する。

支援が必要な高齢者らを抱える施設にとって問題はより深刻だ。寄田地区の隣接地区にある高齢者福祉施設「わかまつ園」のグループホームには八三～九七歳の認知症高齢者が九人いる。管理者の折田喜美子さんは「仮にシミュレーション通りにいっても、長時間の移動を耐えられるだろうか。認知症の人たちはバスに長時間いると強迫観念にとらわれることもある」と言う。

今回のシミュレーションについて、薩摩川内市の川内原発建設反対連絡協議会長、鳥原良子さん（六五）は「避難先までどれだけかかるかも分からない。県は市民を安全に避難させるという意識に欠けている」と批判した。

■ことば

◆川内原発の避難シミュレーション

◇完了まで最長二八時間

自家用車で逃げるのを前提に、原発から三〇キロ圏内の住民の九〇％が三〇キロ圏外に出た時点で「避難完了」と定義した。一台当たりの乗車人数を変えるなどして一三パターンの避難時間を試算。最短で九時間一五分、最長二八時間四五分という結果になった。

＊＊＊＊＊

（Ⅰ）


暑い夏だった。

とりわけ金曜の夕方は、脱原発をアピールするデモ隊の騒音が、蟬《せみ》のあらんかぎりの鳴き声と競うほどに騒々しく、蒸し暑さをさらに掻き立てる。

「よりによって、何でこんなタイミングで打合せなんだよ！　ペッ」

仙石《せんごく》坂を下り、ＪＴビルの脇から内閣府本府ビルに向かう上り坂の途中のタクシーの車内から、原子力規制庁原子力防災課長の守下靖《もりしたやすし》は唾《つば》を外に吐いた。

「……金曜日の午後六時といえば、脱原発の御一行様のお出ましだぜ。内閣官房も何を考えてんだかよう」

もうフクシマの事故から三年以上も経っている。しかし、沿道の両脇には、脱原発デモの面々が埋め尽くしていた。

「原、発、ヤメ、ロー♪」

「仙《せん》、内《だい》、止め、ろー!!」

「再、稼働、ハン、タイ♪」

「子ど、もを、守、れ!!」

「イノ、チを、守、れ♪」

笛、太鼓、銅鑼《どら》のリズムに合わせて、四節に区切られた台詞《せりふ》がスピーカーを通じて次々と夕方の空にこだまする。

デモの参加者は、守下の両親と同じか少し若いくらいの現役の一線を退いたシニア世代と、おそらくうまく社会で組織の一員になれなかった二〇代や三〇代のニートの若者で構成されている。

所詮《しょせん》、自分とは違う属性の人種なのだ。日本社会で、所属する居場所がない面々が、日頃の憂《う》さを晴らす格好の場所を脱原発デモは提供している。こういうデモを許容することも、これはこれで不満分子のガス抜きとなり、社会政策としての意義がある。守下はそう現実を正当化する。

脱原発デモは、今日の関係省庁打合せを招集した内閣官房の副長官補室の面々にとって、もう当たり前すぎる毎週金曜日の定例行事になってしまっているのだろう。

そもそも、官邸前に位置する内閣府本府ビル前の歩道では、ほぼ毎晩といってもいいほど、デモが行われる。特定秘密保護法反対、オスプレイ反対、TPP反対、脱貧困、集団的自衛権反対など、毎晩テーマは異なれども、騒音の程度は同じだ。いちいちその中身に耳を傾けて真面目《まじめ》に考えていたら、体がもたない。不感症になるのもやむを得ない。

しかし、経産省から原子力規制庁原子力防災課に出向している守下の耳には、否《いや》が応《おう》でもその声が飛び込んでくる。守下がやらざるを得ない仕事の方向と百八十度反対の方向から、胸に突き刺さってくる台詞だから……。

守下は、地元でトップの名門公立高校の理数科コースに在籍中に生徒会長を務め、現役で東京大学理科一類に進んだ。父親は地元の国立大学卒の県庁職員、母親は専業主婦という典型的な田舎のエリート家庭に育った。

出身の県立高校では、勉強ができる生徒は全員理数科コースに自動的に入れられ、数Ⅲや物理・化学が必修とされた。限られた優秀な教員はみな理系科目にシフトし、勉強ができる生徒には事実上、理系しか選択肢が与えられなかった。

理数科コースでは、地元国立大学の医学部への進学がお約束のパターンだったが、守下は東京での生活と松田聖子《まつだせいこ》に憧《あこが》れていた。

「卒業して東京に出れば、松田聖子に会える」――そう信じていた純朴な高校生が、守下だった。

しかし、地元を離れ上京することを両親に納得させるためには、天下の東京大学に合格することしか選択肢はない。ただ、その欲望に引きずられた努力のおかげで、無事、守下は東京大学理科一類に現役で合格した。

東京大学に入学して、守下はすぐ最初の間違いに気が付いた。東京は守下の田舎とは異なり、広大な都市……そこで生活しても、松田聖子と顔を合わせるチャンスはない、ということがわかったのだ。

次に守下が間違いに気付いたのは、自分の適性と進路との不一致だった。田舎では、勉強のできる学生はほぼ必ず自動的に理系に進学する。しかし、東京大学では、理系には科学技術や数学に関心のある学生が進み、文系には人間や社会のメカニズムに関心のある学生が進んでいるのだった。

高校で生徒会長を務め、松田聖子に憧れた守下の適性は、どう考えても文系だった。一～二年の教養学部から三～四年の工学部に移るころ、東大の学生も漠然と就職先のことを考え始める。守下にとっては、大学院に進学し、理系の研究室で実験データとにらめっこしながら底意地の悪い大学教員の僕《しもべ》となって何日も徹夜するとか、大企業の研究所に就職し地味に研究開発に勤《いそ》しむ、そんな自分の姿は想像できなかった。

そういうなかで、国家公務員上級職採用試験という道があると、英会話サークル「ＥＳＳ」の同級生、西岡進《にしおかすすむ》から教えてもらった。

西岡は、筑波大学附属駒場高校という名門校出身の東京っ子だ。法学部から、司法試験と公務員試験の両方を目指していた。公務員になるなら力のある大蔵省（当時）か通産省（当時）がいいと熱心に守下に語っていた。

父親の様子から、公務員は陰鬱《いんうつ》でつまらない仕事というイメージを持っていた守下ではあったが、西岡の話を聞いて、国家公務員上級職というのは別格だと父親が語っていたのを思い出した。

「今度ワシよりも一〇歳以上若い奴《やつ》が国から副知事に来たわ。さすが国家公務員上級のエリートは出世が早い。そりゃ仕事はできるわ……けど、人間性はどうかな」

と、自治省から四〇代前半の若さで出向してきた副知事を、家族で夕飯の食卓を囲んでいるときに評していたのである。

人間と社会のメカニズムに関心のある守下にすれば、国家公務員上級職試験を受けることは、退屈な理系のレールから軌道修正する絶好のチャンスだった。そこで国家公務員上級職試験を工学の区分で受験し、見事合格したのだ。

ところで、工学部の先輩で国家公務員上級職試験に合格する者の多くは、建設省に進んでいた。しかし守下にとって、建設省で道路やダムの工事を発注するのは、ゼネコンに行ってそれを受注し下請けに再発注することと同じくらい退屈そうなことだった。

人間と社会のメカニズムに関心のある守下にしてみれば、

「俺たちと一緒に日本を変えよう。通産省に入れば、何でもできる。松田聖子にも会える。可能性は無限大だ！」

と、軽妙なノリで調子よくリクルートする通産省の採用担当者に心が惹《ひ》かれたのも無理はない。

加えて、公務員になるなら大蔵省か通産省という西岡のアドバイスも心に残っていた。その結果、西岡が司法浪人を決める一方、守下は、通産省技官の内定をもらうことができた。

しかし、通産省に入ってすぐ気が付いたのは、事務官と技官の採用区分の格差であった——。

事務官は、トップの事務次官のポストはもちろん、局長級のポストもほぼ独占しており、技官に割り当てられる幹部のポストは、わずかだった。だから目端《めはし》の利《き》く理系学生は、国家公務員上級職試験を経済職で合格し、事務官として通産省に採用されていたのだ。

一方の技官は、同じ上級職採用ということで、若いうちは事務官と同等にこき使われるが、その労働の果実は事務官に搾取《さくしゅ》される……。

守下は、経済職という事務官の試験区分で受験しなかったことを激しく後悔したが、後の祭りだった。西岡が事務官と技官の差を教えてくれなかったことに、消極的な悪意を感じさえしていたのだ。

そんな守下に残されている選択肢は、とにかく前を向いて走ること……守下は同期の誰よりもがむしゃらに働いた。みなが嫌がる労多くして成果が挙がるかどうかわからない仕事も引き受けた。大学の専門ではない原子力の仕事も喜んでやった。守下の母親はナガサキの被爆二世であり、原子力の仕事に気は進まなかったが、好き嫌いで仕事を選べる立場にはなかった。

職場での人間関係にも気を遣《つか》った。上司に嫌われないように努力することはもちろん、部下も大切にした。持ち前の優秀さと入省後の努力が実り、いつしか守下は、「技官にしておくには惜しい逸材《いつざい》」と周りにいわれるようになっていた。

そして、この夏、原子力規制庁に出向を命じられた。相変わらず、誰もがやりたくない困難な激務をあてがわれたのだが、原子力防災課長という課長ポストだった。

この夏に同期で課長の発令を受けたのは、自分と事務官のエース一名の合計二名だけ。素直にうれしかった。間違いなく同期の技官では出世頭、事務官とあわせても先頭集団を走っていることは確実であった。

その出向先の原子力規制庁には、総務課の筆頭課長補佐に西岡進が配属されていた。西岡は司法試験受験のために二年間留年し、結局、司法試験には合格せず、守下よりも一年遅れて通産省に入省していた、事務官として……。

ただ、原子力規制庁の筆頭課長補佐であれば、同期のなかでも第三集団くらいだろう。いくら西岡が事務官といえども、少なくとも、西岡のことはもう気にしなくてもいい。

「七三〇円になります」

運転手の声で守下は我に返った。

守下を乗せたタクシーが到着した内閣府本府ビルは、官邸の目の前にある古びた五階建ての建物。この建物には、内閣官房と内閣府が入居している。

霞が関広しといえども、内閣官房と内閣府の関係を正確に言い当てられる役人は少ない。

まず内閣官房は、総理官邸直轄であり、国家権力の中枢の中枢である。一方の内閣府は、名称こそ内閣官房と似て立派であるが、中央省庁再編の際に、持って行き場のなかった弱小官庁の総理府や経済企画庁を寄せ集めた組織で、最弱の組織といってもいい。

ゆえに内閣官房の役人は、内閣官房が内閣府と間違われることを極端に嫌い、内閣府の役人は、あたかも権力の中枢に近いと世間に誤解されることによって自己満足に浸《ひた》る……ともに官邸の真正面で、議員会館にも歩いて行けるという絶好の立地にありながらも、最も熱気あふれる内閣官房と権力に無縁の弱小官庁の内閣府とは、対照的なのである。

いつものように内閣府本庁ビルの冷房は、午後六時には切れていた。暑い日中、冷房の設定温度は二八度……しかし、室内温度が実際に二八度まで下がることはまずない。日中、冷房が動いているときですら二八度を下回らないままなのに、午後六時に冷房が切れると、そのままグングン、熱帯夜の外気の温度にまで、室内も近づいていく。

フクシマの事故前、世の中がまだ地球温暖化だとかクールビズだとかいっている時代はのどかだった。余裕のある範囲で、人々は省エネを語っていたものだ。そう、ファッションとしての地球温暖化対策だったのである。

しかしフクシマで事故が起きてからは、状況が一変した。人々は真剣に省エネを始めたのだ。原子力発電所が一基も動かない状態で、一年を経過しようとしていた。

すると電力会社は慌てた。当初は計画停電を実施し、「原発が動かないと電気が止まる」といって国民を脅したが、国民が真剣に省エネに取り組み電力需要が減少すると、その脅しはすぐに使えなくなった。原発が動かなくても電気が足りてしまったからだ。

次に、「原発が止まると電気代が高くなる」「日本経済にとって深刻なマイナスだ」といって国民を脅した。しかし、保守党政権に交替し、異次元の金融緩和と財政出動により、日本経済は好転していた。原発の稼働停止は、日本経済にとってマイナスなのではなく、電力会社の経営にとってマイナスなだけであることは明白だった。

国民は、足元の電気代よりも、フクシマの事故の原因を徹底的に究明し、二度と事故が起こらないようにする対策を求めていた。そして、万一事故が起きたときにも、避難が確実になされ、事故を収束させることができる態勢が整備されることを望んでいた……。

（2）

――内閣府本府ビル五階・内閣官房副長官補室。

「ですから、避難計画整備の仕事は、一体全体、設置法のどこを読んで決めるんですか？　原子力規制委員会設置法の、どこにもそんなことは書いていませんからっ」

フクシマの事故後に経済産業省から原子力規制委員会の事務局である原子力規制庁に出向となった守下原子力防災課長が、そう叫んだ。もう何回目だろうか。

官房副長官補室に各省庁から出向している内閣参事官たちの席の前には、両肘掛《ひじかけ》の布張りのソファがいくつも相対して並んでいる。そこに原発の避難計画に関係する省庁の課長が呼び集められていた。

仕切り役は、内政総括の内閣参事官、森美里《もりみさと》だ。弱小官庁の内閣府出身であるが、内閣府の女性官僚のエースであり、女性活躍推進を謳《うた》う加部《かべ》政権の下では、間違いなく将来の政権の幹部候補である。

「規制庁さんのおっしゃることはわかっていますよ。でも、規制庁さんが原子炉等規制法の審査をされる。その審査の内容について地元自治体でも説明される。事業者とも、地元自治体とも、ずっと意思疎通をはかられるわけですよね。すると、その一環で避難計画の策定の指導を行うのが最も合理的ですよね？」

そう、内閣官房副長官補室の内政総括、森参事官が声を上げる。

「自治体の面倒は、旧自治省が見るんじゃないんですか、総務省はダメなんですか？」

と守下は抵抗する。

「総務省には、放射線のことはわかりませんから、地元自治体の相談にはのれませんよ。地方交付税交付金など自治体との総合窓口はうちの仕事ですが、個別の事案は、個別の担当省庁が直接コンタクトすることに決まっているじゃないですか。いままでもそうだったでしょ？」

と、総務省の担当課長が反論する。すると、警察庁の担当課長が予防線を張った。

「警察も同じです。交通規制など、精一杯、地元警察はやらせていただきますが、全体の避難計画については、どのような放射線被害が起きて、どのような避難が適切なのかを、政府部内の放射線被害について知見がある役所が立案して初めて、私たちがその計画に基づいた対策を講じさせていただく、ということになろうかと……」

次に火の粉が降ってくるのは確実と思ったからだろう。

守下は、警察庁の担当課長に物はいわず、経産省の原子力政策課長、畑山《はたやま》陽一郎《よういちろう》のほうを向いていった。

「いいですか、規制庁には、原発を再稼働させたい、そんなモチベーションはまったくないんですよ。再稼働させたいのは経産省じゃないですか。再稼働させたい役所が汗をかくのが当たり前じゃないですかっ？」

つい数年前までは、経済産業省資源エネルギー庁の特別機関だったのが原子力安全・保安院……フクシマの事故が起きて、原子力の推進を司《つかさど》る省庁と安全規制を司る省庁が同一なのはおかしいとして、原子力安全・保安院は経産省から分離された。そして、原子力規制委員会とその事務局である原子力規制庁に機構改編され、環境省のもとに独立して置かれることになったのだ。

しかし、同じ釜の飯を食っていたとはいえ、ひとたび別の組織になると、それぞれの組織の利害を追求することとなる。役人の生存本能のなせる業《わざ》だ。

そして、もともと同じ組織の仲間であるがゆえに、お互いの事情をわかっている。だからこそ、痛いところが突けるのだ。それは裏を返せば、より深く傷つけ合う関係であるがゆえに、それによって痛みや苦しみが増幅し、近親憎悪《ぞうお》的な感情が高まることにもなる。

「バカをいわんでください！　原発推進の経産省が避難計画の音頭をとるなんて、世間からどういう風に見られるか、わかってるんですか？

どうせ避難計画なんて、完璧《かんぺき》なものはできるわけがないんです。完璧じゃないものをどうにか住民との関係で、これでＯＫと取り繕《つくろ》う仕事なんです。それを経産省がやったら、安全神話の二の舞っていわれて、テレビの報道番組で報道され、ネットはすぐ炎上ですよ。

でも、原発は再稼働させなくちゃいけない。国家としてそういう判断をしている以上は、一番もっともらしい、推進から離れた部局が担当しなくちゃいかんでしょう」

と、畑山が開き直る。

畑山は、守下から見たら、経産省で二年上の事務官の先輩に当たる。原子力政策課長は原子力利権を守ることが仕事の、いわば汚れ役であるが、この汚れ役を務めきった者には、次官コースの切符が渡される。汚れ役をしっかり勤め上げれば、出世という褒美《ほうび》が与えられるのだ。

もともとは経産省という名の同じトカゲ……尻尾《しっぽ》として切り捨てられた規制庁が、トカゲの胴体に勝てるはずはないのである、トカゲの意思として切り捨てたのだから——畑山経産省原子力政策課長と守下原子力規制庁原子力防災課長は、そういう関係であった。

「しかし規制庁が、所詮、完璧にはなり得ない避難計画にOKとお墨付きを与えるってのは、何を根拠に判断するんですか？　規制庁が原発再稼働の片棒を担いでる、って批判を、それはそれで受けますよ」

そう守下は反発する。

この時点で、もう畑山に対してというよりも、内政総括の内閣参事官、森美里を始めとするその場の全員に対する、やり場のない憤《いきどお》りであった。

「お墨付きを与えるわけではありません。地元自治体の方々が、いざというときの避難にも納得して再稼働に同意ができるように、自治体の避難計画づくりのお手伝いをする、ってことなんですよ。法律に基づく審査業務というわけでなく、事実上の行政指導……規制庁さんが法律に基づかない事実上の行政指導ができないという理由もないでしょう」

こう、やんわり、畑山が追い詰める。

――こうした議論はこれまでも場を変えて続けられてきた。しかし、いつも今回と同じように堂々巡《どうどうめぐ》りであった。

ただでさえも冷気が途絶えた内閣府本府ビルの蒸し暑さに、議論の熱気が加わって、議論に熱中していない者には居《い》た堪《たま》れないほどであった。気が付くと、守下の白いシャツにはじっとりと汗が張り付き、額に汗が浮き上がる。

「どこの役所にも落とせない政策課題は、本当は内閣官房の仕事なんですよね？」

と守下が虚《うつ》ろな表情で、森内閣参事官の顔色を窺《うかが》う。

「たしか、中国に遺棄した化学兵器の処理の事務は、内閣官房でされていましたよね。遺棄化学兵器処理担当室で……」

遺棄化学兵器処理対策とは、第二次世界大戦の際に、旧大日本帝国陸軍関東軍化学部が中国大陸に遺棄した化学兵器を、日中国交回復後に、日本政府の責任で処理することとした案件である。

遺棄化学兵器の処理能力はあるが、戦前の陸軍との連続性を否定する防衛庁（当時）、外交問題とはいえ実務は担当できないと言い張る外務省、旧日本軍の人事関係資料を保管整理してはいるが処理責任まで負うことはできないとする厚生省（当時）……最後まで省庁間の押し付け合いの調整がつかずに、内閣官房が直接抱えた仕事の例である。

「あれは、戦前の旧日本陸軍の後始末の話ですからね」

と、森内閣参事官はあっさりと否定した。

「内閣官房は無理でも、内閣府で引き取っていただく、というのはないんでしょうか。内閣府は原子力委員会も所管されているわけですから、原子力の推進に関わることは内閣府で……」

守下は執拗に食い下がる。

「内閣府は、雑多な案件のおもちゃ箱とでもいいたいんですか？　なんでもかんでも内閣府にやってくださいと、そんな無責任なことはいえませんよ」

森内閣参事官は上手にかわす。内閣府出身の森が、この仕事を無条件で内閣府に落とすことは考えられない。

「いずれにせよ、各省庁のお考えはよくわかりました」

森は一同の顔を見回し、一息置いた。

内閣府本府ビルの外での抗議デモの喚声がより大きくなったように感じられた。参集者全員にとって、これ以上この蒸し暑い建物に居続けることは、物理的にも精神的にも厳しかった。

「上と相談して、内閣官房としての調整案を来週前半にはお示ししたいと思います」

森もその色白な頬《ほお》を上気させて、額には小さな汗を浮かべていた。その頬の上で漆黒《しっこく》の光をたたえる二重まぶたに縁取られた瞳を、守下は無遠慮に見つめ続けていた。仕事抜きで話ができたらな、そんな台詞《せりふ》が聞こえそうだった。

（3）

――総理官邸五階官房長官室。

総理官邸五階には、回廊に取り囲まれる形で、中央部に石庭がある。晴れていれば、上から磨《す》りガラスを通じて柔らかい日光が差し込む。京都・龍安寺《りょうあんじ》を彷彿《ほうふつ》とさせる、美しく落ち着いた庭だ。

しかし、ここを訪れる者はみな、これから始まる権力者との面会に気を馳《は》せ、ほどよい採光の石庭に気が付く者はいない。来客者のためというよりは、この建物に居慣れた権力者のための石庭といえた。

ここを訪れた原子力規制庁長官の井桁勝彦《いげたかつひこ》も、例外ではなかった。石庭に目をやる間もなく、頭のなかで、これから権力者の部屋で繰り広げられるであろう会話をシミュレーションしていた。

警察庁の警備局長、そして警視総監を歴任した、大柄で太目の体躯《たいく》のこの男は、本来であれば、外交に無能でも務まる中進国の大使か、全国二六万人の警察官の共済組合の理事長か、いずれにせよ名誉職ではあるが頭も労力も使わないポストに収まるはずであった。

ところがフクシマの事故により、急遽《きゅうきょ》、原子力規制庁が発足することになった。原子力規制庁の前身の原子力安全・保安院の院長ポストは経産省キャリアの指定席だったが、さすがに、事故を引き起こした原発推進省庁の経産省出身者が座るわけにはいかない。とはいえ、官僚の行動原理がわからない民間人にポストを渡すと、先々どんな混乱が起こるか知れない。

そうしたなか、棚からボタ餅《もち》のように、原子力規制庁長官のポストが警察庁に転がり込んできた。渡りに船だった。

この警察庁OBにしても、本当は、名誉はあるが頭も労力も使わないポストに甘んじていたいわけではなかった。ただ警察庁は、財務省や経産省といった経済官庁に比べて天下り先に恵まれていないだけ……本音では、まだまだ世の中のスポットライトを浴びていたいのだ。

経産省が原子力規制庁長官のポストを警察庁OBである井桁に渡したのは、フクシマ原発事故の収束に警察が汗をかいたからだ。

もちろん、警察と並んで自衛隊も汗をかいた。しかし、だからといって霞が関の序列からして、三流官庁の防衛官僚なんかに長官のポストを渡すのは、経産官僚としてはどうしても納得がいかない。

仮に防衛省にポストを渡すとすれば、実際に汗をかいた制服組ということだろうが、まさか行政実務の経験に欠ける制服組に渡すわけにもいかない。とはいえ、背広組が何か汗をかいたわけでもないので、背広組に渡すのは癪《しゃく》である。

防衛省では、長年、背広組と制服組がいがみ合ってきた。背広組は、国家公務員上級職試験を突破してはいるが、国家公務員上級職試験の成績は下から数えたほうが早い奴らだ。大学受験で失敗した私大出身の連中か、東大法学部卒だとしても大学の成績は下のクラス。そんな奴らには間違っても、原子力規制庁長官という事務次官級の処遇が約束されたポストは渡せない。

真のエリート官僚が行くのは、大蔵省、通産省、警察庁、自治省……この人気四省庁に受からなかった受験生が行く二流官庁が、建設省、運輸省、厚生省、農林水産省。その他の役所なら、民間に行ったほうがまし、という時代が長く続いた。

防衛省は長年、優秀な学生には見向きもされない三流官庁であり、一流民間企業に内定すらとれない奴らが行く役所なのだ。

原子力規制庁ができるにあたって、経産省としても事故対応での詫《わ》びを警察庁に入れ、ポストの提供という形で警察に逆に貸しをつくっておいた——これが警察庁出身の規制庁長官が誕生した所以《ゆえん》であった。そうすると、経産省からの県警本部長の出向ポストも一つぐらい増えるかもしれない、という期待もあった。

フクシマ原発の事故に際し、原子力安全・保安院長の寺坂信昭《てらさかのぶあき》が原子力技術を知らない事務官であったため、菅直人《かんなおと》総理の質問に何も答えられず、信用を失墜したのは有名な話である。にもかかわらず、新設された原子力規制庁の長官にも、霞が関のパワーバランスで、原子力技術が何もわからない警察官僚を当ててしまうというのは、皮肉な結果だった。

井桁規制庁長官は、権力者から万が一にも原子力技術に関する質問が出たら恥をかくということで、前日、想定問答の束を事務方に準備させ、夜通し勉強していた。豪快な見た目とは裏腹に、繊細で傷つきやすい神経は、他の多くの標準的な官僚と変わるところがなかった。

「お待たせしました、どうぞ」

と官房長官秘書官が、待合室のソファにいた井桁規制庁長官に声をかけた。

今回、井桁規制庁長官を呼び出したのは、官房長官であった。

役人のあいだの揉《も》めごとは、役人出身の、事務の官房副長官が仕切る。政治家である政務の官房副長官、官房長官、総理には、口を出させない。そんな不文律が、かつて官僚の世界にはあった。

しかし、先の保守党政権の末期に、旧内務官僚ではない財務官僚OBの政治任用が行われたり、民自党政権の際に政務の官房副長官による仕切りが多用されたりして、「次官のなかの次官」といわれた事務の官房副長官の威厳は、官界のなかでも著しく低下していた。

代わりに実権を握ったのは、政務の官房副長官、そして保守党政権に復帰してからは、官僚の操縦術に長《た》けた官房長官であった。

「有無をいわさず、一発で決める」

そういう官邸の気合が、呼び出し先から伝わってくる。

事務の官房副長官が相手であれば、井桁としても、形式的には官邸の調整結果を持ち帰って、さらに大臣に上げて、政治レベルで抵抗を試みることは可能である。しかし官房長官の決定であれば、もはや大臣が辞表を胸に総理に直談判《じかだんぱん》するしか抵抗の術《すべ》は残っていない。

原子力規制庁長官の井桁は、自分一人が呼び出されたことから、ここで言い渡されるであろう結論を既に悟っていた。まず間違いなく、避難計画策定の仕事が、原子力規制庁に押し付けられるのだろう。

さはさりながら、「安全を司る規制庁が、再稼働の片棒を担いでいる」と世の中から批判されることに対して、政府がどのように説明するのか、彼自身が得心《とくしん》する台詞を官房長官からもらいたかった。

官房長官執務室に入った。

明るいベージュ色の絨毯《じゅうたん》、その先のソファの奥に、眼光鋭い官房長官が立って、手でソファを示していた。

「どうぞ、井桁さん」

と勧められるがままに、井桁規制庁長官はソファに腰を下ろした。

「あの避難計画の仕事ですがね……」

実務家肌の官房長官は、早速、口を開く。

柔和な口調だし、目も垂れ下がったままだ。が、その三白眼の奥底には、不知火《しらぬい》のような光がちらついている。

中学卒業後、東北から集団就職で上京し、夜学で高校と大学を卒業した。政治家の私設秘書から地方議会議員を経て、国会議員に当選した。この世が理性や綺麗《きれい》ごとだけではなく、暴力やカネ、恐怖や不条理、差別や嫉妬《しっと》といった原理で動いていることを、誰よりも知っている男だ。

国会議員に初当選してから二〇年。派閥を渡り歩き、辛酸を嘗《な》め尽くして、総理に次ぐ実質的な権力者の座に上り詰めたという経歴が、オウム真理教、革マル派、中核派、指定暴力団など、数々のアウトローと業務上付き合ってきた井桁をしても、異次元の恐怖に包み込ませた。

「内閣府にやらせますよ」

と、官房長官は口元に微笑を浮かべた。

その微笑が、井桁規制庁長官の全身の筋肉を瞬時に硬直させた。予想外の発言だったからだ。

「内閣府に、原子力災害対策担当室を置くことにします」

と、官房長官は続ける。

(一体何が起こったのか?)

井桁はなるべく無表情を装い、必死に頭を巡《めぐ》らせる。

呼び出しを受けた昨夜からこの部屋に入るまで、ああいわれたらこういおうと、頭のなかで何度もシミュレーションを繰り返していた。しかし、こういうシナリオは、まさに「想定外」だった。本当に内閣府にやらせるならば、なぜ原子力規制庁長官を呼び出しているのだろうか……。

(その代わりに、何を求めているのか?)

何の見返りもなく、内閣府に困難な仕事をやらせるなどという、原子力規制庁にとって百パーセント、ハッピーな結末になるはずがない。

「ハッ、ハァー」

しかし時代劇の侍のように、井桁は頭《こうべ》を垂れた。

垂れた頭の上から、官房長官がさらに言葉を投げかけた。

「原子力規制庁さんにはね、あとは人とスペースの協力をお願いします」

内閣府に出向で人を出すとか、六本木ファーストビルの原子力規制庁のスペースを使わせるとか、さしずめ、そういう事務的なことであろう。

原子力規制庁はただでも人員不足だとか、スペース的にも余裕がないとか、いろいろいいたいことはあるが、これ以上そうした事務的な事項を官房長官に談判するべきではない。この程度で済むのであれば、御《おん》の字《じ》である。

こういう予想外の有利な顚末《てんまつ》となったのであるから、風向きが変わらないうちに、一刻も早く官邸から退散したほうがいい。

「ハッ、ハァー」

井桁は再度、頭を垂れる。

「わかりました、ありがとうございますー。人とスペースの件、承知いたしましたっ」

こういって井桁は、足早に官房長官執務室から立ち去った。

どうしてこういう仕切りになったのか、井桁自身、まだ釈然としていなかった。しかし政治との関係では、時折こういうことも起きるものだ。所詮、役人の井桁には、政治家の判断材料や行動様式は、完全にはわからないのだ。

官房長官執務室の扉が閉まるのを確認して、官房長官は、事務の官房副長官に電話を入れた。

「ああ、いま規制庁長官、帰ったから。井桁長官、承知しました、といってたよ」

受話器の向こう側で、何か早口で事務的にまくしたてる、事務の官房副長官の声がしていた。

「そうそう、承知しました、ってたから。だから、内閣府の担当室員には規制庁の幹部を併任させて。場所も規制庁で……規制庁に内閣府の看板だけ貸してやるってことで。まぁ、名前だけだからね」

と、サバサバとした満足げな表情で答える。

役人の行動原理と人事の要諦《ようてい》を知り尽くした男の貫禄勝《かんろくが》ちであった。

（4）

——六本木ファーストビル・原子力規制庁。

霞が関から歩いていくには少し距離がある仙石山《せんごくやま》の小高い丘の上に、六本木ファーストビルは聳《そび》えている。もともと江戸時代には仙石讃岐守《さぬきのかみ》の屋敷があり、戦前には永井荷風《ながいかふう》が居を構えたところでもある。

この霞が関からの距離の遠さ、そして、官庁には似つかわしくない近代的なビルの風貌が、原子力規制庁の「霞が関クラブ」での位置付けを示しているといってもいいだろう。フクシマの原発事故という想定外の出来事が生み出した、時代の仇花《あだばな》であった。

その六本木ファーストビルの四階の原子力規制庁長官室に、総務課長が飛び込んできた。その後ろには、総務課長補佐の西岡進が続いている。

「長官、内閣官房から、とんでもない話がっ！」

とんでもない話といわれるまでもなく、総務課長の顔付き、語り口、部屋に入ってくる足取りのスピードが、その話の特異さを物語っていた。

「で、何だ？」

と、井桁が促す。

「内閣府に原子力災害対策担当室を置く、とのことなんですが、うちの職員に併任をかけるといってきているんですよ。内閣府の室長には、規制庁の放射線防護対策部長、副室長は同じく原子力防災課長が併任、室員の人数は規制庁で決めてくれて結構、ただし原則、規制庁の職員の併任で賄《まかな》ってくれ、とのことです……」

「なにっ？」

「もう官房長官が、井桁長官から了解をもらっている、とのことで……執務場所も、規制庁のなかのどこかに、内閣府原子力災害対策担当室の看板を掲げてくれればいい、と」

たしかに、こういう仕切りであれば、組織としての原子力規制庁が形式的には避難計画の策定の責任は負わない、ということになる。しかし、実質は内閣府が看板を貸すだけで、原子力規制庁の職員がまるまる仕事をさせられることになる。

「長官、昨日の官房長官のところでは、どんな話になっておったんですか？」

と、総務課長が尋ねる。

井桁規制庁長官とは上司と部下の関係にあるのだから、考えようによっては不躾《ぶしつけ》な物言いである。しかし、失敗の際に、つねに自分ではなく周りに非の理由を求めるのが役人の本来的な性《さが》だ。特に、この総務課長は、総務課長補佐の西岡とともに、経産省からの出向である。もともと旧原子力安全・保安院の院長ポストを素人《しろうと》の警察官僚に譲り渡したという経緯ゆえか、何かと井桁の言動に対して、経産省の利害の観点から差し出がましく口を出してくる傾向にある。

「いゃー、たしかに、人とスペースで協力しろと官房長官はいっておったがね……」

絞り出すような声で井桁が答える。

「それにしても、ここまでとはなあ……これじゃ、うちが内閣府に協力するというより、完全に丸投げされてるなあ」

後の祭りである。官房長官は、まず相手を精神的に追い詰め、嘘《うそ》ではない範囲ギリギリの表現で追い詰められた相手の希望的観測を誘い、その相手の誤解と、この嘘ではないギリギリの表現との差異のあいだを泳いで渡る天才であった。

――政治レベルで争うとすると、原子力規制委員会の所管大臣である環境大臣に蒸し返してもらうしかない。しかもその場合は、辞表を胸に総理に直談判してもらうことになる。環境大臣は、親の七光りと知名度だけしか優れたところのない、実に凡庸《ぼんよう》な二世議員であった。度重なる失言で総理の信頼を損ねることも多い。

そして井桁規制庁長官も、環境大臣とのあいだで、それだけの無理を頼めるほどの信頼関係を構築しているとは、とてもいえなかった。

総務課長は、井桁長官と環境大臣とがそういう間合いであることをよく承知していた。

「これで進めるしか、ありませんな……」

と、総務課長は独り言のようにつぶやく。

これから、規制の審査という「矛《ほこ》」と、避難計画の充実という「盾《たて》」とを、この同じ六本木フアーストビルのなかで相闘わせなければならない。その矛盾《むじゅん》した仕事を規制庁職員に命じることの辛さを前に、二人はしばし、言葉を失った。

（５）

――六本木ファーストビル・内閣府原子力災害対策担当室。

六本木ファーストビルの原子力規制庁三階の緊急時対応センター（ＥＲＣ）の並びの一室に、内閣府原子力災害対策担当室の看板が掲げられた。看板といっても、ラミネート加工された薄っぺらい紙片といったほうが正しい。原子力規制庁原子力防災課の看板の上に、もう一枚看板が付け足されただけだ。

国の官庁の意思決定は、普通は下位の職制から上位の職制へとボトムアップで行われる。関係省庁間の事務方で十分に調整がなされた内容が、課長、局長、大臣と上がっていく。こうして事前に十分な調整がなされる結果、最終的な責任の所在は、つねに曖昧《あいまい》である。この無責任体制は、戦時中から変わらない日本の官僚制の特色だ。

大臣レベルの会議の下には局長級の会議が置かれ、さらにその下には課長級の会議が置かれる。その課長級の会議ですら、実質的な議論が行われることはまれだ。課長級の会議、局長級の会議、大臣級の会議は、すべてシナリオのあるセレモニーに過ぎない。

では、どこで実質的な調整が行われるのかというと、課長級の会議の前に、幹事役の省庁から、「合議」と呼ばれる電子メールの会議文書での協議によって、メールベースの調整が行われる。どうしてもメールベースでの調整がまとまらないときには電話、そして極めて例外的に対面での折衝《せっしょう》が行われるが、ほとんどの場合には、課長補佐クラスの調整で終わってしまう。

しかし、避難計画の策定については例外だった。官房長官の仕切りによって、事務局は内閣府原子力災害対策担当室に決まったが、その担当室のなかで、各省協議にかける原案が、なかなかまとまらないのだ。

警察庁から出向している内閣府原子力災害対策担当室長（兼）原子力規制庁放射線防護対策部長の黒城《くろき》実《みのる》が、経産省から出向している副室長（兼）原子力規制庁原子力防災課長の守下靖に、教え諭《さと》すように話しかける。

「ＰＡＺとかＵＰＺとかいったって、ひとたびメルトダウンがアナウンスされたら、ＰＡＺにいる住民だけが避難を開始して、ＵＰＺに住んでいる人はじっと自宅で待機しているなんて、そんなことは想像できんだろ？」

ＰＡＺとは予防的防護措置を準備する区域をいい、原発から概《おおむ》ね五キロ圏内を指し、ＵＰＺとは緊急時防護措置準備区域をいい、原発から概ね三〇キロの圏内を指す、避難計画上の用語である。

「ＰＡＺの住民も、ＵＰＺの住民も、みんな事故が起きたら一目散《いちもくさん》に逃げるに決まっているじゃないか。もっと現実的な想定にしないと、避難計画をつくったって、『報道ステーション』の餌《え》食《じき》になるだけだぞ」

自然と大きくなる黒城室長の声に、もっと大きな声で守下副室長が対抗する。

「そんなことといったって、どうすんですか？　満足な道もない、乗っていくバスも集まらない、そんななかで、みんなが同時に自家用車で避難を始めたら、ＰＡＺから避難するだけで三〇時間以上かかる……こんな想定だったら、それこそ住民が納得しないし、自治体だって再稼働に首を縦に振ってくれませんぜ」

守下副室長は口をとんがらせて続ける。

「とにかく、そんなの実際に事故が起こってみないと、どうなるかなんてわかんないんですから、ありあわせの条件のなかで、強引でもなんでも、一定の仮定を置いて、辻褄《つじつま》の合った絵を描いちまえばいいんですよ」

守下副室長は、さらにたたみかける。

「いいですか。総選挙と、それに続く参院選で、保守党が勝ったんですよ。民意は出たんです。いまの官邸は、多少の支持率を犠牲にしても再稼働させるってことで腹をくくっているんです。原子力規制庁は、原発は安全だとは口が裂けてもいわないにせよ、既存の原発は規制基準には適合した、っていうんですよ。

それなのに、避難計画を策定する責任を負わされた内閣府原子力災害対策担当室がまともな避難計画を策定できなかった、なんてことになったら、室長も私も首が飛びますよ」

役人がもっとも忌《い》み嫌うのは、自分に責任が被《かぶ》せられることだ。重苦しい沈黙が押し寄せた。

「……とはいったって、自治体の首長だって内心は動かしたいにしても、『報道ステーション』

を見た連中が、非現実的な避難計画だって地方議会で騒いだら、ウンとはいえないだろう」

話し合いは膠着《こうちゃく》していた。

「黒城室長がそこまでおっしゃるなら、事務局の原案は、室長のおっしゃるとおりにしておきましょうか。それでも私は、関係省庁の同意を取り付ける自信はありませんよ。ひっくり返されたって、それは室長の責任ですからね！」

こう、守下副室長が言い放つ。

自分は同意していないが室長には従う。でも、まとまらなかったら、それは室長の責任だ。そういうことだ。

「次に、ＰＰＡについては、どう書いたらいいでしょうか」

と、環境省から出向している課長補佐がおそるおそる尋ねる。残された論点は山ほどあるのだ。

環境省出身の課長補佐も、直属の上司たる黒城室長と守下副室長の意見が対立しているので、できるだけ中立的な言葉づかいをする。どちらかに与《くみ》すれば、どちらかの恨《うら》みを買う。この霞が関では、他人の意見に同意して相手に好感を持たれるよりも、相手の意見に反対して恨みを買うことのマイナスの影響のほうが大きい。人を褒《ほ》めて引っ張り上げるよりも、悪口をいって足を引っ張るほうが、はるかに楽だからである。

ＰＰＡとは、プルーム通過時の被曝を避けるための防護措置を実施する地域のことで、ヨウ素剤を服用しなければならなくなる可能性のある地域のことだ。放射性プルーム、別名「黒い雲」

が襲ってくれれば、ヨウ素剤を服用しないと健康を害することになる。

論理的には放射性プルームが届く距離には制約がない。チェルノブイリ原発のときには、遠く北米大陸まで放射性プルームは届いたのだ。

また六〇年前のビキニ環礁水爆実験では、第五福竜丸はもちろんのこと、日本の国土に被曝をもたらした死の灰の五倍の量が、何千キロも先のハワイや西海岸などアメリカ本土にまで降り注《そそ》いでいたのである。

フクシマ事故のときだって、飯舘村《いいたてむら》が汚染される前、三月一五日時点で、関東平野に高濃度の放射性プルームが到達している。

葛飾区金町《かつしかくかなまち》の浄水場が汚染され、一時的に東京の上水道の使用に制限がかけられたことを覚えているだろうか。あれは、東京に放射性プルームが到達したことを物語っている。

あのときに東京に雨が降っていたならば、東京も飯舘村と同じように帰還困難区域となり、住民が退避せざるを得なくなっていたはずだ。なんという幸運だろうか……。

「ＰＰＡなんていったって、日本国中がＰＰＡとなる可能性だってありますよね。朝鮮半島やロシア、アラスカ、アメリカ西海岸、そして東海岸だって、安全とは言い切れない」

と、文科省から出向している技術系の課長補佐が続けた。技術系官僚にありがちな落としどころを見ない直線的な議論だ。自分の発言が科学的に正しければ溜飲《りゅういん》が下がるタイプ。役人としては使えない。

「フクシマの事故で放出された放射性物質は、事故直後の四月の土壌検査のサンプルで、アメリカのシアトルやボストンにも降り注いだと見られているんですよ」

そう、文科省から出向している課長補佐は、これ見よがしに続ける。

「PPAは概《おおむ》ね五〇キロと大きく目立つように書いて、その下に、嘘にならんように、参考値と、米粒くらい小っちゃく注記しとけ」

と、守下副室長は吐き捨てるようにいう。

「五〇キロで収まる保証はないんじゃないですか？　フクシマの沖合一六〇キロ先でデッキに出ていた米空母の乗組員は、一ヵ月分の上限とされている線量を、一時間で浴びたんですよ」

文科省出身の課長補佐は嚙《か》みつく。まるでわかっていない奴だ。こんな技官は出世できない。

「だから、『参考値』なんだろ。放射性プルームは風向きによって日本国中どこでも襲います、世界中に届きます、ってんじゃ、いたずらに日本国民のみならず、全世界の人々を不安に陥れるだけだ」

「でも、現実はそうじゃないですか」

「バカヤロー！　それをどううまく見せるかが、俺たちの仕事じゃないかっ」

議論を経産省出身の守下副室長がリードする。今回は警察庁出身の黒城室長は黙っていた。

「参考値」とはよく考えたものだ。あくまで参考なのだから、嘘ではない。誤解を招きやすい表現かもしれないが、それは誤解したほうにも責任がある。

それに、原子力災害対策担当室の室長と副室長がつねに角《つの》を突き合わせていたのでは、室長としての鼎《かなえ》の軽重《けいちょう》を問われることになりかねない。本当に譲れないところ以外は、鷹揚《おうよう》に構えるのも組織の幹部として必要なことと、組織管理が要諦《ようてい》の警察庁では、あるべき組織文化として受け継がれている。

経産省出身の守下副室長がここまで頑張るというのには、彼には彼の置かれた立場の事情というものがあるのだろう。それは、電力業界の利益に逆らうと自らの立身出世に響く、ということなのかもしれないが、立身出世の欲望は仕事へのモチベーションと表裏でもある。それはそれで問い詰めないことが大人のマナーだろう。

「次に、避難方法ですが、どうでしょう」と、環境省出身の課長補佐が切り出した。この人間はいつも自分の意見をいわない。司会進行役に徹する腹積《はらづ》もりのようだ。

「自家用車での避難をどうしますかね、みんな自家用車で逃げると思うのですが」

警察庁出身の係長が恐る恐る尋ねた。交通は警察の所掌である以上、物をいわないわけにはいかない。

「自家用車なんか使わしたら、ＵＰＺの住民が大人しく自宅待機をしてくれたって、道路はやっぱり大渋滞だよな」

それを受けて守下副室長が、全体の雰囲気が固まる前に機先を制して発言する。

「自家用車での避難なんて絶対させるわけにはいかん！」

その場が重苦しい空気に包まれた……。

「じゃ、住民は一時避難場所に集合して、民間でチャーターしたバスが迎えに来るまで待つ、ってことですか？」

と、旧自治省出身の総務省から出向した課長補佐が尋ねる。

「それに、自家用車での退避を禁じる法律的な根拠もない」

黒城室長も、ようやく口を開いた。

旧自治省が続ける。

「民間バスはどう調達するんですか？」

この人物が属する現総務省は、省庁再編後も唯一、採用を一元化していない役所だ。戦前の内務省の流れを汲《く》む旧自治省が、旧郵政省や旧総務庁との採用の一元化を拒否している。自分たちこそが旧内務省であり官界の本流という、プライドで生きている人種である。

「メルトダウンが起きかかっていて、いつ被曝するかもしれないＰＡＺなんかに、どうやって民間のバスの運転手が来てくれるんですか？」

こう、警察庁出身の係長が続いた。警察庁出身の室長が自制しつつも懸念を示している以上、自分が経産省出身の副室長に嚙みつく役割だと自覚しているようだ。

……気まずい時間が流れる。五秒か一〇秒か経《た》ったところで、守下副室長が口を開いた。

「自治体と民間バス会社との間で災害時の協力協定でも結ばせとけ！　民間事業者も自治体も何かいいことをした気になって、ホイホイ締結するぞ。いざとなったときはそのときだ。実際に事故が起これば、それどころじゃないんだから」

みなが助けを求めるように、警察庁出身の黒城室長のほうに顔を向ける。

「自治体と民間バス会社との間で協定が締結されている以上は、災害時にはきちんと協定の内容が履行《りこう》される、ということを前提にするんだな……」

そう黒城室長が、ポツリとつぶやく。

いちいち角を突き合わせていたら、この部屋のなかで、いつまで経っても避難計画のガイドライン案がまとまらない。そうなると自治体の避難計画の策定が進まず、再稼働に必要な自治体の同意も得られない。

再稼働が進まないと、必ず誰がボトルネックなのかという犯人探しが始まる。原子力規制庁の審査部の連中が、世間の逆風に晒《さら》されながら、規制基準への適合性をようやく認めている。なのに警察から来た室長がもたもたしていると、原子力規制庁長官や放射線防護対策部長といった要職のポストを警察出身者が占めていることを快く思わない連中から、「やっぱり原子力に素人《しろうと》の警察官僚には無理だ」と、ネガティブ・キャンペーンを張られ、警察のポストが奪われかねない。

そこまで頑張る必要はないというのが井桁原子力規制庁長官のご意思だろうと、黒城室長は忖《そん》度《たく》した。

（６）

「オッケー、今日のところはこのくらいにしよう」

そう、黒城室長が締め括《くく》った。

今日といっても、時計の針は午前零時を過ぎたところだった。連日の終電直前までのミーティングが今日も終わった。

フクシマの事故前であれば、電力会社から差し入れられたタクシー券を使って堂々と帰るのが原子力安全・保安院の日常だったが、いまの原子力規制庁は違う。みな終電に間に合うように、日比谷線神谷町《かみやちょう》駅、南北線六本木一丁目駅のいずれかに、三々五々向かっていく。電力会社の連中は未だ湯水のようにタクシー券を使っているにもかかわらず……。

そうして、みなが終電で帰宅の途に就くなか、神谷町駅でも六本木一丁目駅でもない方向へ、足音を目立たせずに歩いていく一人の男がいた。男は仙石山から霞が関の方向に歩き、右手にあるホテルオークラのエントランスに入っていった。

ベルキャプテンも、その男のことを既に見覚えているようで、手を上げて、でんでん虫と呼ばれる個人タクシーを呼ぶ。男がエントランスのタクシーの乗車位置につくタイミングで、個人タクシーがちょうどその場に滑り込んだ。

男は、副室長の守下靖だった。

ベルキャプテンがタクシーのドアを押さえ、守下が乗り込んでいく。タクシーが発進すると、守下は運転手に白地《しらじ》のタクシー券を渡した……「日本電力連盟総務部」の印が押されている。運転手は、行き先をベルキャプテンから既に聞かされているようだった。

車内の守下副室長は、すぐにスマホを取り出した。

「あっ、遅い時間にすみません」

電話の相手方もまだ仕事中のようだった。

「今日の報告です」と、守下副室長は続ける。

「まぁ、だいたい避難計画のガイドラインは固まってきたんですけどね。あの、例の警察の黒城室長がですね、妙にＰＡＺとＵＰＺにこだわってんですよね。メルトダウンになったら、ＵＰＺの住民も逃げ始める、ってね」

電話の相手方の甲高《かんだか》い声がスマホの躯体《くたい》を振動させている。

守下副室長は続けた。

「すいませんけど、その部分は、事務局案は直っていませんから、思いっきり連絡会議の場でぶっ叩《たた》いてやってください。明日ウェブメールで、いまの事務局案をお送りしておきます。まだ各省協議前ですから、規制庁に逆流して私からの横流しがバレないように、取扱い厳重注意でお願いしますよ」

原子力規制庁に出向していても、本籍が経産省であれば、原子力規制庁のパソコンで、インターネットのウェブメールを通じ、経産省のメールを自由に閲覧・送信できる。すなわち、原子力規制庁に出向中の経産省の職員は、職場のパソコンで、規制庁のアドレスと経産省のアドレスとを自由に使い分けて利用できるのだ。

そして、経産省のメールのやり取りの内容は、原子力規制庁の当局には把握されない。連絡会議の前に経産省のウェブメールで事務局案を渡しておけば、黒城室長に気取《けど》られることなく、経産省側は反対のロジックを周到に準備することができる。

「連絡会議当日の発言メモも前日にはお届けしますから……はい、それでは、お疲れさま、おやすみなさい」

守下はスマホの通信回線を切った。画面には「資源エネルギー庁畑山原子力政策課長」との宛先《あてさき》が表示されている。毎晩行われる、原子力規制庁から経産省資源エネルギー庁への水面下の定時報告、しかしこれが守下の、本来の任務であった。

――中央合同庁舎第四号館一二階・特別会議室。

中央合同庁舎第四号館は、霞が関のなかでも随分と古い一二階建ての鉄筋コンクリート製の建物である。内閣法制局や内閣府といった官庁が入居し、権力の中枢である財務省と渡り廊下でつながれているという事実が、この建物が重要な位置づけにあることを示している。

この建物の一二階には、かつては財務省から分離独立された金融庁が入居していたが、旧文科省の跡地にできた新しいビルに金融庁が移ったあとは、各省庁が集まり重要な会議を行うための、共同特別会議室が設けられている。

今日はここで、避難計画のガイドラインを議論する原子力防災会議連絡会議のコアメンバー会議が開かれている。事務局は内閣府原子力災害対策担当室だ。閣僚級が参加する原子力防災会議は公開されるが、その下の局長級の幹事会も、課長級の連絡会議も、その一部のコアメンバー会議も、議事は公開されないし議事録が出回ることもない、水面下の会議である。

その特別会議室から、資源エネルギー庁原子力政策課長、畑山陽一郎の声が聞こえてきた。事務局案に異義を唱えているのだ。

「経済産業省も電力会社も、万一のシビアアクシデントの際には、いきなり大量の放射性物質が大気中に拡散するという前提には立っておりません。

もちろん、メルトダウンが発生すれば、まずはベントを行うわけですので、その場合には、空間線量が上がる原発周辺のＰＡＺの住民には避難いただく必要があるわけです。しかし、ＵＰＺの住民は、屋外に避難して風向き次第で汚染されるリスクを冒すよりも、屋内にとどまっていただくことのほうが、放射性物質により直接汚染される可能性が低いわけですから、合理的なわけでございます。

こうした合理的な行動を冷静に住民にとっていただく、ということを、自治体の避難計画の前提にしていただきたいわけであります」

畑山原子力政策課長は自信満々であった。

「事務局案では、むしろ、特別な立法もなしに住民の方々の避難を制限するわけにはいかない、という前提に立って、ＰＡＺもＵＰＺも住民が一斉に逃げ出すという最悪のケースを想定しておこう、ということで策定いたしております」

事務局である内閣府原子力災害対策担当室の副室長（兼原子力規制庁原子力防災課長）の守下靖は、そう答える。

毎日夜中に連絡を取り合って談合している二人だが、それはもちろん周りには知られていない。

「当然、原子力発電所の事故そのものは最悪のケースを想定いただくのは結構です。しかし、私どもの避難計画には、その原発事故という最悪のケースに対して、どうやったらベストの行動ができるか、そのベストシナリオ、すなわち住民がその実現に向けて努力しようとする理想のシナリオを示していただくべき、と考えております」

資源エネルギー庁の畑山原子力政策課長は、一層自信を深めるような口調で続けた。

「事務局案では、いたずらに避難に時間がかかることを強調するあまり、結局、再稼働反対派を勢いづかせることになるのではないですか？　我が国の電力の低廉《ていれん》かつ安定的な供給を使命とする立場からは、事務局案には賛成できません」

上からのトップダウンではなく、下からのボトムアップを通例とする日本の官僚制での意思決定では、コンセンサスがとれたもののみが成案となる。結局、恥を知らず、最後まで寝転がった者が勝ちなのだ。

賛成できないと経産省資源エネルギー庁の原子力政策課長に明言されてしまっている以上、今日コンセンサスを得るのであれば、事務局案を撤回し、修正せざるを得ない。

撤回しなければ、また改めて案を作成し、次回の日程調整から始めなければならない。せっかく押さえていた閣僚級の原子力防災会議の日程も再調整となる。「内閣府原子力災害対策担当室がモタモタしている」と再稼働推進派にいわれるのは、火を見るよりも明らかであった。

「……わかりました。それでは必要な修文を事務局で施しまして、後刻、メールにて各省にご確認いただければと存じます。その修文が終わりましたら、避難計画のガイドラインを含む原子力災害対策マニュアルを、原子力防災会議に報告いたします」

そう守下副室長は切り上げた。黒城室長のいう通りの案を示したが、その通りにはならなかったと、あとで室長に報告すればいいだろう。

「余計な手間を取らせやがって」と守下は思ったが、と同時に、「自分の存在を経産省に高く売れた」とも思い直した。

経産省に高く評価されて、次の人事異動では経産省の要職に戻してもらう。それが彼にとっての、一番の仕事のインセンティブであった。


数週間後、官邸で閣議の直後に開催された原子力防災会議にて、環境大臣から原子力災害対策マニュアルが報告された。そこには次のように記載されていた。

「内閣総理大臣は、原子力緊急事態宣言と同時に、原災法第一五条第三項に基づき、ＰＡＺ内の道府県知事及び市町村長に対して避難及び安定ヨウ素剤の服用の指示を行う。また、ＵＰＺ内の道府県知事及び市町村長に対して、屋内退避の実施及び避難等の防護措置の準備を指示する」

原子力防災会議は淡々と予定のシナリオ通り三〇分で終了し、異論はまったく差し挟まれなかった。公開の場では、実質的な議論はなされないのである。

第2章　洗脳作業

日本経済新聞（二〇一四年九月二日・朝刊一面）

「国が避難計画支援川内原発　地元自治体に職員派遣」

政府は原子力発電所の再稼働に向け地元自治体を支援する。今冬の再稼働をめざす九州電力川内原子力発電所がある鹿児島県と薩摩川内市に関係省庁の専門家を派遣し、原発事故に備える避難計画作りを助ける。国の関与を強めることで住民の安心感を高め、再稼働に関する地元同意を円滑に進める狙いだ。地元自治体の要請があれば、経済産業相など閣僚が現地を訪ね再稼働に理解を求めることも検討する。

月内に経産省が鹿児島県や薩摩川内市に五人程度の職員を派遣するほか、消防庁なども派遣を検討する。職員は数カ月常駐して避難計画作りを支援する。政府は川内原発以外でも計画作りが進んでいない自治体への職員派遣を検討する。

避難計画は原発事故時に住民が放射性物質の影響を避けられる場所に早く退避するためにつくる。鹿児島県は既に計画をつくったが「専門知識のない自治体だけでは十分な計画にならない」との声が上がっていた。原発事故に詳しい政府職員の助言をふまえ計画作りを急ぐ。

政府は事故が起きたときに必要となる医薬品や燃料など、救援物資の集積拠点も鹿児島県内につくる方向だ。県には物資の備蓄があるものの、不足する恐れもある。全国から物資を運ぶルートを政府主導で整える。

＊＊＊＊＊

（7）

筑紫《ちくし》電力の仙内原発の地元自治体との面会――。

都心にしては珍しく瑞々《みずみず》しい木々に囲まれた六本木ファーストビルのエントランスに、三名の田舎者《いなかもの》が現れた。クールビズが終わりを迎える一〇月にもかかわらず、彼らのクールビズは、昭和の時代の村役場でよく見かけたような、開襟《かいきん》シャツにツータックのグレーのズボンという出《い》で立ちで、外資系ビジネスパーソンが闊歩《かっぽ》する六本木ファーストビルには極めて場違いな印象を与えた。

今日は、原子力規制庁内にある内閣府原子力災害対策担当室へのお出ましだった。

原発の立地自治体に対しては、担当者を集めて大会議室で通り一遍の避難計画づくりの説明会を行うが、それだけで避難計画を簡単につくれるわけではない。自治体の職員は、国のつくった雛型《ひながた》をコピー&ペーストするぐらいしかできない、低俗な連中なのだ。

だいたい、国家公務員試験上級職に受かった連中と、地方公務員試験に受かった連中とでは、試験合格に必要な知的能力の差も、就職後の鍛えられ方も、月とスッポンほど違う。

戦前は、国家公務員のキャリア官僚だけが天皇陛下にお仕えする「官吏《かんり》」と呼ばれ、「吏員《りいん》」

と呼ばれる地方公務員とは、身分も待遇も明らかに異なっていた。国と地方の給与水準を示すラスパイレス指数が国と地方で逆転するなどといった噴飯《ふんぱん》ものの現象は、戦後民主主義が犯した明らかな失態である。

国家公務員試験上級職に上位で合格するキャリア官僚は、地方公務員試験なぞ受験もしていないから、地方公務員がどのくらいバカな連中なのかも想像がつかない。東京大学法学部と地方国公立大学の入学時の偏差値は一五以上は違うだろう。

そんな奴らが、自分たちキャリア官僚のつくった法律や政省令やガイドラインを理解できないのは仕方がない。個別に呼び出して、懇切丁寧《こんせつていねい》に教え諭《さと》してやらなければならないのだ。

部外者はセキュリティチェックなしに入ることができない三階の原子力災害対策担当室のオフィスではあるが、今日は特別に入れてやることにした。

相手方は県庁職員と、町役場や村役場の職員だ。引率役の県庁職員は、まだ日本語が通じるが、県庁職員に連れられた町役場や村役場の職員は、方言丸出しの田舎っぺだ。対応は経産省出身の東田達也《ひがしだたつや》係長に任せていた。

副室長兼課長である守下はもちろん、課長補佐だって、本来、対等に口をきくべき相手ではない。大部屋の執務室の片隅にあるスペースで打ち合わせをしてもらうことで、何がもめているのか、自治体が何にこだわっているのか、それとなく、守下の耳に入るようにしていた……。

「なんさま、要支援者がえらいこったい」

と、田舎者の町役場の職員が上ずった声で叫んでいる。焼酎《しょうちゅう》で酒焼けしたような赤黒い顔の、小太りの男だ。近代的な六本木ファーストビルのオフィスでは聞き慣れない訛《なま》りが、大部屋のオフィスの耳目を否《いや》でも応《おう》でも集める。

「この町は全域がＰＡＺですが、介護施設が二ヵ所あるんです」

県庁職員が小声で意訳する。

この県庁職員は、町役場の職員の言葉遣いに対し、少し恥じらいを感じているようだ。もしかすると若い時分、県庁から中央省庁に出向した経験でもあるのかもしれない。

「いざ緊急事態宣言が発令されたとしたら、全員をどうやって、どこに連れて行ったらいいか、ということなんです」

県庁職員が町役場の職員の顔をチラッと確認する。町役場の職員は、感情が昂《たかぶ》ってなかなか冷静に話ができないようだった。ただウンウンと、県庁職員に向け、赤黒い汗ばんだ顔を縦に振るばかりである。一息ついて再度、県庁職員が続けた。

「要は、全員を連れていく搬送車もないんですよね。現在あるのは、一人一人、要介護老人を運ぶ搬送車が二台あるだけで……それから、搬送先もありません。県内の介護施設はどこもいっぱいですよ、まさかの事故のときには追い出せなんていえないですしね。そもそもこの高齢化の時代、稼働率に余裕のある介護施設なんてないんですよ」

意を決したように、髭《ひげ》もじゃ毛むくじゃら、そして眉の濃い目がギョロリとした南方系の大男が口を開く。村役場の職員だ。たぶん西郷隆盛《さいごうたかもり》あたりと、どこかで血がつながっているのだろう。

「おるがとこにゃ、高齢者専用の病院があるけん。状況は同じったい。こん時代、どこん老人病棟も、ほんなこて満杯ばい」

経産省出身の東田係長が当惑した表情を浮かべ、目で県庁職員に助けを求める。何をしゃべっているのか、よく理解できないのだ。

「ここの村にも救急車は一台あるんですが、原子力緊急事態宣言が発出されて、住民みんなが避難するときに、避難先と病院との間をピストン輸送するなんてことをしたら、だいたい、どんだけ時間がかかるかわかりません。フクシマのときには、原発周辺で、ものすごい渋滞が起きたと聞いていますし……」

そう県庁職員が通訳する。すると、それに応えて、

「だから、県庁さんがしっかり町や村を指導するしかないでしょ！」

と、経産省出身の東田係長が県庁職員に言い放った。

「フクシマの交通渋滞は、みんな自家用車に乗って避難したから起きた。だから、自家用車は極力使わせない。一時避難場所に集まって、みんなしてバスで移動するんです。UPZの住民には屋内退避を徹底させて、勝手に避難はさせない。それがフクシマの教訓です」

「そんなことといったって……それに、要支援者用の避難車両は明らかに足りない」

と県庁職員が抵抗する。

「それなら必要な分だけ車両を購入してください。地方交付税措置の基準財政需要額の補正係数

で調整します」

国が地元自治体に再稼働の同意を得ようとしているのに、避難計画の各論に入り込むと、省庁縦割りの壁が厳然として残っている。だから経産省出身の係長がこう断言したところで、総務省が本当にその分だけ地方交付税交付金を増やしてくれるかどうか、確たる保証はない。

結局、地元自治体や福祉施設は、自分の力で、なんとか避難しなくてはならないのだ。

「避難先の当ては、どぎゃんすっと！」

興奮する村役場の南方系がまた大声を上げる。六本木ファーストビル始まって以来の大声だろう。遠くの審議官室付の秘書が、立ち上がってこちらを見ている。おそらく個室のなかの審議官が大声を気にしているのだろう。

「それも、県のほうでお考えください。都市部に施設を、実際の介護需要より少し多めに認可しておけば、介護事業者も喜びますよ。普段は、少し軽度の方も入居させてあげれば、住民も喜ぶ。

そして、いざ原発事故となったら、介護認定を直ちに見直して、自宅にたたき返せばいい。そうすれば、避難してくる要介護者の分のスペースなんて都合できるでしょ。もう少し知恵を使ってください」

そう東田係長がまくしたてる。

介護保険法に精通し、遵法《じゅんぽう》意識の高い厚労省の役人ならばいえない台詞《せりふ》だが、国の役所は縦割りなので、まったく悪気なく、経産省出身の東田係長はこういう台詞を吐く。しかしこれでは、原発再稼働のために介護保険制度の運用を多少捻《ね》じ曲げてもいいとしか聞こえない。本当に厚労省がそれを認めてくれるかどうか、その確証はまったくないのだ。

「フクシマんときゃ、避難せなんぶんのガソリンがなかて、たいぎゃ〜な騒動になったろ。ガソリンの蓄えは、どぎゃんすっと？」

と、再び村役場の田舎者が、より一層高い声を上げる。下手をすると、この六本木ファーストビル近辺の常識では、威力業務妨害罪が成立するといわれかねないだろう。

が、東田係長は臆《おく》することはない。

「自治体としてやりたければ、ガソリンの備蓄でも何でもやったらいいですけど……でも、そもそも自家用車での退避はしないのが原則なんだから、ガソリンの供給不足も起きないでしょ」

そう冷たく答える。すると、

「そぎゃんとは、第二の安全神話になるったい。なんばいいよっとかい！」

と、町役場の田舎者が立ち上がり、目を剝《む》いて大声を上げた。

「ちょっと、冷静に、静粛に」

東田係長は両手を顔の前に掲げ、町役場と村役場をたしなめる。まるで突如オフィスに出没した牛を落ち着かせるような仕草だ。そして、

「もちろん、ご懸念はわかりますよ。でも、疑問点なんて考えようと思えば、いくらでも出てくるんです。私たちが、空想を逞《たくま》しくして、無限に疑問点を並べ立てたって仕方がないですよ」

といって、一息置いた。

「みなさま方には、我が国の統治機構の一員として、むしろ住民の方を治めるほうに回っていただかないと……」

そういうと、東田係長は田舎者たちの顔色を窺《うかが》う。オフィスに一瞬の静寂が戻った。

俺たちは敵《かたき》同士ではなくて仲間なのだ——国の役人にそういわれると、満更《まんざら》ではない。自分たちに統治機構の一員という意識はなかったが、そういわれると少し、くすぐったい気もする。

「みなさんも、原発が再稼働しないと困るんでしょ」

と、東田係長が追い打ちをかける。

「………」

それはそうなのだ。原発がなくなれば、冬になればまた、住民は都会へ出稼ぎに出なければならない。昭和の時代の暮らしに逆戻りだ。

「だったら、これで一緒に頑張りましょうよ。国は逃げたりはしませんからっ」

東田係長はそういって、片頬《かたほお》に微笑を浮かべる。

田舎者三人が顔を見合わせた。村役場の西郷どんが落ち着きなく視線を泳がせている。

「……そっだけん、住民説明はどぎゃんすっと?」

町役場の赤黒い顔の小太りが、まだ納得していないようだ。

「必ず迎えのバスが来る。民間のバス会社と自治体とは協力協定を締結しているから、契約上の義務だ。義務は守られなければならない。だから、『必ずバスが来る』と言い続けることです」

ここが最後の詰め所だ、と東田係長は思った。

「そるばってん、年間一ミリシーベルト以上のなかじゃ、民間の社長さんは、バスの運転手に迎えに行けっちゃ～いえんばい。労働安全衛生法違反じゃなかと？」

「そこは、協力協定上のバス会社の義務と雇用契約上の安全配慮義務とが矛盾《むじゅん》しかねない点で、説明が苦しいんです。

だからこそ、自治体の職員のみなさんには、この苦しさを理解していただいて、住民に一緒に説明し続けるんです。いきなりは一ミリシーベルトにはならない、だから『迎えのバスは必ず来るんだ』と、『協定上の義務があるんだから大丈夫です』と言い切るんです」

さすがは経産省出身の係長だ。避難計画は、住民の安全のためになるかどうか、というところにその本質があるのではなく、原発を再稼働させるため住民との関係でどのように納得感を醸成するのか、そこに本質があるということを見抜いている。

そして、国と自治体とを対立構造に持っていくのではなく、いつのまにか共犯関係に持ち込んでいる……。

「避難行動要支援者名簿は、どうやって更新したらいいですかね？　もちろん、年に一回とか、定期的に自治会や町内会経由で更新しますけどね。事故はいつ起きるかわからないんだから、起きたときに把握できていない要支援者がいても、助けに行けませんよね」

と、県庁職員が冷静に問題提起する。東田係長の両眼がキラリと光る。

「……なるほど。そうですね。ただ、できる範囲でやっておく、ということではないでしょうか。もちろん年に一回より、半年に一回、半年に一回より三ヵ月に一回のほうがいいに決まっている。突き詰めれば、毎日ってことにもなる。ウェブを使えば常時リバイスできるかもしれない。

けれども、リバイスの頻度を国が一方的に決めるってことではなくって、自治会の方々の能力、意欲に応じて柔軟に対応していただく、ってことにしかならないんじゃないですかねえ」

東田係長は有能だ。相手に真っ向から反論するのではなく、相手の言い分をまずは認めながら、いつの間にか煙《けむ》に巻いている。

「それと、安定ヨウ素剤ですけどね。事前に配付するのはＰＡＺの住民だけということになってますけど、ＰＡＺの外の住民も事前に欲しがっているんですよね。ＵＰＺくらいは事前配付したらどうでしょう？」

県庁職員が続ける。

「それは、お任せします。県単《けんたん》でおやりになることはかまいません」

そう、東田係長は切り捨てた。

「県単」というのは、自治体が独自に県の単独予算で行うということだ。国はカネは出さないけど、やりたければ勝手にどうぞ、ということになる。事実上のダメ出しである。

「ＵＰＺに配ったら、今度はその外の住民が欲しがります。次はＰＰＡの参考値として示された五〇キロ圏内の住民……その次は、放射性プルームはどこにでも届くといって、日本国民全員が欲しがります。

が、全員には配れないんです。国はＰＡＺで線を引いた。ですから、それ以上は、欲しがる住民のいる自治体がどうぞ勝手に調達してくださいってことですかね」

問答無用、取り付く島もないとは、このことだろう。しかし、こうしたやり取りを通じて自治体の三人は、地元に戻ったあと地元自治会や町内会に対して語る言い回しを教えてもらっていたわけだ。

——これこそが、内閣府原子力災害対策担当室の本務であった。

（8）

みっちり二時間の打合せを終えて、県町村のデコボコトリオがビルの前の駐車場から、六本木一丁目の駅の方向に下っていく。六本木ファーストビルの原子力災害対策担当室の窓から、その三人の姿が小さく見えていた。その三人に、隣の巨大ビルや首都高速の橋架が覆《おお》いかぶさっていく。

原子力災害の潜在的被害者の代表から、国家権力の担い手としての自覚を植え付ける洗脳作業はうまくいった。心なしか三人の足取りも力強く見える。

あとは、今日構築された国と自治体の共犯関係を、県と市町村、市町村と自治会町内会連合会、自治会町内会連合会とそれぞれの自治会や町内会に及ぼしていけばいい。水が高きから低きに流れるように、国家権力の一端を担う快感も、国から県、県から市町村、そして自治会町内会連合会、各自治会や町内会に伝播《でんぱ》していく。

自治会や町内会の会長さんといえば、地域の名士だ。昔の庄屋だ。保守党の伝統的な支持基盤でもある。都会ならともかく、原発があるような田舎では、自治会長さんや町内会長さんがＯＫということに、表立って歯向かう者はいないだろう。

窓辺でデコボコトリオを見遣《みや》る経産省出身の東田係長の肩を、うしろから守下副室長が軽く一回ポーンと叩いた。

（よくやった、ご苦労さん）

言葉には発しなくとも、守下副室長の慰労の気持ちは東田係長に伝わった。

自分と副室長の二人で、なんとか避難計画の策定作業は回っている。いずれ、避難計画の策定が大詰めになった暁《あかつき》には、守下副室長を男にするためにも、自分が志願して、仙内の地元市町村に赴《おもむ》き、直接住民と対峙《たいじ》しよう。

この原子力規制庁のなかでは、経産省に戻って出世する可能性があるのは守下だ。自分の頑張りを守下にアピールすることで、守下の出世を通じ、自分の将来に必ずリターンがあるだろう
――こう東田係長は冷静に計算していた。

第3章

電力迎賓館

朝日新聞（二〇一一年一〇月九日・朝刊一面）

「議員決め政界工作　電力九社の役員連携」

全国の九電力会社役員が業界団体主催の朝食会で、所管官庁の経済産業省と関係がある議員を中心とした自民党議員数十人と顔合わせしたうえ、担当議員を分担、選挙時の資金協力や飲食接待などを行っていたことが分かった。参加した議員秘書らが明らかにした。

東京電力で組織的なパーティー券購入や、会社側が役員の個人献金を差配《さはい》していたことが判明したが、新たに電力各社が連携して政界工作にあたってきた構図が浮上した。こうした工作は一九九〇年代に盛んに行われ、顔合わせの朝食会は近年も続いていたという。

議員秘書や電力会社元幹部によると、全国の電力会社でつくる業界団体「電気事業連合会（電事連）」主催の朝食会は、東京都内のホテルを会場に二～三カ月に一回のペースで実施。また、不定期で電力数社と議員らのランチ会もあった。

朝食会の出席者は、沖縄電力をのぞく電力九社の役員と、自民党議員や代理出席した秘書など。議員は中堅クラスが多く、国会活動などで経産省と付き合いがある人が目立ったという。電事連からの案内状をもらった議員が会場に着くと、その議員の担当となった電力社員が世話をしていた。

その後、担当となった電力会社役員は、選挙前にその議員の事務所などを訪問し、「電力業界からの陣中見舞い」として現金を手渡していたという。ある議員秘書は「封筒に二〇〇万〜三〇〇万円が入っていたことがある」と証言する。

また、役員は年に一回のペースで、東京都内の料亭で議員を接待していた。この席には各電力会社の社長が出席することもあった。

各電力会社に対し、自民党議員との朝食会について取材したところ、関西、九州の二電力は、朝食会への参加を認めた。それ以外の社は「個別には言えない」としている。電事連は「朝食会があったかどうかは答えられない」と回答した。

＊＊＊＊＊

(9)

――東京都新宿区市谷加賀町《いちがやかがちょう》・日本電力連盟迎賓館《げいひんかん》。

新宿区市谷加賀町――霞が関からも、永田町からも、大手町からも、そして地下鉄やJRの駅からも離れた人通りの少ない一画に、日本電力連盟の迎賓館はある。

見た目は和風の豪邸である。寺社のような立派な門構えであるが、表札もなく、前を通っただけでは、個人の邸宅か、法人所有の建物かもわからない。資産価値は約三〇億円といったところだろう。

日本電力連盟は、いわゆる権利能力のない任意団体であり、その資産内容も資金フローも、一切公開されない。この施設の存在も当然、非公表である。随意契約した取引先への水増し支払額から、預託という形で事実上のキックバックをさせて生み出した、「電力モンスター・システム」の果実の一つなのだ。

電力会社のなかでも、この施設の存在を知る者は、将来、電力会社での出世が約束された日本電力連盟に出向中の者と、一握りの幹部だけだ。ましてや、電力会社以外となると、電力会社に絶対的な忠誠を尽くす人間だけが選ばれて、この施設で接待を受ける。

「……というわけで、なんとか仙内原発の地元は、県も周辺市町村も収まる方向で進み始めました」

と、原子力規制庁原子力防災課長（兼）内閣府原子力災害対策担当室副室長の守下靖が説明した。卓上には、国家公務員の給料には不相応《ふそうおう》の豪華な懐石《かいせき》料理が並んでいる。

「さすが、経産官僚の力量ですなっ、お疲れさまです。他の役所出身の人間では、とても無理でしょうなぁ」

日本電力連盟常務理事の小島巌《こじまいわお》は顔をほころばせている。すかさず守下に、大吟醸《だいぎんじょう》の冷酒を勧めた。

小島は関東電力総務部で歴代の社長や会長に仕え、帝王学を学んだ。政治資金規正法が強化されるなかで、「電力モンスター・システム」という錬金術を考案し、電力業界の政界への影響力を一気に高めることになった最大の立役者だ。

いまは日本電力連盟の常務理事に出向しているが、いずれ、関東電力の社長、会長、そして日本電力連盟の会長に収まることは確実という男である。

守下は旨《うま》そうに杯《さかずき》を空けた。

「まぁ、同じ経産官僚といっても、みんなが彼のようにできるわけではありませんから」

と、資源エネルギー庁次長の日村直史《ひむらなおふみ》が応える。日村もまた役人のロジックと政界の操縦術に長《た》けた、経産省の事務次官候補の最右翼といっていい。

「規制庁の原子力防災課長には、経産省の技官のなかでも選《え》りすぐりの人材を送っていますから。彼には必ずまた、経産省の要職に戻って活躍してもらいます」

守下は黙って聞いている。また経産省に戻って技官のなかで上り詰め、できるだけ高収入の再就職先をあてがってもらうがために、ここまで頑張っているのだ。

国益だと口先では言い続けながら、経産省の利権を拡大するためにひたすら汗を流す。その流した汗の量で出世が決まり、利権の分配量も決まる。

そんな国益と私益の二重構造に役所の仕組みがなっていることに、課長年次にもなれば、とっくに気が付いている。気が付いていないとすれば、よほどのバカである。そんなバカはろくな仕事もできないから、ぐるぐると衛星のように外郭団体を回らされて、国益と私益の二重構造に気が付かないまま、退官させられる。

そこまでバカではない者は、国益と私益の二重構造にうすうす気が付きつつも、目の前のカネの誘惑に負けて、再就職先を官房長からあてがってもらう。退職後の天下り先での給料は、こうした利権構造を省の関係者以外には漏らさないという、いわば口止め料なのだ。

あと一〇年もしないうちに、「責任は問われない」「仕事は楽」「給料はいい」という、天下りのパラダイスがやってくる。そこまでの辛抱《しんぼう》だ。

民自党に政権交代する直前の保守党政権下では、民自党の改革路線の勢いに影響され、天下りの根絶ということで、現役官僚が天下りのあっせんをすることが禁じられた。しかし現実には、官房長自身が手を汚すことはせず、官房長の意を受けた有力ＯＢが現役官僚に代わって、天下り先を事実上あっせんすることになった。

これは、形式的には、退職公務員の自由な求職活動という整理になって、役所の人事当局が把握していないことになっている。したがって、天下りが公認されていた時代よりも一層闇に紛《まぎ》れた形となり、国民との関係では不透明となっている。

でも、それでいいのだ。もともと国家公務員試験上級職を上位で合格した人間には、それくらいの報《むく》いがあって当然なのだ。

地方公務員だって、大手民間企業だって、再就職は当たり前のようにある。彼らよりも社会的にも能力的にも序列が上の自分たちが、庶民の嫉妬《しっと》を受けて待遇が切り下げられるなんていうのは、優秀な人材を国家が獲得するうえでも好ましいことではない。ひいては日本国の競争力を低下させる。角《つの》を矯《た》めて牛を殺す議論だ。


「でも、自治体の職員の方に、住民を説得する側に回ってもらうのは大変だったでしょう？」

と、小島常務理事が守下原子力防災課長に水を向けた。

「ええ」

守下はそう応えて、ごくりと一気に杯を空けた。

すかさず小島がお酌《しゃく》をする。

「私からしてみると、当初、自治体の職員が、なんで私たち国の役人に避難計画のガイドラインを詰めさせるのか、それが不思議でした」

小島がふんふんとうなずく。日村は無表情だ。

「だって、地元のためには原発の再稼働が必要だと思っているわけですよね。そうならば、腹を決めて、地元自治体も再稼働に向けて取り組んでいただかないと……」

守下はまた、ごくりと杯を空ける。相当ストレスがたまっているようだ。

次は、陪席《ばいせき》している日本電力連盟の総務部副部長がお酌をする。

普段は政治家に電力マネーの運び屋をしている男だ。宴席でもつねに無口で、人の話を聞いている。宴席が終わったあとには、相手方の役人の発言をメモにまとめる作業が残っているのだ。

「事故がどんな形で起こるかなんて、神様でもわからない。神様でもわからないことをあれやこれや想像逞《たくま》しくして、ああでもない、こうでもないと、シナリオをつくる……」

守下はそのまま続けた。

「いくらシナリオをつくったって、絶対に現実はその通りにはならない……とすれば、所詮、シナリオづくりは再稼働の言い訳であり、納得感を醸成するためのプロセスに過ぎないっ」

守下は酔っているようだ。

この迎賓館の懐石料理は、六本木ファーストビル近くに位置するホテルオークラのケータリング部門が担当している。もし場所がホテルオークラならば、顔見知りの政治家や官僚とばったり顔を合わせる怖れがあるが、ここでは誰の目にも触れることなく、ホテルオークラの和食レストラン「山里《やまざと》」と同じ懐石料理を堪能《たんのう》することができる。

しかし、もう守下原子力防災課長には、この「山里」の和食の繊細《せんさい》な味などわかっていないようだった。

「……だいたい、周辺の自治体は、何のために原子力立地の給付金をもらってきたんですか。埋由なくカネがもらえるわけがないでしょう。もしもの事故のときには、つらい思いを万が一にもする可能性があるから、一部の住民は原発に反対してきたんでしょ。その反対を収めるための給付金だったんですよ」

完全に目が据《す》わっている。また大吟醸をごくりと空ける。

「……いままで事故の危険をうすうす承知のうえで散々カネをもらってきたのに、『私たち、原子力の安全神話に騙《だま》されてました』なーんて、チャンチャラおかしいと思いませんか？　電源開発促進税の納税者の立場から見れば、万一のときの迷惑料を前払いしてきたのに、いまさら事故になったらどうするのか、なんていわれたって、これまでの迷惑料である原子力立地給付金を耳をそろえてお返ししてくれ、って話ですよ」

「おい、ちょっと手洗いに行ってきたらどうだ」

そういいながら、日村が割って入った。

「少し飲み過ぎてるぞ」

日村が仲居さんにお冷やを持ってくるように促す。しかし守下は止まらない。

「……そんなことないですよ。原発の周辺自治体は、『ひょっとしたら原発が事故を起こすかもしれないけれど、起きてしまっても仕方がない』という未必の故意、あるいは未必の故意とは言い切れなくても、事故の可能性を見過ごすことに重大な過失があったわけです。だから、フクシマの被災者が、平気な顔をして賠償責任を白地《しらじ》で追及することには、とっても違和感を覚えるんですよ。

少なくとも過失相殺《そうさい》で請求額は一〇分の一にすべきでしょ。おまけに、ああやって除染で出てきた放射性廃棄物の中間貯蔵施設の立地に三〇〇〇億円くれとか、まったくもって論外ですよ。『最後は、金目《かねめ》でしょ』っていう環境大臣のご発言は、まったくもっておっしゃる通りなんです。おまけに、仙内を始め他の原発立地地域までもが、いまさら目の色を変えて再稼働のハードルを上げてくるなんて、許せません。お前らが希望したから原発建ててやったっつーの！」

そう叫んで、守下はドンと杯を卓に叩きつけた。そして、卓に突っ伏す。連日の自治体との懇談で睡眠不足だったのだろう。

「こいつ、疲れていまして、すみません」

言葉少なに日村が言葉を継《つ》いだ。

「……守下にも、妻とまだ小さい子どもがおりまして、お父さんが経産省から原子力規制庁に行ってることを知られると、周囲の子どもやその親から、いろいろ心ない台詞をいわれるらしいんですよ」

ようやくお冷やが守下原子力防災課長の前に届いた。

「いぇいぇ、それは電力の社員も同じです。自治体職員のお相手なんて、もっとも骨が折れる仕事でしょうから。お疲れなんでしょう」

と、如才《じょさい》なく小島がフォローする。

（10）

守下原子力防災課長は、いまやスースー寝息を立てている。

「まぁ、地方自治体職員も公務員ですから、最後は、首長の意向に従います」

日村が語り始める。この男は、酒に酔うということがないのか。その双眸《そうぼう》は冷たい光をたたえたままだ。

「……おかげさまで、原子力規制委員会の委員の差し替えは順調にいっています。仙内《せんだい》を皮切りに、次は、高花《たかはな》、厳海《げんかい》と、次々に規制基準への適合性判断が、原子力規制委員会から出てくるでしょう。あとは立地自治体の同意ということになるわけですが、いままでのように立地自治体の首長だけではなく、ＵＰＺの首長には全員、電力会社のほうで、もうしかるべき手は打ってらっしゃるかと思います。

そもそも、これすらやっていないと、函館《はこだて》市長が大間《おおま》原発の建設差止請求を裁判に訴えたように、再稼働の出だしから躓《つまず》きますから」

しかるべき手、という表現で、日村は小島に対し、暗に「電力モンスター・システム」の稼働を確認する。

「……ああ、あの函館の件はＪＰ電力のチョンボでして。ＪＰ電力さんは、一般電気事業者じゃないので、いままで立地自治体、そしてそこに隣接する自治体としかお付き合いがありませんでした。海峡を越えて他の電力会社の供給区域の自治体と付き合うことは、どうも想定外だったようでして」

そう、苦《にが》り切った表情で小島が返答する。

ＪＰ電力は、地域独占が認められた電力会社ではなく、もともと国の特殊法人の卸《おろし》電気事業者だ。いまでは民営化されているが、国の機関とも地域独占の電力会社とも、どっちつかずの会社になってしまっている。だから小島からすれば、ＪＰ電力のチョンボは国に尻ぬぐいをしてほしかった。

「……いままで給付金をもらっていた立地自治体と隣接自治体は、まだいいですけどね。今回三〇キロ圏内としてＵＰＺに新たに加わった自治体は、これまで交付金をもらっていませんでしたから、ハードルが高いですよ」

そう小島は続けた。

「いずれは国も、ＵＰＺ圏内の自治体にはすべて給付金を配れるように制度改正をしますよ。でも、それまでのあいだは、電力会社のほうで、緊急避難として手を打っていただかないと」

再度、日村が念を押す。

「……いいですか、これまでは、味方にしておくべきは、隣接自治体の首長と地方議会議員だけだった。これからは、まず範囲がＵＰＺに広がる。ＵＰＺの連中は、電力のカネの匂いをもう嗅《か》ぎ付けている。ゴロンと横になって抵抗したらカネが降ってくることに、みんな気が付いているんです」

日村はグビッと杯《さかずき》を空けた。しかし、小島が酌《しゃく》をするまえに再度、口を開いた。

「もう地方議会議員まででではだめだ。それぞれの議員の下には、それぞれの選挙区の自治会や町内会がぶら下がっている。自治体の先の自治会町内会連合会から、各自治会や町内会の会長まで抑え込まないといけない」

日村の声が大きくなる。

「いいですかっ、鼻薬を利《き》かせるのは、もう政治家だけではダメなんです。地方議会議員は、地元の自治会長や町内会長からしたら、使い走りみたいなもんだ。

田舎では票の行方も、自治会長や町内会長の一言によって大きく影響を受ける。よって地方議会議員は、自治会長や町内会長には頭が上がらない。だから今度は、自治会長や町内会長レベルまで押さえ込んでいかなければ……広く、深く、丁寧に、ということです」

小島は無言でうなずいた。中央官僚の日村がここまで地方の実情をわかっているのは、やはり保守党政治家とドップリと付き合い、地元での政治家の日常における政治活動をつぶさに理解しているからだろう。

各電力会社に発破《はっぱ》をかけて、都市部の暇な支店長クラスを総動員する。各自治会・町内会の集まりに行って膝詰《ひざづめ》で話をさせ、酒を一緒に飲んで、盆踊りや新年会には金一封を渡す。そうして自治会長や町内会長に何を望むか聞き出さなくてはならない。

原発の周辺は、立地自治体はもちろんその周辺まで、いままで電源立地交付金が出ていたおかげで、他に産業がないにもかかわらず裕福だ。ゆえに市町村合併も進んでいない。ただし自治体の数が多いということは、それだけ手間がかかるということ……しかし、背に腹は代えられない。

今日は、避難計画のガイドラインをなんとかまとめ上げている原子力防災課長兼内閣府原子力災害対策担当室副室長の守下、この男の慰労という趣旨の一席であったが、結果として、小島はまた、日村から宿題をもらう形となった。

でもこれでいいのだ。いまは、「電力モンスター・システム」を守るための正念場だ。念には念を入れて、今晩、日村に指摘された穴をふさいでおかなければならない。無事に原発が一基動き始めれば、あとはドミノ倒しのように再稼働が進むはずだ。

そして再稼働が始まれば、またオール電化住宅の宣伝を再開し、ジャブジャブと消費者に電気を使わせる。「電力モンスター・システム」の資金源が潤《うるお》ってくれれば、そのカネで関係者を動かすことが容易になる……。

とにかく、覚醒剤《かくせいざい》と同じように、この「電力モンスター・システム」自体が、日本の政治システムになくてはならない存在となっているのだから、一時的に原発が止まっても、復元力が働き、すべてはフクシマの事故前と同じように正常化されるはずだ。このことを日本国民は、まったく理解していない。

「そこまでが最低限の仕事。いわば再稼働の必要条件です」——再び日村が口を開いた。「しかし、十分条件はまだ満たされていない」

守下の寝息だけが室内にかすかに聞こえる。給仕も、室内の緊迫した雰囲気を察して、出入りを控えているようだ。

「と、申しますのは？」と小島が言葉をつないだ。

「再来年《さらいねん》の夏には、参院選がある。もしかするとそのときには、また衆議院を解散して、衆参ダブル選挙でしょう」

「ええ……」

小島は聞こえるか聞こえないかのような声で応える。早く日村の読みの先を聞きたい。

「となると、来《きた》る四月の統一地方選からの一年間が、実質的に仕事ができる時間です。参院選の直前になると、支持率の低下につながる施策は打てません。

加部総理にとっては、集団的自衛権の関係立法の制定が最大のプライオリティなのは間違いない。原発再稼働といっても、すべては集団的自衛権関連立法を邪魔しない範囲です。波静かであれば、仙内を皮切りに、他の一三基も船出できる……」

日村は自信満々だ。官邸の権力者の皮膚感覚に直に触れている者のご託宣《たくせん》である。こういう高級官僚の読みを聞くために、この電力迎賓館は存在するといっても過言ではない。

「政権の不安定要素は、やはり景気ですすか？」

と、小島は問うた。

「政権の支持率、ということでいえば、そうでしょう。景気が悪くなれば支持率は下がる。しかし、原発の問題は、逆だ。景気が低迷すれば、原発が動いていないせいにできる、という意味で、景気が悪くなったほうが、むしろ原発再稼働には好都合です。

でも、景気は当面、悪くならんでしょう。GDPが下がったら、すぐに大型補正予算を組み、大幅な金融緩和をする。消費税一〇%導入は延期したとはいえ、それまでは財務省と日銀が、なんとしても景気を持たせるでしょう」

日村は続ける。

「……むしろ、不安定要因は、乾ききった干し草と、いつでも着火しかねない火種《ひだね》の両方かと」

「干し草と火種と申しますのは？」

小島が話を継ぐと、間髪《かんぱつ》を容《い》れず日村が答える。

「乾ききった干し草とはマスコミです。朝のワイドショーの人気キャスターの美濃《みの》を息子のスキャンダルに乗じて、日本電力連盟は見事放逐《みごとほうちく》しましたよね。あれはあれで正解だと思うのですが、今度は、夜の報道番組の古田《ふるた》を降板させるよう、テレビ朝経の幹部連中に一斉に圧力をかけてますよね……もっとも、実働部隊は、重電メーカーや商社なんでしょうけれど」

小島は黙ってうなずいた。

その通りだ。日本を代表する原子炉製造事業に携《たずさ》わる重電メーカーや原子炉プラントの輸出に携わる商社は、いまや表立って動けない電力会社に代わって、各テレビ局に露骨に圧力をかけている。

日村は続けた。

「マスコミはカラカラに乾いて、水気を完全に失っている。でも、その干し草に火が点《つ》きやすくなっている」

「まぁ、そうかもしれませんね」

小島が先を促す。

「……で、火種のほうはなんですか？」

日村の双眸が、その冷たさに、さらに深みを加えた。

「……ズバリ、二人の元総理ですよ。元総理の星川《ほしかわ》が都知事選に立候補するも三位に終わり、完全にピエロのような存在に成り果てた、と電力は油断してはいませんかね？」

図星だった。都知事選のときには、日本電力連盟の広報部、そして各電力会社の広報部の別働隊が一斉に稼働して、二人の元総理の報道を極小化させることに成功した。

いくら街頭演説が盛り上がってＹｏｕＴｕｂｅの画像をＳＮＳやアルファブロガーが拡散しても、テレビが取り上げないことには、短い選挙戦のなかで支持は広がらない。ＩＴ起業家で原発推進派のホリエチンが、かつて保守党の援軍として立候補した際に得た大量のプロモーション映像とは、まさに雲泥《うんでい》の差だった。

「まぁ、星川元総理はどうでもいいですよ」

そういって、いったん日村は目を閉じた。数秒後、刮目《かつもく》して口を開くと、恐ろしいことをしゃべり始めた。

「……でも、大泉《おおいずみ》元総理は、いつ着火してもおかしくない存在ですよ」

「うぐぅ」声にならない音を小島は発する。

元総理、大泉総一郎《そういちろう》の大衆訴求力には定評がある。現に、大泉が月に一度くらい原発即ゼロの講演をすると、それは必ずニュースとして報道されるし、聴衆はほぼ全員、大泉の信者になるという。

「衆参ダブル選の前に着火するようなことがあれば、どうなることか……前もって伊豆田清彦《いずたきよひこ》知事のようにしてやらんといけませんなぁ」

日村は、小島の顔をあえて見ることもなく、語りかけるでもなく、そう呟《つぶや》いた。

庭の池の緋色《ひいろ》の錦鯉《にしきごい》が、「ポチャン！」と派手な音を立てて跳ねた。すると逆に、押しつぶされるような静謐《せいひつ》さが、古い日本家屋全体を覆った。

伊豆田清彦知事とは、日本最大の原発である新崎原発の立地する新崎県の前知事である。再稼働反対の急先鋒《きゅうせんぽう》であったが、日本電力連盟の仕掛けた汚職スキャンダルに嵌《はま》り、つい先日、逮捕されたばかりだった。

冷静に考えれば、たしかにそういう手段があると、小島は思い直した。「電力モンスター・システム」の実質的な考案者である小島とはいえ、さすがに元総理まで殺《あや》めることには思いを致していなかった。しかし、日村に鳥瞰的《ちょうかんてき》に未来予想図を沈着冷静に示されると、なるほどその通り、と思わざるを得ない。

大泉の講演料はワンショット一〇〇〇万円を超えるという。そこに大泉元総理の弱みがある、と小島は直感した。

あとはどう毒牙《どくが》を仕込んでいくか……新崎県の伊豆田知事には、県庁のＩＴシステム開発の仕事を大手ＩＴゼネコンに受注させ、その下請けを知事の義理の父親が経営する会社に随意契約で発注させて、それが法外な価格であるとし、収賄《しゅうわい》で逮捕に持ち込んだ。相手が総理経験者の大物といえども、今回も陥《おとしい》れるやり方は同じだ。

「こうやって歴史は創《つく》り出されていくのさ……」

市谷加賀町からの帰路についた日村は、日本電力連盟が手配した黒塗りのハイヤーの後部座席に揺られながら、新宿の高層ビル街のライトアップを眺《なが》め、ニヒルに笑った。

その顔をハイヤーのガラスで確認し、ほんの少しだけ乱れていた七三の髪を整えると、おもむろに携帯電話を取りだした。日本電力連盟からあてがわれた二三歳の女の、その美しくくびれたウエストラインが脳裏をよぎる。

「……璃子《りこ》か、もうパークハイアットの部屋にいるんだな？　そうか、あと一分で着く。そうだ、シャワーを浴びておけ」

日村にとっては、原発再稼働も、「電力モンスター・システム」も、そして小島や守下や璃子も、自分の野望を叶《かな》えるための踏み台に過ぎない。

第4章　発送電分離の闇

朝日新聞（二〇一四年一月二七日・朝刊一面・三九面）

「甘利経済再生相のパーティー券、電力九社覆面購入」

原発を持つ電力各社が二〇〇六年以降、原発再稼働を訴える甘利明経済再生相のパーティー券を水面下で分担して購入してきたことが朝日新聞の調べで分かった。平均的な年間購入額は数百万円とみられるが、各社の一回あたりの購入額を政治資金規正法上の報告義務がない二〇万円以下に抑えていた。法律の抜け道を利用し、資金源の表面化を防いだものだ。

「パーティー券、極秘裏仕事」

電力会社役員が自民党に個人献金していることは判明しているが、電力各社が電気料金を原資にパーティー券を分担購入していたことが明らかになるのは初めて。

複数の電力会社幹部によると、甘利氏が電力会社を所管する経済産業相に就いた〇六年、電力九社は一回あたり約一〇〇万円分のパーティー券を分担購入。各社担当者が協議し、事業規模に応じて分担額を決めた。この枠組みは翌年以降も続き、東電などの関連会社が加わることもあった。東電は一一年の原発事故後にやめたが、他の八社はほぼ同じ金額で購入を続けてきたという。

甘利氏の資金管理団体「甘山会」の政治資金収支報告書によると、〇六〜一二年の七年間に平均年九回の政治資金パーティーを開催。電力各社は毎年二、三回以上のパーティーで購入したといい、平均的な年間購入総額は数百万円とみられる。分担額が一割以下の電力会社幹部は「年間一〇〇万円ほど買ったこともある」と証言しており、分担割合から算出すると総額で一千万円程度購入した年もあったようだ。

東電は国会議員ごとに原発政策への影響力や協力度を査定し、当初は分担購入の中心的役割を担った。甘利氏は最重視された一人で購入額はトップクラスだったという。

甘利氏は自民党の経産族議員でエネルギー政策に強い影響力を持つ。新潟県の泉田裕彦知事と昨年七月に会談し、東電柏崎刈羽原発の再稼働に向けた安全審査申請に理解を求めた。

甘利氏の事務所は取材に「政治資金の収支は適正に処理し報告している。記載以上の詳細は回答していない」と答えた。九電力会社は「個別内容の回答は差し控える」とし、関電は「他社と協力して購入することはない」と付け加えた。

＊＊＊＊＊

（11）

日本電力連盟常務理事、小島巌の長所は、キレのいいフットワークである。

資源エネルギー庁次長、日村直史の立会いのもと、原子力防災課長兼内閣府原子力災害対策担当室副室長の守下靖を慰労した翌朝、大手町の日本経済団体連盟ビルにある日本電力連盟のオフィスに出社した小島は、早速、前日の日村の宿題に着手することにした。

まず、立地環境部長を常務理事室に呼ぶ。同じ関東電力出身だが、酒に強いだけが取《と》り柄《え》の鈍《どん》重《じゅう》な技術系の男だ。原発の立地には、周辺自治体との宴席が欠かせない。原発が立地するような田舎では、まだまだ一緒に飲んだ酒の量で親しさを判断するような輩《やから》が多いからだ。

「各原発のUPZ内の自治体ごとに、首長と議長のみならず、保守党系と民自党系の地方議員のリスト、それからそれぞれの選出元の自治会長と町内会長のリストを整理してほしい。何人くらいになるかな？」

そう小島が立地環境部長に通告する。

「はて、何人くらいですかね……」というのが立地環境部長の答えだった。

まったく無意味な受け答えだ。この男に知的な仕事は無理だ。しかし、これまで仕事としては、立地地域の有力者と酒を飲むことくらいしかさせていなかったのだから、仕方がない。

「自治会、町内会ですか？」

と、立地環境部長が続ける……ただ小島のいっていることを復唱しているだけである。

「あんまり、そんなレベルまでは付き合っていませんでしたからねぇ」

それはわかっている。だからリストを整理しろ、といっているのである。

「各電力さんに発注してお願いすることになりますが、どういった目的で、と説明したらいいですかね？」

本当の目的を伝えたら、この男から各電力会社の立地環境部に伝わり、それが各電力の社内でどんどん増幅して伝わっていく。電力会社のなかといえども、末端には共産党の細胞がいるかもしれない。絶対に、本当の目的を説明するわけにはいかない。かつての厳海のヤラセ説明会のように、共産党の細胞から、「しんぶん赤旗」にリークされるのがオチだ。

「いいよ、説明しなくて。何か聞きたければ、各社の社長から俺に直接電話で質問してこいっていっとけ」

そう突き放して答えておいた。

電力会社の社長であれば、「電力モンスター・システム」については、各社からの上納金だけでも日本電力連盟に年間四〇〇億円が渡り、電力業界全体では年間二〇〇〇億円が自由に使えることに見当が付いているはずだ。なぜ、社長になる可能性もない立地環境部長や各社の立地環境部の連中に、業界秘中の秘の「電力モンスター・システム」を説明する必要があるだろうか。

「はい、はい……各社の支店まで総動員しなくちゃいけないから、まぁ、一週間は見てくださいよ。小島さん、相変わらずの強権発動ですか?」

と減らず口を叩いて、立地環境部長はスタスタと出ていった。

電力会社のほとんどの社員は、裏の汚い「電力モンスター・システム」を知ることもなく、業種別給与で一、二の水準を誇る高い給料と、競争に晒《さら》されない安定雇用という、電力の利権の蜜《みつ》を吸わせてもらっている。この立地環境部長がその代表格だろう。

こちらの辛苦《しんく》も知らないで、とも思うが、この辛苦を味わう者こそが真の社会の勝者なのだ。政治家の顔を「電力モンスター・システム」の札束で引《ひ》っ叩《ぱた》き、覚醒《かくせい》させた政治家の威光で官僚をひれ伏させる。田舎電力の社長ですら小島には頭を下げる。それは小島が将来の関東電力の社長候補であるからだ。

小島が頭を下げる相手は、世の中で、関東電力の会長、社長、副社長くらいのものだ。いずれ、自分は関東電力の頭となる。それは日本のなかで一番の権力者なのだ。「電力モンスター・システム」の考案者として当然の報酬だろう。

部屋を出ていく立地環境部長の背中を見送ったあと、日村のもう一つの宿題である大泉元総理の対策を始めることにした。いまや、趣味の音楽鑑賞、脱原発講演、それに再生可能エネルギーの社団活動に勤《いそ》しむ大泉元総理に対しては、NPOから講演の依頼をして、その講演料収入での申告漏れという毒を盛るしかない。

講演料収入それ自体はもちろんのこと、それ以外にも、最高の宿泊、最高の食事、お車代、それからお土産《みやげ》としての商品券の供与といったあたりを、事後的に国税局に穿《ほじく》り出させればよい。

とはいえ、その手先として、「電力モンスター・システム」で手なずけられ、既にその正体が世間に薄々ばれている環境系NPOや消費者系NPOではダメだ。

こうしたNPOは大抵《たいてい》、「私たちのエネルギーのリサイクル問題を考えるシンポジウム」なんかを年に二～三回開催し、ホームページに堂々と掲載している。もちろんカネの出所は、電力会社の表の広報予算、そして肝《きも》のところは「電力モンスター・システム」だ。

美名のタイトルとは裏腹に、そういうシンポジウムの結論は、

「限りあるウラン資源を有効利用するために放射性廃棄物のリサイクルが必要です。リサイクルにより生み出される高レベル放射性廃棄物の最終処分場を、これから国民の間で議論して選定していかなければならない」

と相場が決まっている。

フクシマの事故以前であれば、こうしたNPOも、世の中からはまともなNPOと見られていた。しかしフクシマの事故以降、彼らはNPOの衣で身を包んではいるが、その実態は電力に買収された原発推進団体であることがバレてしまっている。

こういう既存のNPOから大泉元総理に声をかけたとしても、勘《かん》のいい大泉は、すぐ電力からの差し金と気が付くはずだ。それを避けるためには、電力会社がスポンサーであることを隠し、田舎の素朴然としたNPOを電力会社OBに急ごしらえでつくらせることだ。

その田舎の素朴然としたＮＰＯの発起人が、「設立記念シンポで大泉元総理から、ぜひエネルギー政策のお話を伺《うかが》いたい」と、情熱を込めた手書きの手紙を送れば、案外意気に感じて講演を引き受けてくれるかもしれない。

大泉元総理の「偉大なるイエスマン」として保守党の幹事長を務めた岡部晋《おかべすすむ》の地元にでもこしらえて、岡部に大泉元総理への口添えをお願いでもすれば完璧だ。岡部の息子は二世議員として跡を継いでいるから、大泉元総理に対してだけでなく、地元の要望に対しても、もちろんいまでもイエスマンのはずだ。

（12）

小島常務理事のもう一つの長所は、普通の電力会社の役員のように、ただ日村資源エネルギー庁次長の宿題を処理するだけではなく、日村の宿題から一歩先の展開を考えて手を打つことである。

発送電分離の阻止――これは考えようによっては、原発再稼働以上に大切な命題だ。

発送電分離が完全になされてしまえば、超過利潤、いわゆるレントは、送電部門にしか発生しなくなる。送電部門については、さすがに競争する会社ごとに送電線を多重投資することは効率的ではない。放っておくと送電網には自然独占性があるので、ミクロ経済学の産業組織論のロジックからいっても、独占を制度として保障する代わりに価格規制を行い、総括原価方式、すなわち投資したら投資しただけの費用の回収が保証される仕組みが正当化される。

したがって送電部門の総括原価方式は、発送電分離を実現したあとでも、法制度として維持されるだろう。

しかしそれでは、「電力モンスター・システム」が、「送電モンスター・システム」へと、ずいぶん小ぶりになってしまう。送電部門では、発電部門のように、原発一基で三〇〇〇億、四〇〇〇億といった投資を行うことはできない。

するとこれは、電力会社の社会的パワーが、日本社会において縮小することを意味する。

ここで、発送電分離が実現する前に原発が動けば、じゃらじゃらとカネが流れ出て、発送電分離を阻止する政界工作資金が「電力モンスター・システム」から工面できる。しかし、原発が再稼働せず、政界工作の兵站《へいたん》が絶たれたまま発送電分離にまで持ち込まれてしまうと、日村を始めとする経産官僚の思うつぼだ。

しかも、ただでさえ、これからUPZ内の自治会長や町内会長対策で、莫大な工作資金が要《い》るのだ。

電気が足りないわけでもない。フクシマの事故以降、最初は原発が動かないと電気が足りないといって国民を欺《あざむ》こうとしたが、想定外の省エネが進んでしまい、原発ゼロで、かつ計画停電すらせずに、電力需要のピークの夏を乗り切ってしまった。

いまは、原発が再稼働しないと電気料金が上がる、といって国民を脅している。

しかし、これも実は嘘だ。原発の放射性廃棄物の処理・処分コストが将来的にいくらかかるかわからないのに、発電時のわずかな費用しかコストに算入せずに安いといって、表面上は見せかけている。これでは将来世代に対して、いわば白地の小切手を切っているようなものだ。

——原発再稼働を急がなければならない本当の理由は、発送電分離阻止のためなのだ。

小島は、保守党の資源・エネルギー戦略調査会長から、政権交代後の組閣で成長戦略担当大臣になって総理を支える赤沢浩一《あかざわこういち》、経産省OBで総理の出身派閥である聖和会《せいわ》の会長として総理の後見人を自負する松村修孝《まつむらしゅうこう》、そして同じく経産省OBで電力供給安定化議員連盟会長を務める臼田浩之《うすだひろゆき》を訪問することにした。

「おい、すまんが、いつもの三先生のアポを取ってくれよ」

と、小島は大声で部屋の外の秘書に促した。

小島の秘書から連絡を入れれば、三先生が地元から上京している場合には、二四時間以内に、上京していない場合であっても、次の上京から二四時間以内に、面会のアポイントメントが確実に取れるはずだ。

三先生へ振り付ける表の場での言い方としては、

「日本電力連盟としても、発送電分離に何が何でも反対というわけではありません。ただ、原発を再稼働しない段階での発送電分離だけはおやめいただきたい。玉《ぎょく》(=電気のこと)が足りない段階で自由競争をすると、電力価格が高騰し、需要家の経済的負担が増えます」

ということだろう。

本音の部分では、政治家側が電力会社以上に闇の政界工作資金の必要性を切実に理解してくれてもいいのだが、それはそれで表の世界でいえる台詞ではない。

「需要家の経済的負担が増える」——こういう反対の言い方であれば、NHKの「日曜討論」でも大手を振って発言してもらえるだろう。


「改革派」の元経済産業大臣、持《もち》田《だ》満《みつる》のもとでは、電力自由化は三段階のステップで進められることとされていた。第一段階の電気を融通《ゆうづう》する広域連系機関の設立、第二段階の小売りの全面自由化……ここまでは改正法が成立していた。あとは次の通常国会で、第三段階の発送電分離を実現することが残されていた。

「改革派」の持田のあとには、いったんは小口陽子が経済産業大臣に任命された。小口はいわずと知れた元総理の娘である。元総理の子どものなかで最も政治家向きであった陽子が、現職総理のまま逝去《せいきょ》した父の跡を継いだ。親譲りの気遣いの細やかさと人当たりのよさ、そして血筋に対する安心感もあって、政界で急速に頭角を現していた。

女性政治家のなかでも数少ない現役の「ママ」ということもあり、経済産業大臣として国民と対話をすれば、原発再稼働に抵抗感を持つ主婦や高齢者に対して説得力があるのではないか、ともいわれていた。

経産省は、大臣秘書官に、これまで電力自由化法案を陣頭指揮していた樫《かし》尾《お》亘《わたる》を抜擢《ばってき》した。

小口はこれまでは経済産業行政に関わることがなく、エネルギーや原発についても白紙の状態だった。大臣在職中、夫や子どもよりも長い時間接することになる大臣秘書官に樫尾を抜擢《ばってき》したということは、電力自由化についてマンツーマンの指導を行い、発送電分離に関しても手を抜かず、一気に法案を成立させたいという経産省の意欲の表れであった。

期せずして、小口が政治資金問題で大臣を辞任したあと登用されたのは、参議院議員の寺沢洋二《てらさわようじ》であった。元総理の甥《おい》という毛並みのよさが加部信造《かべしんぞう》と共通していたが、東大法学部卒で大蔵省出身という経歴が、加部とは大きく異なっていた。

ただ寺沢は、経歴だけを見れば典型的なエリートであるが、大蔵省のなかでは、証券局や理財局といった地味なポストを回り、決してエリート中のエリートであったわけではない。総理の甥という血筋にもかかわらず、主計局に配属される同期の後塵《こうじん》を拝し、大蔵省時代に鬱積《うっせき》した劣等感と、衆議院議員選挙に落選して参院選で復活した屈辱を、役人に対してぶつけて鬱憤《うっぷん》を晴らす……そういうタイプの大臣だった。

財政・税制通で、保守党税制調査会のインナーであり、事あるごとに経産省嫌いを公言していた寺沢が大臣に就任し、経産省には緊張が走っていた。できるだけ大臣に臍《へそ》を曲げられないように、事務方は、最大限気を遣《つか》うことになったのだ。

そして寺沢にはエネルギー行政に対する知見がない。それゆえ、政策が既定路線から脱線しないよう、樫尾に続いて、エネルギー行政に精通した電力市場整備課長の伊藤誠司《いとうせいじ》を大臣秘書官に付けた。

すると、寺沢は大臣就任後、表面上は省内で柔和に振る舞い、その頭脳の明晰《めいせき》さから事務方の評判も芳《かんば》しかった。ところが、党内でも税調という地味な役回りから突然、国政の最前線に引きずりだされたため、そのストレスの矛先《ほこさき》が、たとえばＳＭバーなどに向かう恐れが無きにしも非《あら》ずといえた。

日本電力連盟の小島としては、とにもかくにも、次の通常国会で発送電分離法案を可決・成立させることだけは避けたいと願っていた。

法案成立を先延ばしにすれば、その翌年には、衆参ダブル選か、ダブル選でなくても、少なくとも参議院選挙はある。であるならば、選挙の際の実弾支援と引き換えに、個々の候補者に「当選後の発送電分離への不支持」という選択を迫ればよい。

選挙の際の保守党や民自党の公約には、「中長期的な脱原発依存を視野に入れながら、電力自由化と安定供給との両立を図ってまいります」くらいの玉虫色の文言を入れて誤魔化《ごまか》してもらえばよいのだ。

本格的な原発ゼロや発送電分離は、教条主義を売りにする共産党や社会党、越本透《こしもととおる》が率いる改新の党、極端な官僚批判を旨《むね》とする、おいらの党くらいしか訴えないだろう。

（13）

政治家の朝は早い。

保守党の成長戦略担当大臣、赤沢浩一の議員会館の事務所で、日本電力連盟常務理事、小島巌の秘書からの電話が鳴ったころ、その事務所の奥の間で、資源エネルギー庁次長の日村直史は、既に赤沢と直接、差しで話を始めていた。

通常、役人が国会議員と面会するときには、議員会館事務所に入って手前に位置する、会議卓のある大部屋に通される。しかし、日村は手前の大部屋ではなく、奥のソファと議員個人の机がある個室、通称「奥の間」に通されていた。二人の親密さの表れである。

閣僚は、日中のオフィスアワーは、公務すなわち省庁における大臣としての仕事で、ほぼ独占される。公務に関しては、大臣には事務の秘書官が終日、張り付くことになる。だから政務の案件を入れるのは、畢竟《ひっきょう》、早朝か夜ということになる。

もちろん昼間にも政務の案件を入れることは可能ではあるが、事務の秘書官に監視されかねないし、日村が独断で成長戦略担当大臣の赤沢にアプローチしていることが、大臣の日中の予定を管理している官僚機構に筒抜けになる。

日村としては、前夜、電力会社に手を打ってもらうべきことは小島に託したうえで、さらに電力会社と経産省との利益が相反する事柄について、日本電力連盟の小島に先回りして、赤沢大臣に打ち込んでおくべし、ということだった。

「なんだい、朝っぱらから」

といいながら、赤沢は機嫌がよさそうだった。

若いころの赤沢は弁舌さわやかな好青年であったが、政治活動も三〇年を超えると、人懐《ひとなつ》っこい顔付きはそのままであるが、いつの間にかゴジラのような体型と酒焼けした赤銅色《しゃくどういろ》の顔となっている。

普通の経産省の役人は、商工族の首領《ドン》である赤沢を、気軽に訪問などできない。しかし、経産省キャリアの出世の登竜門である国会担当参事官を経験した日村にとってみれば、赤沢の議員会館事務所を訪問することは、朝飯前の気楽な作業である。

赤沢にとっても、経産省の役人がアポなしで、しかも朝イチで議員会館の事務所に飛び込んで来るということは、それだけ自分が重要視されている、ということを意味していた。

「すいません、朝早くから、アポもなくって」

と、一応伏し目がちに赤沢の顔色を窺《うかが》う。

「しかも、手ぶらだろう」

赤沢はそう日村を皮肉る。

いつも日村次長は、痕跡を残さないよう、手ぶらで赤沢を訪問する。寺沢経産大臣の手前、大臣より前に赤沢の意向を伺《うかが》っているということ自体、役所の秩序の建前からすれば、あまり感心できることではない。

しかも、赤沢は商工族、寺沢は税調インナーで、犬猿の仲なのだ。そういうリスクを承知で、重要政策の節目節目において、人目につかない形で赤沢のご意向伺いに来る日村のことを、赤沢は悪く思うはずがない。赤沢の皮肉も、二人の距離の近さを示しているのだ。

「はい。経産省としての考えをまとめる前に、まず赤沢大臣と議論させていただいてから、ということで」

日村が立場の上の者に対してだけ見せる人懐《ひとなつ》っこい笑顔をつくった。

現役の大臣相手に「議論」などというのはおこがましいというのは、普通の役人のセンスである。普通の役人であれば、「ご指導いただく」「お考えをお伺いする」と発言するであろう。

しかし、ここ数年のやりとりで、赤沢が、年齢や立場にもかかわらず、エネルギー政策に関する専門家としての役人と対等に議論している、というステータスを喜ぶ、そのことを日村は察知していた。そのため、あえて赤沢に対して「議論」という表現を使ったのである。

「おう、今朝の議題はなんだい？」

と、赤沢も気楽に応じる。

「それが、発送電分離法案についての提出のタイミングでして……」

赤沢がギロリと日村の顔に目を向けた。普通の官僚であれば、思わず下を向いてしまうほどの眼光、ゴジラの迫力だ。しかし日村は、ニコリと微笑《ほほえ》み返した。

赤沢は重々しく口を開く。

「ん？　広域連系機関の設立、小売りの自由化に続いて、三年連続で一気にやるってのが、持田元大臣のご持論じゃなかったの？」

赤沢の発言内容は、自らの考えは留保しつつも、経産省の既定路線を一応承服していることを示していた。

「私どもも、そのつもりではいるんですが……」

と、いったん切って、改めて赤沢の目のなかを確認する。国会議員慣れしている日村でなければ、萎縮《いしゅく》して、この男の目など凝視できるはずなどない。

しかし少なくとも、日本電力連盟の毒牙《どくが》は、まだ赤沢には及んでいないようであった。

「……原発再稼働がまだまだ進んでいませんから、こうしたなかで発送電分離を決めると、一気に原子力が立ち行かなくなるか、と」

「そう、日本電力連盟がいっている、ということか？」

間髪入れず、そう赤沢が言葉を継ぐ。

「お察しの通りで……」と答えながら、日村は赤沢の表情をちらりと窺《うかが》う。何の変化もない。

「……まだ、表立っては、日本電力連盟はそうはいっていませんが、必ず、そういう根回しを赤沢大臣のところにしてくるだろう、と」

「と、先読みして、俺のところに来たというわけか？」

赤沢が豪快に笑った。

「仰《おお》せの通りで……」

日村はすっかり平伏モードに切り替わっている。このあたりのチェンジ・オブ・ペースは、ラグビー場で自分の対面《トイメン》を軽々と抜き去る快速ウイングのようだ。

その絶妙なペース配分の罠《わな》にかかったか、赤沢は、「地域独占の電力会社が発送電分離後は送配電会社に成り下がる……」と、自問自答を始めた。そして続ける。

「……法的分離とはいえ、グループ会社なのだから、送配電会社が債務保証すれば、原子力発電部門だって低利で資金調達はできる、そういうことだな？」

「というのが、自由化前の資源エネルギー庁の報告書の整理です」

今度は日村が言葉を継ぐ。この小気味よいテンポが、赤沢が日村を可愛がる理由である。

「……発送電分離といっても、法的分離であれば、グループ会社による規模のメリットと競争との両立が可能です。赤沢先生の仕切りのおかげで、自由競争を徹底させる所有権分離は、もう葬り去っていますから」

そう日村は説明したが、本当は、発電会社と送配電会社との人的・資本的関係を一切断ち切る所有権分離が、理屈のうえでは理想の形である。しかし、資源エネルギー庁の報告書において、所有権分離が「将来的検討課題」として整理され、事実上葬り去られたのは、赤沢が激しくプレッシャーをかけたからだった。

「じゃ、何で電力は、原子力が立ち行かない、って懸念しているんだ？」

ここで赤沢は、当然の疑問を口にした。日村もまったく怯《ひる》まない。

「本格的な再稼働の目途《めど》が立たないことを理由に、発送電分離を先延ばしにする……しかし本格的な再稼働が始まったら、今度はその原発が生み出す原資を利用して、一気に発送電分離自体を葬り去ろう、ということかと」

赤沢は目をつむって議員会館事務所の天井を向いた。

赤沢のこれまでの政治活動は、電力とともにあったといっても過言ではない。いまでは次の総理の座をも狙おうかという勢いの赤沢であるが、かつては、新保守クラブという新党ブームの元祖のようなムーブメントのなかで政界デビューを果たした。単に風に乗っての当選であれば、そのままブームの終焉《しゅうえん》とともに赤沢も、他の新保守クラブの新人とともに政界から消えてしまったであろう。

しかし、赤沢は実父が保守党議員であったため、地盤、看板、そして電力からの支援という中身の入った鞄《かばん》を、初当選から引き継いでいた。電力の側からしても、保守党のメンバーだけでなく、今後の政界の台風の眼にもなりかねない新保守クラブのメンバーにも両天秤《りょうてんびん》をかけたい、という都合《つごう》があった。そういうなかで、氏素性《うじすじょう》のはっきりしている赤沢の存在は、電力にとって好都合であったのだ。

その後、電力からの支援を受け続け、赤沢は商工族として一〇回の当選を果たし、もう経産大臣も二回務めている。フクシマの事故前に、電力各社の原発のトラブル隠しやデータ改竄《かいざん》が相次いで発覚し大問題になったときも、赤沢は大臣として「平成の徳政令」を発し、悪質な法令違反と認定されているにもかかわらず、電力各社の経営者の責任を不問にした。初入閣の寺沢洋二なんて、洟垂《はなた》れ小僧《こぞう》でしかない。

「……それを電力に許したのでは、元《もと》の木阿弥《もくあみ》ということだな？」

「そうです。フクシマの事故前の状態に、電力の力を戻すということは、さすがに……」

赤沢はまだ目をつむっているが、そんなことはおかまいなしに日村が続ける。

「保守党のみならず、民自党や改新の党にまで両天秤をかける、それほどの力を電力に持たせたままでいいのでしょうか？　奴らの政界工作資金がショートしてきても、赤沢先生をないがしろにするとは絶対に考えられません。むしろ、民自党や改新の党への兵糧攻《ひょうろうぜ》めにもなる、ということではないでしょうか？」

前回の選挙で、赤沢の選挙区では、民自党、改新の党、そして、おいらの党の候補者まで参戦し、他党の票が割れて、赤沢は次点にダブルスコアをつけて余裕で当選した。しかし、無党派層が多く風に影響されやすい都市部の選挙区である以上、かつての赤沢が新党ブームで当選したように、保守党への批判勢力はつねに一定数以上存在する。

三〇年前に保守党を攻める側だった自分が、いまは攻められる立場だ。現に、前回の総選挙はダブルスコアで勝利したとはいえ、民自党、改新の党、そして、おいらの党の候補者の得票を合計すれば、赤沢の票数を超える。前々回の政権交代選挙では、現職大臣であったにもかかわらず、民自党の新人に小選挙区では僅差《きんさ》で敗れ、比例区でかろうじて復活したに過ぎない。

こうして考えれば、保守党以外の民自党や改新の党に浮気させないように、電力の力をある程度削《そ》いでおくというのは、悪いことではない。

赤沢の政治家人生にとって最も重要なことは、経産省からも、電力会社からも、経済界全体からも、赤沢が政策の実質的決定権者であると認識され続けることである。

そうすれば、電力会社からの利益供与の規模が多少目減りしたとしても、補助金漬けの中小企業団体や、同じように国の規制で超過利潤（レント）が残っている石油業界、そして新興のモバイルゲーム業界などから、まだまだ政治資金を搾《しぼ》り取れるはずだ。

経産省にも、最後まで「赤沢先生はわかってくれている」との期待を持たせ、電力にもまた逆の期待を持たせる……政治権力とは、そういうバランスのなかで浮揚していくことを、赤沢はよく理解していた。

「わかったよ。とりあえず、いまのところ法案提出は予定通りってことでいいんじゃないか」

赤沢はそういいながら、「しかしだっ」と、眼光鋭く付け加えた。

「……だからといって、原発再稼働に手を抜いていいってわけじゃないんだぞっ」

今日一番のドスの利《き》いた声だった。しかも、それだけでは終わらない。

「経産省の一部には、発送電分離まで電力自由化を徹底すれば、原発は市場メカニズムを通じて自然に淘汰《とうた》される、なんてほざいている若い連中がいるらしいじゃないか」

それは事実だった。あれだけ甚大《じんだい》な被害をもたらしたフクシマの事故を経験したのに、それでも原発政策をそのまま維持するなど考えられない、原発に敏感な妻や育ちざかりの子どもを持つ若手官僚たちも多い。特にフクシマの被災者を現地で支援する経験をした者たちは、そういう強い意見を有し、かつ上手にそれを発信している。

「……そんな若手の跳《は》ねっ返りが、昔の一九兆円の請求書事件みたいに暗躍する前に、そして、電力からああだこうだと痛くない腹を探られる前に、とっとと再稼働させちまうんだ。わかったな！」

一九兆円の請求書事件とは、六ヶ所村の核燃料サイクル施設が、プルトニウムを使用したホット試験に入って汚染される直前の二〇〇四年に、当時の経産省の若手官僚が、『一九兆円という巨額な費用がかかる核燃料再処理をやめるべきだ』との文書を作成し、広くマスコミや政治家に持ち回った事件である。

当時の若手官僚の動きは、経産省高官も容認していたのではないか、との疑念が電力にはあり、「怪文書事件」として、これら若手官僚を含む大量の改革派官僚が一斉にパージされた。赤沢も、電力会社の意を受けて、改革派官僚を鎮圧《ちんあつ》する側に回ったのだ。

日村としても、予定のスケジュールから遅れずに、発送電分離の法案が無事に次の通常国会で実現するのであれば、原発再稼働は歓迎である。

「それはわかっています。発送電分離と原発とが矛盾しないように、総合資源エネルギー調査会原子力小委員会で検討は進めていますから」

日村はそう、とりあえず答えておく。

電力の自由化、とりわけ発送電分離と原発推進とを両立させることは難しい。これを突き詰めていくと、原発が収益を稼ぐ発電の部分は民間に担わせて電力自由化と両立させる一方、コスト的に見合わない放射性廃棄物の処理・処分というやっかいな負の部分だけ、国の負担に押し付けられてしまう可能性もあるのだ。

一方、放射性廃棄物の処理・処分について国の負担を避けるとすると、イギリスのように、原子力発電のコストが市場電力価格よりも上回るときには、その差額を補塡《ほてん》する、という政策を採らざるを得ない。一種の補助金である。

ただ、この原発補助金を国が制度として認めることになると、いままで「原発の電気の値段は安い」と散々喧伝《さんざんけんでん》してきたことと矛盾する。とても悩ましい選択肢だ。

いずれにせよ原子力発電は、最終的な放射性廃棄物の処理・処分まで計算に入れれば、自由市場のもとでは国の補助なしには立ち行かない、そのことは自明だ。結局、発電時に国が補助するのか、放射性廃棄物の処理・処分という原発のバックエンドの費用をあとで国が引き受けるのか、という違いに過ぎない。

原発に対するあからさまな補助金がフクシマ後の国民感情からして実現が難しいとなると、赤沢の問いかけは、結局のところ、民間でバンバン原発を動かして原子力発電事業者に収益を上げさせ、政治資金を捻出《ねんしゅつ》させて、将来の放射性廃棄物の処理・処分のところだけ国に引き受けさせる、という選択肢につながるものである。

しかし、コストとなる放射性廃棄物の処理・処分だけ国に押し付けられるのであれば、むしろ収益を生む原子力発電の部分も含めて、すべて国有化するのが筋ともいえるはずだ。

大衆の原子力発電への不信が拭《ぬぐ》えず、いざ事故というときに国の総力を挙げて対応する以上は、国が各電力会社の原子力発電所を引き取り、巨大国策原子力発電会社を誕生させるのが、本当は正しい姿かもしれない。そのため日村としては珍しく、歯切れの悪い答えとならざるを得なかった。

「まぁ、今日はこのくらいで勘弁《かんべん》してやろう。発送電分離をやるのはいいが、原発と両立させなきゃダメだ。とっとと一基でも再稼働させたら、潮が引くように原発再稼働への反対運動はなくなっていくぞ。そしたら、発送電分離の法案も通してやるっ」

赤沢が、その酒焼けした赤銅色の顔で、念を押した。

参院選まではあと一年半。一年後になったら、政権は選挙を意識せざるを得ない。選挙民に人気のない仕事を片付ける余裕は、あと一年といっていいだろう。

官邸のプライオリティは、あくまで集団的自衛権関連法案の成立だ。これをやりきるために、加部は執念で総理に再登板したといってもいい。公命党との関係で、四月の統一地方選に悪影響を与えないよう、集団的自衛権関連法案の審議は先送りして、統一地方選後に審議する約束ができている。

財務省のプライオリティは、消費税一〇%への引き上げの円滑な実施だ。とりあえず一年半の延期となったものの、加部も長期政権を目指すならば、消費税一〇%は先送りできない課題である。いまは地方創生と銘打った公共事業の地方バラマキの補正予算と日銀の金融緩和でなんとか地ならししているが、消費が持ち直さなければ、支持率の急落要因となりうる。

そして原発再稼働は、シングルイシューとして見れば、内閣支持率マイナス一〇ポイントほどの悪影響があるだろう。直近の解散総選挙で衆議院議員の任期を更新することに成功した加部政権ではあるが、統一地方選後に、政権にとって他のより大きな懸案を先送りしている以上、原発再稼働まで統一地方選後に先送りしたのでは、その負荷に政権が耐えられないかもしれない。

そうだとすると、いま片付けておくべき課題として、再稼働を官邸も容認するだろう。今冬に再稼働できずに発送電分離も先送りされ、次の次の通常国会なんかに法案が先送りされた日には、参院選が直前に控えた国会議員たちは、「電力モンスター・システム」に呑み込まれてしまうだろう。

こうして、選挙後に注射が効いた議員たちが登院した暁《あかつき》には、発送電分離の法案の国会提出すら、ままならないかもしれない。この国では、いったん閣議決定された法案でも、保守党の占株が納得していなければ、何年も店晒《たなざら》しになることなどよくあることなのだ。

そうなると、もう日村の官僚人生のあいだはもちろん、日村が生きているあいだに、発送電分離は実現しない怖れすらある。

「赤沢大臣、今日はありがとうございました。それでは失礼します」

結局、出されたお茶に手を付けることもせず、日村は席を立った。

経産省のＤＮＡの悲願ともいうべき発送電分離を実現するためにも、とにもかくにも一応は、原発再稼働をさせておかなくてはならぬ。そう思いを新たにして、日村は赤沢の事務所を後にした。

第5章　天皇と首相夫人と原発と

読売新聞（二〇一四年六月一日・朝刊第二部三面）

「皇室ダイアリー　両陛下　人の営みと自然への思い」

天皇、皇后両陛下は五月二一日から翌日にかけ、栃木、群馬両県を訪問された。三回目となる「私的旅行」だ。

行き先は、かつて、産業発展の礎《いしずえ》になる一方で深刻な鉱毒被害を起こした足尾銅山の周辺や、被害を防ごうとつくられた渡良瀬《わたらせ》遊水地などだ。両陛下の希望が反映された日程だった。

初日は、強い風雨に見舞われた。それでも両陛下は渡良瀬遊水地の展望台に上り、今は人々の憩《いこ》いの場にもなっている貯水池や調節池周辺を見られた。傘を持っているのも大変で洋服もぬれてしまったが、周辺のヨシ原の浄化機能などの説明を熱心に聞かれた。佐野市郷土博物館では、鉱毒被害の救済に尽力した田中正造《たなかしょうぞう》の、明治天皇への直訴状の実物に見入られた。

二二日は、足尾銅山近くの施設で、荒廃した山への植樹を続けてきたNPO法人代表の説明を受けられた。陛下は「随分、良くなりました。本当にご苦労されましたね」とねぎらわれた。

両陛下は屋外に出て山々の様子を直接たしかめ、皇后さまは「青々としてまいりましたね。もう花が咲きます？」と尋ねられていた。

人は自然を畏《おそ》れつつ巧みに利用するが、時に壊し、汚してしまう。省みて再生に努力し、共生を目指すのも人だ。新緑の美しさに触れながら、人間の営みの複雑さを思う旅だった。

＊＊＊＊＊

（14）

御所《ごしょ》。いわずと知れた宮中《きゅうちゅう》の天皇陛下《てんのうへいか》のお住まいである。

一一月初旬の日曜の昼下がり、宮内庁の公式発表では終日静養とされているその日、御所の応接室に、原子力規制庁長官、井桁勝彦の姿があった。

ベージュの絨毯《じゅうたん》の上にライトブラウンのソファと無垢《むく》のケヤキ材製の小さなテーブル。こぢんまりとした設《しつら》えの応接室のなかで、井桁は大きな体軀を小さく屈《かが》め、陛下の入室を緊張しながら待っていた。

昭和天皇の時代には、皇居のなかでも、宮殿は公務の場所、御所は純粋な私生活の場所と切り分けられ、役人が御所を訪問することはまずなかった。しかし、今上《きんじょう》天皇になってからは、皇《こう》太子《たいし》時代の東宮御所と同様、かしこまらない小規模の公務は、御所でも行われるようになっている。

井桁原子力規制庁長官は、前職は警視総監であった。東京都の警察組織のトップであり、全国三〇万人の警察組織のナンバー2《ツー》の要職である。年に一回は今上天皇に都内の治安状況について説明する機会を与えられていたし、その前のポストである警察庁警備局長でも、全国の警察の警備最高責任者として、行幸《ぎょうこう》のお見送りとお出迎えの際に天皇陛下に接していた。

さらに、それ以前の埼玉県警本部長、警視庁公安部長のポストでも、そして昔にさかのぼれば、井桁が警察庁入庁二年目に新人の見習いとして皇宮警察に配属されたときにも、当時東宮におられた皇太子殿下と面識を得ていた。以来、天皇陛下とは、四〇年近くの長きにわたって相識の間柄であった。

天皇陛下の日程は宮内庁のホームページにて事後的に公表されている。さまざまな公的団体の記念式典でお言葉を述べられたり、福祉施設や災害の避難施設にご訪問されてお見舞いを述べられたり、といった公務のほかに、閣議決定されるさまざまな文書への署名といったデスクワークや、閣僚から時々の行政について内奏《ないそう》を受けたり、各省の事務次官から御進講を受けたりと、公務は目白押《めじろお》しである。

天皇陛下は極めてお忙しいのである。

内奏や御進講の際には、当然のことながら、陛下から様々なご質問やコメントが発せられる。ただ、日本国憲法において、天皇陛下は国政に関する権能は有しないとされているため、陛下の発言内容を外部に明らかにすることは、天皇の政治利用として厳しく戒《いまし》められている。過去、閣僚が内奏での会話の内容を記者に漏らし、辞職に追い込まれたケースもある。

こうした宮内庁のホームページで公表される日程以外にも、天皇陛下は純粋な私的行為として、学生時代からの友人や親しい知人などと面会されることがある。今回の井桁の御所訪問も、侍従長《じじゅうちょう》から、井桁長官の個人の携帯に電話がかかってきて実現したもの。これは侍従長が、陛下の日程自体が原子力政策・エネルギー政策の文脈で政治利用されないよう、この面会を非公表の純粋な私的行為と整理したからである。

侍従長としても、

「天皇陛下だって、原発には反対だ！」

と、大泉元総理に喧伝《けんでん》されることになると、陛下の日程調整の責任を官邸から問われかねない。要らぬリスクは取らないのが、役人の常道なのである。

改めて指摘するまでもなく、今上天皇と皇后両陛下は、東日本大震災の被害に心を痛められている。とりわけフクシマ原発の事故については、美しい日本の国土が放射性物質により汚染され、いまだに一五万人以上の住民が住み慣れた土地からの避難を余儀なくされていること、そして、天から与えられし農作物や畜産物や海産物の恵みの多くが、未だ放射能の基準値を超え出荷停止となっていることに、深い悲しみを覚えておられる。

皇居内の様々な儀式で、日々、日本国の民のため、農産物の豊作をお祈りになられている陛下にとっては、まさにフクシマの現状こそが、千数百年以上のあいだ脈々と続けられてきた天皇家が慮《おもんぱか》る最たるもの……フクシマでは、いま民の竈《かまど》から、煙が出ていないのである。

陛下が私的旅行として足尾《あしお》銅山の跡地を訪問されたことも、原子力災害を二度と繰り返すことのないようにとの陛下の強い意志の表れである。一〇〇年以上前の鉱毒から回復した自然を視察することによって、フクシマの復旧・復興の祈りを天に伝えようとされているのだ。

「ときに井桁さん」

と、陛下は微笑みを浮かべながらも、それでもどこか寂しそうな表情で、井桁長官に声をおかけになった。テーブルの上には、ウェッジウッドのワイルドストロベリーに注《つ》がれた紅茶のそばに、角砂糖、ミルク、レモンスライス、そしてプティフールがいくつか添えられている。御所での来客への接遇は、大衆が想像するよりも遥かに質素で、ありふれたものなのである。

「あなたが、原子力のお目付け役になってくれて、安心です」

これは陛下のご本心だろう。陛下のお言葉はつねに慈愛《じあい》に満ちている。

「ははっ、誠に恐れ入りますっ」

井桁は頭《こうべ》を垂れた。

「陛下、ご承知の通り、私はもともと文系の事務屋なものですから、技術的なことはすべて原子力規制委員会の委員長以下、専門家に任せております。ただ、法律的な整理ですとか、法令遵《じゅん》守《しゅ》ですとか、そういった内部統制につきましては、警察で培った知見を最大限生かすことが、役人としての最後のご奉公かと存じております」

これが正直な井桁の気持ちだった。フクシマの事故の際に、原子力安全・保安院の院長が事務屋で原子力技術に疎《うと》く、時の総理の不興《ふきょう》を買ったが、そのときと同じように、またしても原子力規制の組織のトップに、原子力の専門家ではないズブの素人の事務屋が着任した。それが自分だ。

それをあえて隠すこともなく、虚勢を張らずに、自然に素直に井桁に告白せしめるところが、陛下のオーラの凄《すご》さなのである。

「まぁ、技術屋とか事務屋とかは関係なく、みなが叡智《えいち》を絞って、原子力の安全に心を砕いていただくことが大事でしょうねぇ」

と陛下は述べられた。陛下のお言葉はつねに優しく真っ当である。

「ときに、井桁さん……」

ここからが、陛下が今日、井桁を内密に御所にお呼びになった本題なのであろう。

「そろそろ我が国の原子力発電所がまた動き出しますか？」

ここは、侍従長も席を外している、二人だけの空間である。

「……はい。原子力規制庁では、まず筑紫電力の仙内原発が原子炉等規制法の規制基準に適合していると判断いたしました。これから続いて、同じく筑紫電力の厳海、蝦夷《えぞ》電力の戸鞠《とまり》、近畿電力の高花と大井《おおい》、そして南海電力の井形《いがた》の審査が進みます。さらに、関東電力の新崎や日本原発の韜晦《とうかい》も、うちうち審査の下準備をしております」

井桁はイノセントに、知っていることだけを述べる。陛下は軽く、頭を傾けておられる。

「……井桁さん、それで、原子力発電所はまた動き始めますか？」

陛下が繰り返された。

「私の職責上は、原子力発電所が原子炉等規制法の規制基準に適合しているかどうかしか、申し上げることはできません」

陛下は椅子から少しだけ身を乗り出すようにされて、

「井桁さん、今日は、原子力規制庁長官として井桁さんをお呼びしたわけではありませんよ。井桁さんの個人的な見通しをお伺いしているのですよ」

と、たしなめられた。陛下のご意志は固いようだ。

御所の外から、エンマコオロギのリリリリリ♪という鳴き声が聞こえてくる。皇居にはまだ、武蔵野の自然が残されている。都心のど真ん中にありながら、ここは別世界であった。

エンマコオロギに促されるように、井桁は意を決して話し始めた。

「……原子力規制委員会の審査のあとに、周辺自治体の同意が必要です。周辺自治体は、いままで原発の稼働によって経済的に随分と潤ってきたわけですから、原子力規制委員会が規制基準に適合しているとの審査結果を出せば、おそらく遅かれ早かれ、同意は得られるかと存じます」

「前の民自党政権の四大臣会合のような政治判断は想定していない、ということですね」

そう、遠くを見るような目で陛下は述べられる。

「ええ、そのように承知しております……」

陛下はさらに遠くを見るような目つきになられた。

「もしも原子力発電所に、フクシマよりも酷《ひど》い事故があったら、どうやって事故を収めるのですか？」

「…………」

井桁は沈黙した。

手元の紅茶は、手が付けられないまま、もうすっかりぬるくなっている。エンマコオロギのリリリリリリリ♪という鳴き声がまた聞こえてくる。陛下と相対している国民の代表である井桁は、ここから逃げることはできない。

基本的に、公務員は、自分の与えられた持ち場の職責しか考えない。井桁規制庁長官とて同じことだ。しかし陛下は、我が国のすべてを心配しておられる。国政の責任を問われるはずの政権が、原子力発電所の再稼働について政治判断はしないと逃げている……陛下はそれを心配しておられるのだ。

陛下は、あえて井桁の沈黙に気が付かないようにして続けられた。

「以前、フクシマの事故を受けて、原子力災害対策特別措置法の改正がありましたね。その際に、一条一条、条文を読んでみたのです」

「……え？　陛下御自《おんみずか》ら、一条、一条ですかっ」

井桁は咄嗟《とっさ》に、うまく反応できない。しかし、陛下は微笑みを浮かべられたままだ。

「もちろん、私も法律の専門家ではないので、正確に理解できたかどうか、心もとないですけどね」

井桁が首を横に振った。陛下はあくまで冷静であられ、そして謙虚なお人柄である。恐らく正確に理解されたからこそ、こうして井桁を御所に、こっそり呼んでおられるのであろう。

「原発でフクシマ以上の事故が起きたときに、災害対策本部が立ち上がり、総理が本部長として指揮を執ることが法律には書いてありますね。しかし結局のところ、いったい誰が責任を持って事故を収めることになるのですか？」

井桁は、この陛下のシンプルなご質問に答えられない。

原子力災害対策特別措置法は、まずもって原子力事業者、すなわち電力会社を一義的な災害の拡大防止と復旧の責任者として定めている。電力会社が原子力発電所を運用している以上、これは当たり前のことではある。しかし、事故が発生したときには、とても電力会社の手に負えないことは、フクシマの教訓から明らかである。

国は、原子力災害対策特別措置法第一五条に定める原子力緊急事態が発生したときには、同法第一六条により原子力災害対策本部を設置し、同法第一七条に定めるところによって、内閣総理大臣が本部長として指揮を執る。原子力規制庁長官は、その原子力災害対策本部の事務局長を務めると、マニュアル上ではなってはいる。

が、実は法律には明記されていない。原子力災害対策本部の事務局長の職責が、法令上明らかではないのだ。

そして、本部長たる内閣総理大臣の権限は、権限の行使についての「調整」（同法第二〇条第一項）、行政機関や原子力事業者への「必要な指示」（同法同条第二項）、防衛大臣に対して自衛隊の部隊等の派遣の「要請」（同法同条第四項）、行政機関や原子力事業者への「必要な協力を求めること」（同法同条第五項）等と定められている。

これらの権限に基づき、本部長たる総理は、都道府県警や市町村消防に所管大臣経由で指示をしたり、自衛隊に防衛大臣を経由し緊急出動を要請したりすることができる。しかし、警察、消防、自衛隊にとってみれば、あくまでできる範囲で協力する、ということでしかない。原子力災害の拡大防止や復旧が、警察、消防、自衛隊の本来的に予定された業務ではないし、指示に従わない場合の担保措置や強制力のある裏付けは、まったくないのだ。

「……恐れ入ります、陛下。この原子力災害対策特別措置法自体は、あくまでＪＣＯ事故の反省でつくられた体系であります。法律の建て付け自体が、フクシマの事故のような大規模な原子力災害を想定していなかった時代につくられたものであります」

ＪＣＯ事故とは、一九九九年、東海村の株式会社ジェー・シー・オーの核燃料加工施設で、核燃料を加工中に、ウラン溶液が臨界状態に達して核分裂連鎖反応が発生し、至近距離で中性子線を浴びた作業員三名中、二名が死亡、一名が重症となったほか、六六七名の被曝者を出した事故である。

井桁は天皇陛下がうなずかれるのを確認して、説明を続けた。

「……もともとこの法律ができる前は、原子力施設が事故を起こす、という前提自体がタブー視されておりました。そもそも原子力防災訓練自体が周辺住民の不安を煽《あお》るといって行われておりませんでしたし、原子力事故を前提にした法律自体がありませんでした。

そして、このＪＣＯ事故の反省のもとにつくられたのが、原子力災害対策特別措置法でありま す。フクシマのあとに法改正はされたのですが、この法律ができたときにはフクシマのような大規模な原子力事故を想定しておりませんものですから、どうしても法律の建て付けが甘い部分がないとはいえません……」

頬を紅潮させ、唾《つば》をとばし、冷や汗をかきながら、井桁はこう、一生懸命に答える。致し方ない。井桁としては、陛下の前では、率直に事実を認めるしかない。

陛下の目の焦点は相変わらず遠くで結ばれたままだ。陛下の疑問は、井桁に対してではなく、井桁の背後に潜む、戦前から連綿と続く官僚制、そのものに対して問いかけられているのだろう。

「万一事故が起こったら、日本国存亡の危機ですよ。これは総力戦です。調整とか指示とか要請とか協力とか、そんなことをいっている場合ではないのではありませんか？ 国家存亡の危機であれば、とにかく誰かが突撃するしかない……チェルノブイリ原発の事故では、ソ連の消防士と兵士らが突撃して、原発を石棺《せっかん》にしました、そうではないのですか？ では、誰が突撃するのですか？」

こう陛下は続けられた。

陛下のご疑問はよくわかる。

数年前フクシマの事故が起き、まだ警視総監だった井桁が原子力災害対策特別措置法の改正内容を伝え聞いたときのことが脳裏をよぎった。

警察官僚の井桁にとっては、フクシマの事故はあくまで他人事《ひとごと》だった。

もちろん警察は官邸の要請を受け、警視庁公安部のNBCテロ対応専門部隊を出動させた。ただ、NBCテロ対応専門部隊が想定していたテロというのは、瓶に入った放射性廃液がまき散らされるといった、局所的、限定的な小規模テロに過ぎない。フクシマ原発のような「怪物」の事故とは無縁であった。

結局、NBCテロ対応専門部隊の名前から期待される役割を果たすことはできず、原発周辺の放射線のモニタリングをするに留《とど》まった。

むしろ、事故直後に警察に期待されたのは、荒れ狂う原発に対する放水作業である。警察は、被曝の危険を冒《おか》して、機動隊の高圧放水車を派遣した。

しかし、あさま山荘事件や東大紛争で威嚇《いかく》のために用いられた四〇年前の放水車からの放水は、フクシマ原発の高さ三〇メートルの燃料プールには届かなかった。自衛隊が陸上自衛隊の大型ヘリCH47二機を派遣し、空から海水投入に華々しく成功したのとは大違いであった。

国家存亡の危機に際し、被曝のリスクを冒し、警察としてできうることを最大限行ったにもかかわらず、マスコミやネット市民から「役立たず」と笑い物にされた悪夢は、警察という組織をして、その後の原子力災害から心情的に距離を置かせることになったのである。

そんななか、原子力災害対策特別措置法が、フクシマの事故を踏まえて改正されることになった。本来であれば、陛下のおっしゃるように、国家として総力戦の体制を構築しなくてはいけないし、過酷な事故がありうるという前提で、警察、消防、自衛隊が自動的に出動できるよう、全面的に改正すべきであった。

しかし現実には、原子力災害対策特別措置法の改正内容は、(一)迅速《じんそく》な初動対応の確保、(二)国と地方公共団体との実践的な連携の確保、(三)国の緊急時対応体制の確保、(四)原子力事業者の防災に関する責務の明確化、といった小手先の弥縫策《びほうさく》に留まった。

警察のなかでも、本当にこんな小手先の改正でいいのか、という議論がなかったわけではない。しかし、法案の提出官庁は、あくまで経済産業省である。

経済産業省が立案した改正法案の中身を伝え聞いた際には、

「原子力災害対策特別措置法は、現在の内閣法制局長官が法制局参事官のときにつくった法律であり、以前の原子力災害対策特別措置法が不十分だったなどという議論は、そもそも法制局が受け付けない」

という話だった。

内閣法制局は、現代社会における訓詁学《くんこがく》の殿堂である。行政当局、特に法制局は、つねに正しい判断を行い、つくった法律はすべて正しい、その後の社会環境の変化を踏まえて改正される法律は、さらに正しい……そんな無謬性《むびゅうせい》の神話に囚《とら》われている。

それは、あたかも経産省や電力会社が原発の安全神話に囚われているのと同じだった。しかし、内閣法制局には想定外の津波や非常用電源の喪失といった事態が起こらないだけに、反省の機会がなく、そういう意味では質《たち》が悪いともいえた。

時の政権が内閣法制局の問題点を認識していないわけではない。古くは小沢一郎《おざわいちろう》が内閣法制局廃止論者であったし、最近でも集団的自衛権の容認に向けて法制局長官を交代させる人事もあった。

しかし法制局長官の交代は、集団的自衛権の容認というシングルイシューを解決しただけであって、時の官邸が関心を持たないその他のイシューについては、むしろ内閣法制局の無謬性の神話をより強固なものにする方向に働いた。

政と官との関係のなかで、内閣法制局は、官僚優位の最後の砦《とりで》といってもよい。

（15）

「……井桁さん、何も、原発事故の際に、警察に対応してほしい、ということをいっているわけではないのですよ。やはり自衛隊にやっていただくしかないんじゃないですか？」

ほんの少しだけ目を閉じておられた陛下は、そう続けられた。

陛下は、本当は、すべてわかっておられる。わかっておられるのに、言葉を失っている井桁が正気を取り戻すための、もっともらしい助け舟を出されているのだ。

――井桁は激しく動揺した。最高の頭脳が集まるといわれて久しい日本の官僚制。警視総監、そして原子力規制庁長官といえば、その官僚制のほぼトップに位置する職制である。その立場にありながら、むざむざと縦割りの弊害《へいがい》を見逃している。それは井桁個人の問題というよりは、日本の官僚制そのものの問題といえた。

井桁の動揺は、さらに井桁の対応を上滑りさせた。エアコンが適度に効いている応接室であるにもかかわらず、季節外れの汗が、井桁の毛穴という毛穴から噴き出していった。

「へっ、陛下ー」

井桁は一段と深く頭を下げる。

「じっ、じっ、自衛隊だけはなりませぬー」

陛下が言葉を継がれる前に、井桁は顔をさらに紅潮させて、続ける。

「二・二六事件のときに、陸軍の士官が文民や警察官に銃を向けたこと……陛下は覚えておられませんでしょうかぁー。そのとき、実際に最も犠牲になったのは、警察官であります。その反省からいたしまして、私ども警察は、戦後になっても、自衛隊の敷地外には自衛官を立たせないことを掟《おきて》としておりますー」

こう、一気に述べた。

たしかに市ヶ谷の自衛隊駐屯地《ちゅうとんち》の外には、これ見よがしに交番が建っている。軍に行動の自由を与えれば、いつ市民に銃を向けるかもしれない、ということだ。

その軍を抑えるのが警察の役割だ。いまでも二月二六日には、殉職《じゅんしょく》した警官の慰霊に、警視総監が足を運ぶ。

原発事故を恰好《かっこう》の口実にして、自衛隊が、自衛隊の矩《のり》を越えることは許さない。警察のプフイドにかけて、何としても自衛隊を抑え込み、警察がなすべきことをやらなければならないのだ。

「もうよい、井桁さん……」

陛下は悲しそうなお顔で、その視線の焦点を、ようやく井桁に合わされた。そして、こう、呟かれた。

「……これは、警察と自衛隊の縄張り争いの話ではありませんよ」

警察と自衛隊の関係を申し上げたところで、陛下が納得されないことは自明だった。井桁は続ける。

「自衛隊にとっても、原発事故の処理は、決して本務ではございません……」

井桁の脳裏には、フクシマの事故直後の、自衛隊統合幕僚長の言動がよぎった。

井桁が事故直後の原発への放水策を相談するに当たり電話をした際に、統合幕僚長はこう言い放ったのだ。

「原発事故の鎮圧《ちんあつ》は、自衛隊の本務なのかどうなのか、ってことだ。現場の自衛官は、外国から日本を守ることが仕事だ。そのために命を捨てる覚悟は、入隊のときからできている。

しかしな、いくら上官の命令といえな、原発が安全に稼働していたときには、そのカネでヌクヌクと俺たちの倍以上の給料をもらっていた電力会社の奴らが一斉に逃げ出したというのに、どうしてその尻拭《しりぬぐ》いを、自衛官が命を捨ててやらされなくっちゃいけないんだ。

順番が違うだろっ？　戦争じゃないんだから、死ぬべきは、金儲《かねもう》けをしていた電力会社の奴らだろうが」

井桁が遠い記憶の淵《ふち》から正気に戻るのを待っておられたかのように、陛下が言葉を継がれる。

「……先人から受け継いだ、この美しい我が国の国土がどうなるのかという、国家の存亡に関わる話ですよ。現行法では自衛隊の本務ではない、ということはわかりますが、じゃあ、誰が事故を収束させるのか決まらないまま、それで再稼働をしてよし、というわけにもいきませんね？」

それは井桁にもわかっていた。問題の所在がわかっているからといって、すぐには解決しない問題というのが、世の中に多数ある。これもそうした問題の一つであった。

太平洋戦争に負けても、フクシマ原発の事故を経験しても、官僚制の縦割りの弊害《へいがい》は直らない。

戦前も、天皇陛下に行政大権がありながら、実質的には各国務大臣などが補弼《ほひつ》し責任を負う仕組みとなっていた。陸軍と海軍だってバラバラだった。首相は同輩の大臣の長という位置づけに過ぎなかった。

戦後の日本国憲法下の内閣でも、総理にやりたいことがあっても、各省庁の官僚の都合による抵抗に遭って骨抜きにされたのは同じだ。

日本が東西に分断されかねない国家存亡の危機を経験しても、懲《こ》りずにしぶとく生き抜く縦割りの日本の官僚制……あたかもそれは、古生代石炭紀から生き続け「生きている化石」とも称されるゴキブリと同じであり、放射能汚染に抵抗力があるところもまた、官僚制とゴキブリには共通性があった。

しかし、陛下の目からご覧になれば、官僚制もゴキブリも否定する対象ではなく、ありのままに受け止めるべき大いなる自然の一部なのかもしれない。

「……本当の保守というのは、原発の再稼働にこだわったり、経済成長を追い求めたり、ということではなくて、我が国の美しい国土や伝統文化を守る、ということではないですかね？　この前、小吹《こぶき》衆議院議長にもお話をしたら、小吹さんはよくわかっていましたけどね」

陛下が呟かれる。

それは、原発再稼働に邁進《まいしん》する保守党政権に対する強烈な皮肉のように、井桁には聞こえた。

しかし、保守党政権下での一役人である井桁にとっては、陛下の思いを実現するためのいかなる術も、残念ながら持ち合わせていない。

気が付くと、もう日は傾き、虫の音も途絶えていた。

井桁は、やるせない孤立感と無力感を、ただ陛下と共に味わうことしかできなかった。この秋の深まりとともに、日本という国家が徐々に衰退していくのではないか……こういう漠然とした不安を覚えながら、井桁は御所を辞し、自宅への帰路についたのだった。

(16)

加部信造総理の夫人、咲恵《さきえ》のiPhone6が振動した。

場所は代々木上原《よよぎうえはら》の私邸である。都内有数の高級住宅地であるが、外資系企業で日本に赴任した外国人一家が住むことを念頭につくられた外国人向けの高級マンション、その一室に加部の私邸はある。

振動は、元経済産業省の古賀茂明《こがしげあき》から、加部咲恵へのフェイスブックでのメッセージだった。

「少し前の六月一〇日の朝日新聞の夕刊三面の小熊《おぐま》さんの記事が面白いので、パソコンのメールアドレスにお送りしておきます。読むに値すると思います。よかったらご覧ください。古賀茂明」

古賀茂明は、官僚制に対する辛辣《しんらつ》な言論とは裏腹に、つねに控えめで紳士的な物腰に定評があり、主婦層に特に人気がある。

加部咲恵はフクシマ原発の被害に心を痛め、それ以降、山口県祝島《いわいしま》を反原発団体と訪問するなど、夫とは異なる立場で、原発推進に慎重な立場を表明していた。
古賀もそんななかで、加部咲恵と親交を持つようになっていた。咲恵は密《ひそ》かに、古賀に好意を持っていた。そんな加部咲恵は早速パソコンを立ち上げ、記事を見た。

＊＊＊＊＊

朝日新聞（二〇一四年六月一〇日・夕刊三面）

「（思想の地層）法の支配と原発　残留の義務、誰にもなかった　小熊英二《えいじ》」

「仮設でパチンコできるのも　東電さんのおかげです
仮設で涙流すのも　東電さんのおかげです
東電さんよ　ありがとう」
これは福島県浪江町の帰還困難区域に一時帰宅した住民が、自宅の窓に張り出した言葉である（「フクシマの首長」、雑誌「通販生活」夏号）。人間にこうした悲痛な言葉を発させるような事態は、二度とあってはならない。これは東電の人々も含め、誰しも同意することだろう。
「朝日新聞」が報道した「吉田調書」が反響を呼んでいる。そこで私が注目したのは、福島第一原発所員の九割が、三月一五日朝に所長の命令なく無断撤退したことだった。

この日、福島第一原発所内では毎時四〇〇ミリシーベルトが計測された。これは五時間でも致死率五%、八時間では致死率五割に相当する線量だ。

報道では、所員の無断撤退が問題とされた。しかし本来、民間企業の従業員に、こうした状況で残れと命令する権利は誰にもない。拒否する権利、少なくとも辞職する権利は、保障されなくてはならない。

＊

このとき所員の九割は無断撤退したが、約七〇人が残留した。欧米では彼らを「フクシマ50」と呼んだ。それは勇敢さを称《たた》えたからだけではない。そんな状況で所員を働かせる人権無視に驚いたのである。

あるドイツ在住者は、当時の新聞投稿で、この問題への欧州人の反応をこう記している（本紙一一年四月一一日「声」欄=東京）。「民主主義の先進国で、これが可能なんて信じられない。ドイツ人ならみんな、残って作業するのを断るだろう」「欧州なら軍隊は出動するかもしれないけど、企業の社員が命をかけて残るなんてありえない。まず社員が拒否するだろうし、それを命じる会社は反人道的とみなされる」

軍人は死ぬ可能性のある命令でも従う旨を契約しているから、政府が軍の核対応部隊などに残留を命令できる。だがそんな契約をしていない民間人に、残留を命じる権利は誰にもないし、またそれに従う義務もないのだ。

この投稿者は、「日本でこのような議論があまり無かった気がする」と述べている。それはなぜか。日本では、民間企業の従業員が人権無視の契約外命令を受けても、拒否できないことが暗黙の前提とされているからだ。そして日本の原発も、その前提で運営されているのである。

＊

所員の九割が無断撤退した三月一五日、菅直人首相は、東電に「撤退はありえない」と告げた。ただしこれに法的裏付けは何もなく、単なる「要請」である。東京消防庁が出動したのも「要請」によるものだ。

要請に応じるのは、原則的には、あくまで自己責任による自発的行為である。それゆえ要請に対しては、拒否できる権利が保障される。さもなければ、「法の支配」が確立した「民主主義の先進国」とはいえない。

だがそれなら、原発事故で誰が最後に残るのか。「日本人は要請に従うはずだ」とは誰も保証できないし、するべきでもない。残留する法的責任を負い、事故に対応できる技術と装備を持つ機関は、現在のところ存在しない。それなしには、冒頭の浪江町民の悲劇を繰り返さないための法制度が、整っていないことになる。

これは明らかに、法制度上の不備である。菅元首相は、福島第一原発の状況が悪化したら、東京を含む半径二五〇キロ圏の避難が必要になるという試算を示され、国家の政治・経済機能が崩壊する危機感を覚えたという。それを考えれば、これは「グレーゾーン事態」よりも重大な安全保障上の欠陥ともいえる。この点の法整備なしに、原発の再稼働に賛成することは、私にはでき

ない。（歴史社会学者）

＊＊＊＊＊

その日、咲恵は、夕食後に果物とハーブティーを夫の信造に供《きょう》しながら、恐る恐る原発の話題を口にした。日頃から激職にある信造は、最近つねに顔色が悪く、肌もガサガサになっている。自分が心労をかけることになってはいけないとの思いもあり、咲恵は夫と仕事に関わる話を普段はしない。

しかし、今日は例外だった。

「ねぇ、原発で働いている人って、過酷な事故が起きたら、逃げ出さないという保証はないわよね」と、努めて明るく声をかける。

「ん、吉田調書のことか？」

朝日新聞のスクープで、フクシマの事故の際に、吉田昌郎《よしだまさお》所長の指示なく、九割の職員が福島第二原発に退避したと報道されていた。

「あれは朝日だから……」

と、不機嫌そうに、信造は梨をもぐもぐと噛んで呑み込んだ。愛犬のミニチュアダックスフントのトイ君が、おやつを求めて足元でじゃれるが、信造はそれにも気が付かないようだ。

「……従軍慰安婦報道と同じだよ」

咲恵は信造を見つめたが、夫の返答は血の通ったものではなかった。

「なんでも針小棒大《しんしょうぼうだい》に報道する。我田引水《がでんいんすい》の議論だ。原発は危険だ、という結論ありきの話だよ」

これ以上、その話はうんざり、といわんばかりだ。夫とはイデオロギーの合わない朝日や、あるいは読売のような全国紙同士でも、この件については事あるごとに対立してきた。

しかし、咲恵は普通の主婦に留まらない。咲恵には全国の主婦の声なき声の代表として、夫にきちんと問題提起しておくという自負があり、原発政策に関しては、つねに義憤《ぎふん》にかられているのだ。

「私は、別に朝日がそう報道しているから、というわけじゃないの。民間事業者である電力会社で、事故の現場から九割の社員が撤退した、という事実が問題なのよ。電力会社の上司の側だって、社員に無理にとどまって死ね、なんていえないわ。社員にだって妻も子どももいるし」

咲恵は勢いよく続ける。

「原子力安全・保安院の検査官だって現場から逃げていた。いくら職務命令に反したら懲戒だなんていったって仕方ない。上司の側だって、安全配慮義務があるわ」

咲恵の勢いに押されるように、トイがワンと一度だけ吠《ほ》えた。トイはつねに咲恵の味方だった。

信造は、ハーブティーを口に含んだまま目をつむって上を向いた。ハーブティーは胃腸には優しい。咲恵としては、できるだけ信造を気遣《きづか》っているつもりである。

「問題は、原発事故の最後の最後の砦《とりで》が、日本にはないということよ。少なくとも法律上、何の義務も負っていない民間企業に、国家存亡の危機への対処の責任を負わせられるの？」

信造は、その場では何の返事もしなかった。

いまの咲恵に、自衛隊法では、自衛隊ができることが限定列挙のポジティブリスト方式になっていて、内閣総理大臣が命令しない限り自衛隊は出動できないし、内閣総理大臣が要請したとしてもその要請に従う保証はない、なんてことを説明したら、火に油を注《そそ》ぐようなものだろう。

だからこそ、集団的自衛権の解釈変更を機に、自衛隊法を、各国の軍隊並みに、行ってはならない禁止事項のみを列挙するネガティブリスト方式に変更しなくてはならないのだ。

どんな国の軍隊でも、法律で、戦争に必要な活動を行ってよいことが包括的に授権されている。法律で明示的に禁じられているのは、確立された国際法によって定められる民間人の殺傷、毒ガスや生物兵器の使用、捕虜の虐待《ぎゃくたい》、指揮官の命令に従わない規律違反といったネガティブリストに掲《かか》げられた行為のみ……それ以外はすべて、必要であれば実行できる。人殺しはもちろん合法なのだ。

自衛隊法は、第二次世界大戦の反省から、平和憲法のもと「軍隊ではない」との整理の結果、通常の政府職員や警察と同じように、憲法や法律によって授権された具体的なポジティブリストに掲げられた行為のみを行う、とされてしまった。

これでは国家の緊急事態には、自由に行動できない。法律で定められた要件に該当しないと、人殺しが殺人罪になるのだ。

自衛隊法の改正によりネガティブリストにしてしまえば、法律に列挙した禁止事項以外は、何でも自由に自衛隊が行えることになる。これでようやく自衛隊も、本当の意味で、各国並みの軍隊になるのだ。

原発事故に限らず、他国からの武力行使や国際的テロなど、あらかじめ想定できない国家の危機というものは、無数に生じ得る。戦後七〇年の節目の年に、ようやく自衛隊の足枷《あしかせ》を外《はず》すことができる。これでようやく一人前の国家の体《てい》を成すことができるのだ。これぞ戦後レジームからの脱却である。

集団的自衛権関連立法で自衛隊法の改正が実現すれば、咲恵の指摘する矛盾も解消する。しかし、それをいま咲恵に伝えてブログにでも書かれてはたまらない。沈黙は金だ。

「明日は、朝が早いからね」といって、信造は立ち上がった。

「そろそろ失礼するよ」

早々に自室に引き揚げていく。

もう、とうの昔に、二人はバラバラの寝室で寝ていた。

にもかかわらず、咲恵は満足であった。夫への問題提起は、いつも洞穴《ほらあな》に叫ぶようなものだ。その場では何の反応も見えないが、咲恵の問いかけは、必ず夫の臓腑《ぞうふ》に落ちている。そして必ず、問いかけに対する答えが用意される。

長年寄り添った二人なので、それはわかっている。それで咲恵は満足だった。

第6章　再稼働に隠された裏取引

（抜粋）原子力規制委員会委員退任記者会見（平成二六年九月一八日）

○大島委員　ありがとうございます。まず避難計画と国あるいは規制委員会の関与のあり方という第一の点ですけれども、私が承知したところでは、アメリカにおいては、例のＦＥＭＡという組織があり、ここは原子力災害だけではなくて、竜巻とかその他の自然災害についても全部専門的に所管している組織があるわけですけれども、ＮＲＣとこのＦＥＭＡが協力しながら、実際に避難計画を立て、避難計画を実施するのは、これは地方自治体、州であったり、地方自治体であるわけなんで、その対応を相当突っ込んで関与して、支援もすると。かつ、アメリカの場合にはさらに一歩進んで、ライセンスを出すときにはその避難計画がきちんと行われると。訓練等も行われるということを確認して、そのＦＥＭＡとＮＲＣが協力しながら、その確認作業をやった上でやっていくということで、非常に突っ込んだやり方になっているわけですね。

そういうアメリカのやり方と日本とを比べますと、日本の場合には確かに引けております。もちろん規制委員会は指針を作りました。それに従って地方自治体、基礎自治体、それから県が避難計画をつくって、この避難計画については新聞紙上等もいろいろなことが言われておるわけですけれども、国のあり方との関係でいえば、私はもっともっと関与して突っ込んでいけばいいんじゃないかなと思います。

理想的なことを言えば、私自身の全く個人的な意見として申し上げれば、昨今見られるように、いろいろな自然災害もふえている。もちろん原子力災害も、これも稼働していけば排除できないわけですけれども、大変にこれから自然災害あるいは複合災害と言われるものがふえていくということは予想しておかなければいけないわけですね。そのためにはやはり政府として、国全体として、きちっとした日本版のＦＥＭＡのような組織を作って、プロがそこら辺に関与していくということが、単に原子力災害だけじゃなくて、それ以外のこれから増大、激甚化《げきじんか》が予想される対応として必要なんじゃないかなと予《かね》てから思っておりますし、寄稿文なんかにもその種のことを書いたことがあるわけですけれども、かつ、さっき触れました衆参の附帯決議の中にもその趣旨のことがうたわれております。

ですから、理想的といいますか、これから先を見通しますと、やはり国の組織の中にそういうきちんとした専門家からなる専門組織をつくって、その助けを得ながら、その支援を得ながら、避難計画あるいは訓練、人材育成といったようなことをもうちょっと組織的にきちんとやっていくと。いまやったって遅くないわけでございますので、そういうふうに私自身は感じております。ですから、私自身は、原子力災害ももちろんそうですけれども、それ以外のことも考えて、トータルでもうちょっとこの問題を真剣に国全体として考え、何らかのアクションをとっていくべきではないかなというのが私の個人的な意見です。

＊＊＊＊＊

（17）

内閣が通常国会に提出する法案は、毎年一月上旬に、内閣法制局において文書課長会議を開催し、決定される。

文書課長とは、各省庁の官房総務課長など、それぞれの省庁における法案審査の責任課長を指す。通常、それぞれの省庁における次官候補のエース官僚が着任している。

しかし文書課長会議といっても、各省庁の文書課長が一堂に会するわけではない。法制局の部長が省庁ごとに文書課長を呼び出し、その場で省庁提出法案の検討の熟度を一つずつ検証し、検討が熟して法案の提出準備が整った法案をA法案（提出予定法案）、さらなる検討が必要な法案をC法案（検討中の法案）と分類する打合せである。

その結果が法制局長官以下の内閣法制局の幹部会に諮《はか》られ、了解を得て、政府としての提出予定法案のラインナップが決定される。

ここで決まった法案のラインナップを、通常国会開催前後に与党の国会対策委員会において各省庁の大臣政務官から説明し、それを了承することで与党側もオーソライズした形となる。この段階ではまだ、それぞれの法案の条文の細部は固まっていないこととなっているが、法制的なコンセプトが固まり、条文も八割方はできあがっていないと、そもそもA法案にはしてもらえない。内閣法制局としても、できないことは請け負えないからだ。

A法案になるかC法案になるかで、法制局の審査の優先順位も変わるし、国会における法案審議の優先順位も変わる。したがって、この文書課長会議で提出したい法案をA法案に位置づけることが、各省庁の文書課長の腕の見せ所である。

内閣法制局は、長官を筆頭に、次長、それから四人の部長で構成される。内閣法制局長官は閣議のメンバーでもあるし、組閣の際の赤絨毯での閣僚記念撮影にも入る。よって、事務の内閣官房副長官と並んで、官界の最高峰といっても過言ではない。

長官室は、普通の省庁でいうところの大臣級に豪華であるし、次長室も次官級に豪華である。しかし部長となると、ぜんぜん違う。次長は次の法制局長官がほぼ内定しているといってもよいが、部長たちは次の次長を目指して互いに競わされている段階だ。部屋も審査を担当する参事官の大部屋と並んでいるし、部屋のつくりもとても質素だ。


新年早々の中央合同庁舎第四号館一一階。日の射さない内廊下はどんよりとつねに暗く、オフィス内もいつも陰鬱《いんうつ》な雰囲気が支配する。御屠蘇《おとそ》気分がまだ冷めやらぬなか、内閣法制局の審査部では、年末の衆議院の解散・総選挙の喧騒のあと、正月返上で法案作成に働いた参事官と各省庁の若手の汗臭い匂いが、廊下まで充満していた。

その一角に、内閣法制局第四部長室がある。

「電気事業法の改正法案は当然、Aでいいですね」

と、メラミン樹脂化粧合板の白く安っぽい審査テーブル越しに、内閣法制局第四部長の高畑《たかはた》優《まさる》は、相対する経産省大臣官房総務課長の宇治木《うじき》覚《さとし》に、軽快な口調で確認した。

スチールパイプの脚にブルーの背と座がついた座り心地のよくないスタッキングチェアが、いかにこの打合せが事務的なものであるかを示している。

高畑部長は財務省出身の切れ者で、将来の法制局長官の有力候補だ。実際、いままで数々の難解な法律を仕上げてきた。とっとと事務的な打合せなど片づけてしまいたい……軽快な口調が、それを物語っていた。

「ふふっ、普通はそうですよね」

と、宇治木官房総務課長は思わせぶりな口調で返答した。

その返答自体が普通ではない。宇治木は、頭のキレ、見通しのよさ、腹の据《す》わり具合と、どれをとっても秀逸《しゅういつ》で、これまた将来の経産次官候補の最右翼である。

「普通じゃないってことですか、どうしたんですか?」

少しイライラした感じで高畑が応える。

「ご案内の通り、三年越しの電力自由化ですから、もうとっくのとうに条文は仕上がっています。ところが、事務的ではない理由がありまして……」

と、思わせぶりな答えを宇治木は返した。

「事務的ではない理由とは?」

高畑が続きを促す。

こういう事務的ではない業界の動きや政治的な背景こそが、実は内閣法制局長官以下の幹部が知りたいことなのだ。内閣法制局の威厳《いげん》を守りつつも、内閣法制局そのものが世の中、とくに与党から非難、指弾されないように、内閣法制局としての法制的な判断と、業界や国会議員の要望との間合いを測る。

――それこそが内閣法制局の「政治的判断」である。

「電力会社が、原発再稼働しないと発送電分離の法案は提出させないって、議員会館で陳情《ちんじょう》して歩いてんですよ」

投げやりな口調だ。そして、こう続ける。

「それに、電力自由化と原発推進との両立策も考えろってことに、実は与党との関係でなってまして、これはさすがに法案は間に合いませんが、法案提出前に審議会の報告書で方向性を打ち出しておかないと、関係者が収まりませんので……」

重苦しい空気が部長室に漂う。

「で、どうすんですか？」

「とりあえず、Ｃ法案で様子を見させてください」

この高畑も内閣法制局を、参事官として五年、総務主幹として一年、部長としても半年経験している。法案の準備が間に合わないので泣く泣くＣ法案にする例はよくあるが、各省庁のキャリア事務官と法制局参事官が汗を流し、法案のマス目は完成しているのにＣ法案にするというのは、聞いたことがない。

「取りやめではなくって、まだ提出する余地もあるってことですか？」

「そうですね……今年を逃すと、来年は国政選挙があるでしょ。そうなると、もう二度と発送電分離のチャンスが巡ってこないかもしれないですから。三月までには、とにかく仙内原発だけでも動かして、法案は提出しますよ」

と宇治木が説明する。

「対外的には、どうやって法案を説明するんですか。原発再稼働と法案提出とは、論理的な関係は、まったくないですよね？」

対外的な説明ぶりは、法案提出省庁にとっても、内閣法制局にとっても、最も重要な部分だ。電力会社の陳情を受けた保守党議員の反対という事情は、行政の内部では通用する。しかし、それをそのまま外に説明すると、マスコミが騒ぎだし、かえって関係者の態度を硬化させる。世間の注目を浴びる法案となると、野党も張り切って審議時間は長くなるし、議員修正などを提案されてしまっては、かえって面倒になる。下手をすると与野党対決法案になって、政争の具にされかねない。

法案はとにかく、世の中の注目を受けずに、静かに漕《こ》ぎ出さなくてはならない——これが役人の鉄則である。

「対外的には、法案の量が膨大で準備が遅れているって、いっていただいて結構です」

事務的な検討作業の遅れは、役人としては恥である。優秀な役人は、できることだけにコミットし、できないことにはコミットしない。そうであるならば、事務的な検討作業の遅れというのは発生しない。

したがって、普通は準備が遅れているという言い方は、決してしない。関係する事務官たちの士気にも関わるし、担当する内閣法制局参事官に対しても失礼である。

しかし、この電気事業法の担当参事官は経産省からの出向者であるから、「親元」の官房総務課長がそういっていいとしている以上、経産省のことを気にする必要はない。

「原発が再稼働すれば法案は必ず提出するわけですから、C法案に格下げするもっともらしい理由をつけたところで、今度はそれに縛られるのも困りますので」

と、宇治木官房総務課長は、もっともらしく説明した。

仮に、C法案にした理由を「電力自由化と原発推進策との両立策が固まっていない」という台詞にしたのでは、今度は再稼働したところで、「まだ両立策ができていないじゃないか」という台詞が、法案を提出しない理由として通用するようになってしまうのだ。

宇治木の対外的な言い方がもっとも合理的であると高畑も得心し、電気事業法の一部を改正する法律案は、C法案として位置づけることとなった。

内閣法制局第四部長の高畑と経産省官房総務課長の宇治木——この二人の間では、「原発再稼働は本当に安全か」といった議論はまったくなかった。それが問題だという意識すらまったくないまま、法案の取り扱いが決まったのだ。

（18）

二月末の火曜日の朝、テレビの緊急ニュースが流れた。寺沢洋二経産大臣の閣議後記者会見の中継だ。

国会期間中、普段は院内食堂で閣議後の記者会見が行われるはずであるが、今日は経産省本館一〇階の記者会見室だ。寺沢大臣は紅潮した顔つきで、相当の決意であることが画面から伝わってくる。フラッシュに眼鏡の奥の充血気味の目をしばたたかせ、かなり緊張しているようだ。

寺沢大臣が口を開いた。

「本日、仙内《せんだい》原子力発電所の再稼働の件で、私からご報告いたします。

このたび、仙内原子力発電所につきまして、昨秋の知事、地元自治体の首長による再稼働の同意に続き、原子力規制委員会による工事計画および保安規定の認可がなされ、使用前検査に合格し、無事、安全性が確認されました」

寺沢が記者たちの目を見回していく。

「……そして、筑紫電力において仙内原発の再稼働をするとの報告を昨日、社長から受けましたので、本日、仙内原発第一・第二号機の再稼働がなされるものと承知いたしております。

事業者である筑紫電力においては、万が一にも事故を起こすことのないよう、緊張感を持って仙内原子力発電所の稼働に当たっていただくとともに、国としても、責任の持てるエネルギー戦略の確立に向けて、電力の安定供給を確保しつつ、可能な限り原発の依存度を減らす前提で、再生可能エネルギーや省エネルギーの最大限の推進を図ってまいります……私からは以上です」

記者から質問が飛んだ。

「原子力規制委員会は、安全性が確認された、とはいっていないと思うのですが？」

記者の指摘の通りである。

「たしかに、原子力規制委員会は、規制基準に適合、と表現しておりまして、安全性が確認されたという表現は、直接は使っていないと承知しております。ですが、原子力規制委員会がおっしゃっている規制基準の規制というのは、原子炉等規制法のことを指しております。原子炉等規制法は第一条の目的に『公共の安全を図る』とございますので、これをもって私のほうで、安全性が確認された、という趣旨と理解させていただきました」

「寺沢大臣は、これで安全だ、と判断されているのでしょうか？」

「原子力規制委員会において、規制基準に適合、と判断されていると承知しております」

冗長《じょうちょう》、リダンダントな答えであるが、これ以上、寺沢大臣を問い詰めても仕方がないと、現場の記者も思っているようだ。就任直後には、仙内原発を「せんうち」原発と読んだくらい、所詮エネルギー政策には素人の大臣なのである。

「仙内原発の周辺の道路は一本道ですが、本当に緊急時には渋滞が起きないんでしょうか？」

「あらかじめ定められた避難計画に基づいて、冷静に、住民の方々に対処していただけると、自治体から聞いております」

「フクシマ事故の際に活用された免震重要棟……これがまだ完成していないんですけれども、本当に大丈夫なんでしょうか？　フクシマ事故から約四年も経過しているのに、免震重要棟ができあがっていないというのは、ちょっと筑紫電力も、再稼働の最初から緊張感が欠けているという気がするのですけれども、どうでしょうか？」

「原子炉等規制法に基づく基準には猶予《ゆうよ》期間が定められておりまして、基準には適合している旨、原子力規制委員会で判断されたものと承知しております」

「フィルター付きベントの工事もできていませんよね？」

「原子炉等規制法に基づく基準には猶予期間が定められておりまして、基準には適合している旨、原子力規制委員会で判断されたものと承知しております」

「原子力規制委員会で基準地震動が五四〇ガルから六二〇ガルへと引き上げられていますが、その後、補強工事はされていません。本当に工事なしで大丈夫なんでしょうか？」

「原子炉等規制法に基づく基準には適合している旨、原子力規制委員会で判断されたものと承知しております」

「テロ防止のために必要な、原発で働く下請け孫請け企業の社員の身元確認の義務化なども見送られていますが、アメリカでは、アル・カイーダとつながりのある人物が五つの原発でスパイとして働いていたことが明らかになっています。そういう点は本当に大丈夫なんでしょうか？」

「原子炉等規制法に基づく基準には適合している旨、原子力規制委員会で判断されたものと承知しております」

……もう何を聞いても同じ答えなのであろう。

寺沢にとってみても、よく知らない原発の問題について、記者の質問に気の利いた答えをしようとリスクを冒すよりも、役人のアドバイスに従って安全運転に徹することのほうが、自分の政治家人生にとってはプラスなのだ。きっと叔父である亡き寺沢元総理も、同じ判断をすることだろう。

結局、記者からの質問は、事前に広報室長が記者クラブに所属する会員社の記者に聞いて回った範囲にとどまった。経産省記者会見室は、民自党に政権交代した際に会員社以外のフリーの記者にも出入り自由とはなったが、閣議後記者会見での突然の発表だったので、記者クラブ会員社以外の記者はいなかったのである。

この国ではつねに、何千人もの記者を擁する大新聞ではなく、数十人規模の週刊誌の編集部か、あるいは個人のフリージャーナリストが、権力者の心胆《しんたん》を寒からしめるスクープを放《はな》つ。記者クラブ会員社の記者にとっては、大臣のスキャンダルを追及するよりも、大臣の家族の誕生日を知ることのほうが重要な仕事となっている。

それを称して、「権力者の懐に入らなければ真実を得ることはできない」の法則、とでもいうのだろうか。前経産大臣、小口陽子の政治資金問題でも、何千人もいる新聞記者は、誰一人として、その公開されている資料を調べようとしなかった……。

さて、一方の寺沢。朝、議員宿舎に迎えに来た大臣秘書官から、事前に記者クラブ所属記者から広報室長が聞き取った質問に対する想定問答を、みっちりと教えてもらっている。

所詮、参議院議員では、事実上、総理は目指せない。かつての大泉旋風のように国民を煽動《せんどう》する必要は、寺沢にはない。大臣秘書官から教えてもらう答弁範囲を逸脱するだけの動機も、度胸も、寺沢は持ち合わせていなかった。

大井原発が停止してから一年半、とうとう日本の原発ゼロが終わったのだ――。

（19）

仙内原発の再稼働から一週間後、予算提出から七週間後の三月上旬のある日、ひっそりと電気事業法の一部を改正する法案が閣議決定され、国会の大海原《おおうなばら》へと舟を漕ぎ出していた。

再稼働の直後に、保守党の政務調査会審議会（政審）と総務会で法案は了承された。ただ、その根回しの段階で、日本電力連盟常務理事の小島巌が頼りにする経産省OBの国会議員、聖和会会長の松村《まつむら》修《しゅう》孝《こう》と、電力供給安定化議員連盟会長の臼《うす》田《だ》浩之《ひろゆき》から、資源エネルギー庁次長の日村直史は密かに呼び出しを受けていた。

場所は千代田区紀尾井町の福田家――日本で最も格式の高い料亭の一つである。

最近、料亭は、バブル崩壊以降の官僚接待の消滅とともに激減しているが、最高峰は最高峰であるがゆえに接待客を惹《ひ》きつけ、未だ日本一の料亭としての品格と人気を保っていた。

その福田家の上得意客は、昔も今も電力会社幹部であり、この宴席も、電力会社幹部は同席こそしていないが、電力マネーでセットされたことは間違いなかった。

日村にとっては、松村も臼田も通産省の先輩ではあるが、年次は一〇年以上も上であるし、日村の入省の際には二人とも退官直前だったから、現役時代の面識はない。

松村も臼田も政治家二世ではあるし、当時の通産省も、そもそも将来の大物商工族の候補として期待して採用していた。経産省には、血筋が悪いにもかかわらず、政治家の娘を娶《めと》って政治家を目指したりする連中もいるが、そういう輩《やから》は、やはり野心が先走るし、幼少期からの帝王学も身に着けていないので、どうも利に敏《さと》いところが否定できない。

この点、松村も臼田も、サラブレッドとして満《まん》を持《じ》して政界に出馬し、見事に商工族の大物として育ってくれていた。こうした大物は本来、次官か官房長か、最低でも担当局長が対応すべき政治家ではある。

しかし今回は、松村と臼田のほうから、

「エネ庁次長の日村君と電事法改正法案について意見交換がしたい」

と、日村を指名してきた。

経産省の場合、職制上のランクと政策決定への影響力とは一致しない。日村が将来の次官候補であることは、松村と臼田も承知していたし、電力会社の側からも、日村が事実上の政策の決定権者であることを聴取していたのだろう。

松村と臼田が原発再稼働に加えて出してきた条件とは、経産省の審議会、総合資源エネルギー調査会において報告書がとりまとめられる原子力発電の推進策を、発送電分離の施行までに着実に実施に移すことであった。

「とにかく法案の附則にでも、発送電分離に関する規定の施行までに原発推進策を実施すると書き込んでくれ。そうでないと党の政審や総務会は通さないぞ」

と、松村は凄味《すごみ》を利《き》かせて、日村に迫ってきた。

加部総理の出身派閥である聖和会は、いまや保守党最大の派閥である。政務調査会審議会、いわゆる政審や総務会のメンバーには、聖和会所属議員が八名ずついる。松村自身が政審や総務会のメンバーではなくても、一声かければ、八名の国会議員が自動的に拒否権を発動するということだ。

「電気事業法の事業規制の部分には、原子力という文言《もんごん》はありません。電気事業法の事業規制は電源ニュートラルってことです」

日村は立て板に水のごとく答える。

「……おい、日村君、カタカナは使うなよっ」

いきなり二人の国会議員は不機嫌になった。

国会議員はつねにカタカナが嫌いだ。比較的開明派が多いといわれる経産省出身の議員も同じだ。東京はともかく田舎の選挙区では、カタカナを理解する有権者は少ないのだ。自然と国会議員も、カタカナにアレルギー反応を示すことになる。

「すみません。電気事業法の事業規制は、電源がどんな電源であれ平等に扱うという考え方で整理されている、ってことです。電気事業法のなかには、特定の電源のことは、法制的に書けません」

先輩も経産省OBなんだからわかるでしょ、といいたいところではあるが、日村はぐっとこらえた。いまは保守党の大御所《おおごしょ》の二人なのだ。下手に機嫌を損《そこ》ねると、足を掬《すく》われる。

「電気事業法の保安規制の部分には原子力と書いてあるから、大丈夫だろ？」

と、臼田が今度は凄んだ。眼鏡の奥の目はしかし、冷たく研《と》ぎ澄《す》まされている。

「……いえ、発送電分離は、保安規制とは関係ありません。事業規制の部分です」

ここが日村にとっても踏ん張りどころだ。

「そんなら別法で用意しろ。再生可能エネルギー買い取り法案みたいに」

と松村が追い打ちをかける。

「それは間に合いません」と、日村は動揺しない。すると今度は、臼田が攻めてくる。

「政府は、発送電分離の施行までに、原子力の優遇制度を法律で規定します、っていうプログラム法くらいできるだろう。中央省庁等改革基本法みたいにな」

プログラム法とは、特定の政策を実現するための手順や日程などを規定した法律のことである。しかし、この段になって、提出予定法案として、文書課長会議を経ていない別の法案を国会に提出することは不可能である。

国会では、内閣のように政省令といった明文化されたルールがない代わりに、憲法に基づく議院規則制定権による規則と先例によって拘束される。あらかじめ内閣提出予定法案として説明されていない法案を、突如、閣法で国会に提出することは、事実上不可能なのだ。

「別法は、この期《ご》に及んで無理です。法案の附帯決議であれば、思い切り先生がたのご懸念を表現することができます。附帯決議のほうが、内閣法制局には関係がありませんから、表現に自由度があります」

こういって、日村は再考を促す。

附帯決議とは、法案が衆参の各委員会で可決されるに際して、法案の施行に当たって政府が留意すべき点につき注文を付ける決議である。法的な拘束力はないが、内閣として尊重すべき事実上の責務は発生すると考えられている。

「附帯決議は全会一致が慣例だぞ」と、臼田が指摘し、最後に釘《くぎ》を刺す。

「原発推進施策と電力自由化の両立なんて、社会・共産は死んでも呑まないぞ。だから附帯決議は付けられないよ。附則なら、保守党と公命党だけで書けるんだからな」

法令のことであればどんな議員との関係でも負けない日村ではあるが、国会の先例については、正直、内閣の役人として知見に限りがある。これは国会の委員部の職員の専権事項であり、委員部の職員に知恵を付けられた臼田にはかなわなかった。

「官邸の総理にはよく話をしておくよ。附則でちょこちょこっとうまく書いてくれるよう、法制局長官に総理から指示するようにいっとくから、大丈夫だよ」

ニヤリと笑い、そう松村が続けた。

松村は総理の出身派閥である聖和会の会長である。総裁選で派閥の先輩である松村にあえて反旗を翻《ひるがえ》して、派閥横断で勝利した加部総理との関係は、必ずしも円滑ではない。しかしだからこそ、派閥の兄貴分である松村から明示的に依頼をすれば、総理としても断りにくいだろう。

内閣法制局も、官邸の意向ということであれば、素直にいうことを聞くはずだ。

集団的自衛権の解釈変更のために、生え抜きではない外交官が内閣法制局長官に初めて政治任用された。それまでは内閣法制局長官は参事官、部長、そして次長という生え抜きの経験者が就任していたが、内閣法制局長官の突然の政治任用に、内閣法制局全体が凍り付いたといってよい。

役人にとっては、出世が唯一の仕事のモチベーションである。にもかかわらず、政治のいうことに従わないと出世はさせないぞという脅《おど》し、それが政治任用なのだ。

集団的自衛権容認の閣議決定は、官の最後の砦である内閣法制局が政にひざまずいた瞬間ともいえる。いまの内閣法制局長官は、政治任用された長官が病気で退任をしたあとの生え抜きではあるが、脅しに屈して長官に就任した以上、総理直々《じきじき》の頼みであれば、屈するはずであった。

(20)

福田家で並びの別室で待機していた日本電力連盟常務理事の小島が呼び込まれたのは、日村資源エネルギー庁次長が松村と臼田の席を辞してから五分後であった。

「小島さん、しっかり附則に書き込まれるから、心配ないよ」

「そうでないと、政審や総務会は通さないから」

口々に恩着せがましく、松村と臼田が声をかけた。

「あ、ありがとうございますっ」

と、小島は平伏する。上目遣いに二人を観察する。

庭の鹿威《ししおど》しがコーンと鳴った。福田家の和風の庭に、ようやく静けさが戻ったようだ。

「電力モンスター・システム」を維持して利益を得るのは、自分たち電力会社だけではない。この松村と臼田も、日本最大の裨益者《ひえきしゃ》なのだ。

平伏すべきは果たして自分なのだろうかという疑念が頭をよぎりつつも、政治家の前で平伏できる演技力が、ここまでの小島の地位を築いたともいえる。

結局、閣議に提出された法案の附則には、

「本法の施行までの間に政府は原子力発電の経済的措置について速やかに法制的な措置を講じ、電力自由化と原子力発電の推進との両立を確保するものとする」

との文言《もんごん》が付け加えられた。

最後の最後まで、資源エネルギー庁側は、

「本法の施行までの間、政府は原子力発電の経済的措置について速やかに検討し、電力自由化と原子力発電の推進との両立を確保するものとする」

という表現でまとめようとしていた。

この表現であれば、「本法の施行までの間」が「検討し」までにかかるのか、「確保する」までにかかるのかが玉虫色だ。エネ庁側からすれば、「経済的措置について確約はしていない」と言い逃れができるし、それを狙っていた。「霞が関文学」の真骨頂《しんこっちょう》である。

しかし松村と臼田は、さすがに元通産官僚である。そういった表現のツメの甘さを許すことはなかった。

法案閣議決定当日、寺沢経産大臣の記者会見では、この附則の文言について、記者からは何の質問もなかった。もちろん寺沢大臣も、そんな細かい附則の文言の存在が追加されていること自体、気が付きもしていなかった。

同日、日本電力連盟の定例の記者会見では、日本経済産業新聞の記者から質問が飛んだ。

「本日、閣議決定された電気事業法の一部を改正する法律の附則に、電力自由化と原子力発電の推進との両立という規定がありますが、この点については、どのように受け止めていらっしゃいますか？」

典型的なヤラセ質問である。常務理事の小島が依頼した質問だった。

近畿電力の社長である日本電力連盟の会長が応える。

「これは、電力自由化と原発推進との両立確保策が実現しなければ、本改正に定める発送電分離にかかる規定は施行されない、という趣旨であると、理解いたしております。政府として、地球温暖化等の問題を踏まえ、現実的なエネルギー戦略を構築する立場を表明されているものと受け止めております」

こう、さらりといってのけた。

原発推進の日本経済産業新聞はもちろん、原発反対の朝経新聞や毎朝新聞も大きく報道するのは間違いない。こうした報道は、支持率という点では政権にとって一時的なマイナスにはなるが、先日の再稼働に続き原発推進が現政権の既定路線であると、世の中の相場観が定着し浸透することは、電力会社にとって実はプラスなのかもしれなかった。

（21）

二月の仙内原発再稼働、それに続く三月の電力自由化法案の附則で示された原発推進路線で、統一地方選挙のある四月第一週のＮＨＫの世論調査では、加部政権の支持率は一〇ポイント下がり、三三％となった。一般的に政権の支持率は二割を切ると危険水域といわれる。

特定秘密保護法、集団的自衛権行使容認、原発再稼働、原発推進で、もともと加部政権と親和的ではない、いわゆる進歩派は、ほとんど政権支持から離れてしまっている。大規模な金融緩和をテコにデフレ脱却を狙う、「カベノミクス」という経済政策の成果に陰りが見えてきたことも、それに追い打ちをかけた。

しかし、この国民の三分の一という支持は根雪のように固い支持層であり、日本経済が大幅に暗転しない限りは、これ以上大きく離れないだろう……ＮＨＫから密かに生データを入手した官邸は、そう分析していた。

大泉元総理が顧問を務める再生可能エネルギー推進会議は、独自に候補者を立てての選挙活動はやらないとしていたものの、全国の統一地方選の候補者のなかから脱原発を公約に掲げる候補に対し、独自に、その推薦を発表していた。希望する候補者には、お日様と大泉らしき似顔絵が描かれたシールを交付し、選挙ポスターに貼って宣伝することを許していたのだ。

こうした動きに対して官房長官は、会見で大泉の動きについての所感を問われ、

「エネルギー政策は地方選の争点にはなり得ないですから」

と、冷たく言い放っていた。

会長が政権によって政治任用されたNHKも、この統一地方選挙に際し、政党の党首でもない一NPOの動きであるとして、大泉元総理の言動をまったくといっていいほど報じなかった。

たしかに、地方議員にも首長にも、エネルギー政策に影響を与えるようなツールがないことは事実である。しかし本当は、地域の住民にエネルギー選択の自由を与えず、地方自治体の関与を認めない国のエネルギー関係の法律の、その規定自体がおかしいのである。地域のことは地域で決めるという地方分権の理念が正しいのであれば、地域で消費するエネルギーは、地域で決められるはずだ。

日本人は与えられたルールを疑うよりも、与えられたルールの範囲内で考える性癖があるといえよう。

選挙結果はどうだったか？　投票行動においてエネルギー政策を考慮する投票者は全体の一割……大泉元総理率いる再生可能エネルギー推進会議の活動も大きなうねりとなることはなく、シールが付されたポスターの候補者に一定の票の上積みをしただけで終わった。

特筆すべきは難波《なんば》であった。四年前は、改新の党と公命党が選挙協力を行い、府市ともに難波

改新の会が圧倒的な第一党となっていたが、今回は保守党と公命党の選挙協力で、難波改新の会の候補者の当選数はいずれも一ケタと、ほぼ壊滅した。

これを見て浮足立《うきあしだ》ったのは改新の党の国会議員である。このまま国政選挙を迎えれば、難波改新の会の二の舞だ。党代表の越本が原発について相変わらず明確な立場を表明しないことも、改新の党の国会議員を苛立《いらだ》たせていた。

もともと越本は、難波府市エネルギー戦略会議を立ち上げ、大井原発再稼働の直前までは、政府の原発再稼働に最も懐疑的な立場を表明していた。それなのに、大井原発再稼働の直前に急遽《きゅうきょ》、再稼働容認に転じ、それ以降、党の迷走が始まっていた。

原発推進の老年の党といったん合流し、分裂……結びの党と合流した改新の党であるが、統一地方選での壊滅を前に、党所属国会議員は、「やっぱり原発即ゼロ派」と「中長期的脱原発派」に割れていた。

「中長期的脱原発派」は、多かれ少なかれ電力マネーの毒饅頭《どくまんじゅう》を食らった連中である。結びの党出身者にも徐々に電力マネーの毒饅頭は浸透していた。「原発即ゼロ」といって党を割っても生き残れる目算はない。しかし、このまま原発に関して歯切れのいいスタンスを取れないまま、清新なイメージがすっかり剝《は》げ落ちた改新の党にいても、座して死を待つことになりかねない。

これは必ずしも改新の党だけの問題ではなかった。共産党、生活党、社会党を除いては、民自党、おいらの党にも共通する悩みであった。

こういう野党のどっちつかずの悩みを蹂躙《じゅうりん》、粉砕するように、政府の再稼働路線は進んだ。

ゴールデンウィーク明けには、高花三・四号機、厳海三・四号機の再稼働が続いた。七月には、夏の電力ピーク対策という名目で、戸鞠一・二・三号機、大井三・四号機、井形三号機、嶋《しま》根《ね》二号機が相次いで再稼働した。

すると秋には、原子力規制庁の審議官が天下りの約束と引き換えに日本原発に情報漏洩《ろうえい》をしたとのスキャンダルが、朝経新聞でスクープされ、紙面を賑《にぎ》わせていた。

そしてその数ヵ月後、原子力規制庁総務課の西岡進課長補佐が、情を通じた再生可能エネルギー研究財団主任研究員の玉川《たまがわ》京子《きょうこ》にそそのかされて機密漏洩をしたとして、国家公務員法違反の容疑で逮捕されたのだ。

ところが、情報漏洩をしていた原子力規制庁の審議官はお咎《とが》めなしだった。西岡と大学が同期で、経産省では入省年次が二年上の原子力防災課長の守下靖にとっても、事務官と技官の差こそあれ他人事ではなかったが、出世の遅れている西岡の自爆としか思えなかった。

——明らかに、原子力発電を巡る世の中の潮目は変化していた。

そして、年末、いよいよ関東電力の新崎原発六号機と七号機も再稼働することになった。

新崎県では、再稼働に慎重姿勢を示すも、一年前に収賄《しゅうわい》で逮捕された伊豆田知事のあとを受け、旧自治省出身で、かつて新崎県庁に総務部長として出向経験のある総務官僚が知事選で当選していた。与野党相乗りだった。

与野党相乗りは、利権の分配構造にメスを入れられたくない既得権者の守護神である保守党系と、地方公務員労働組合によって安定的で恵まれた給与等の労働条件を維持したい民自党系との、談合の所産であった。地方行政を変革や改革から無縁のものとし、安定した県政運営をもたらす絶好の手法なのである。

この元総務官僚の新しい知事は、伊豆田前知事とは違い、エネルギー政策や福祉政策といった個別の行政分野の政策の内容には、一切興味がなかった。

自治体財政の健全化判断比率だの基準財政需要額といったマクロの経営指標にばかりに目が行き、全国四七都道府県のなかでの新崎県の位置付けがどうなっているか、それだけが彼の行政の尺度であった。

原発の再稼働によらなくとも県の経済を活性化させるようなアイディアを捻《ひね》り出し、政策として実行するということよりも、原発の停止によって工事などのカネが落ちなくなった地域経済のカンフル剤としてストレートに原発再稼働に頼ることを是《ぜ》とし、再稼働にGOサインを出した。

そして再稼働容認の際に、新しい知事は、記者会見で次のように述べた。

「長年、新崎県は原発の稼働により国のエネルギー政策に貢献してきたわけであります。このたび、万が一にも事故のないよう事業者の側で安全の徹底に万全を期する旨の経営姿勢が関東電力に確認でき、また国の側でも安全性の審査をしていただきましたので、本日の寺沢経済産業大臣からの要請を受け、新崎原発の再稼働を認めることとします」

……すべては経済産業省資源エネルギー庁次長、日村直史の予定するシナリオ通りだった。

原発の再稼働には多くのプレーヤーが関係する。日村からすれば、多くのプレーヤーというのは、それぞれパチンコ台の釘《くぎ》のような存在だ。

パチンコ玉が打ち出され、原発再稼働という結論に辿《たど》り着くまでには、多くの釘にぶつかっていく。計算された強度でパチンコ玉を打ち出せば、計算されたスピードと角度で釘に当たり、予定された角度で跳ね返る。

そういう予定調和的な世界のなかで、一本の釘が独自の意思を持って、パチンコ台の釘師《くぎし》や客の意思に反して動き始めるというのでは、それはもうパチンコとはいえない。

避難計画が本当に機能するのかとか、原子炉等規制法の審査が真に世界最高水準の安全性を担保するのかといった本質論に、一プレーヤーに過ぎない首長が迫ること自体、シナリオとしてあってはならないことだった。

事業者が安全のために万全を尽くすと表明し、原子力規制委員会が規制基準に適合していると判断し、地元自治体が避難計画を策定し、経産大臣がエネルギー政策から地元自治体に要請を行う……それぞれのプレーヤーがそういう立場を演じるという歌舞伎のような約束事なのだ。

そういう約束事を守っていれば、電源立地交付金も、新幹線も、高速道路も、すべて原発の地元自治体にやってくる。これが日本の政治のお作法であり、守らなければならないパチンコのルールであることを、一本の釘に過ぎない総務官僚出身の新しい知事は、よく理解していたのである。

第7章　メルトダウン再び

北海道新聞（一九八八年九月二日・朝刊五面）

「読者の声　静岡茶の放射能汚染報道に驚く」

主婦　笠原優子（小樽市・四七歳）

泊《とまり》原発（後志《しりべし》管内泊《とまり》村）に人々の関心が集まっている中で先日、NHK朝のテレビで「放射能汚染から食卓をどう守る」という番組を見て大変驚きました。

わが国の食品の三〇％は外国に頼っているそうですが、それら輸入食品のみならず、チェルノブイリの原発事故による影響は、わが国のお茶畑にも及んでいたのです。当時、一番茶の摘み取り期にあった静岡のお茶の葉が汚染され、厚生省が食品輸入の際決めている暫定基準の一キログラム当たり三七〇ベクレルを超える放射能が検出されたのです。番組を見ているうちに次第に恐ろしくなってきました。この汚染判明後、有機農法でお茶を栽培してきた農家が、信念を貫くため膨大な損失覚悟で、涙をのんで焼却処分をするシーンを目《ま》の当たりにして、チェルノブイリの事故は決して遠い他国の出来事ではなかったと思いました。

放射能は低レベルでもそれなりに有害であり、細胞分裂の活発な成長期の子供に特に汚染度がひどいとのことです。家族の健康と食卓を守る主婦の一人としてチェルノブイリのような事故は二度と絶対に起きないことを願わずにはいられません。

＊＊＊＊＊

（22）

日本全国で一五基の原発が次々と再稼働することになった記念すべき原発再稼働元年の大晦日《おおみそか》の夜……大雪が続くなか、大陸の朝鮮族の工作員、崔《チェ》は、関東山地の奥深く、日本海側に連なる鉄塔の足元に辿《たど》り着いた。ちょうど「紅白歌合戦」が終わりに近づくころだった。

吹雪は激しいままで、「ホワイトアウト」と呼ばれるような、大雪で視界が遮《さえぎ》られ何も見えない状況だった。

崔が手慣れた様子で鉄塔の基礎の部分にダイナマイトを装着し、発破器《はっぱき》をつないだ。そして携帯電話で何者かと話し終えたあと、同行している若者に顎《あご》をしゃくってうながした。

若者は朝鮮語で何事かを叫びながら発破器のスイッチを押した。轟音《ごうおん》が山中にこだました。雷にも似た火花が暗い山中を不連続に切り開いた。

「原発ホワイトアウトの始まりだ……」

崔は右側の頬を少しだけ歪《ゆが》めて笑うと、すぐに下山の準備にかかった。汗のひとつもかいていない。

かつて特殊部隊の隊員として訓練を受けた崔にとって、雪山を登り、山中の、何の防護も施されていない何百本の鉄塔のうち手近なひとつを爆破することくらい、文字通り朝飯前のミッションだ。

実際、一九九八年二月二〇日には、香川県坂出《さかいで》市坂出町の聖通寺山《しょうつうじやま》に立っている四国電力の送電用鉄塔（高さ七二・九メートル、重さ四〇トン）が突然倒れ、一五本の高圧電線（一八万七〇〇〇ボルト）が断線した。鉄塔は、地上約一メートルのところで、四本の脚がボルトで基礎部分の鉄柱に固定されていた。この継ぎ目部分ですべての脚が外れ、倒壊する結果となったのだ。

つまり山中の送電用鉄塔を倒すことなど、足腰に自信があれば素人でも、仮にダイナマイトがなくとも、簡単に実行できる……。

新崎原発で発電された電気は、北新崎幹線と南新崎幹線という二系統の五〇万ボルトの高圧電線で、それぞれ約二〇〇基の鉄塔を介して、関東電力のエリアに送られていた。

もし送電線に支障を来《きた》し発電した電気を送り出せない、そんな事態に陥《おち》いれば、エネルギーが蓄積され、原発自体をスクラム（緊急停止）したとしても、外部電源か非常用電源かで冷却し続けない限り、崩壊熱で炉心がメルトダウンする――。

「関東地方で大規模な停電が発生、原因は調査中」――テロップがＮＨＫの「ゆく年くる年」の放送の途中に流れたのは、新年を迎える数分前だった。

停電が起きたのは関東地方の五〇万世帯……だが、停電を食らった世帯ではテレビのテロップを確認することもできず、そのまま床についた。たいていの場合、大雪のせいによる停電なのだろう、くらいにしか受けとめられていなかった。

翌、元日の早朝六時から、官房長官の緊急記者会見が官邸で行われた。

「昨夜一二時前、関東電力の高圧送電線の鉄塔が倒壊する事故があり、新崎原発が緊急停止いたしました……現在、原子炉を非常用電源で冷却中であります。周辺住民の方々は冷静に対応願います。この事態によりまして、関東電力の供給区域内で、現在、五〇万世帯に停電が起きておりますが、順次、復旧する見込みであります」

緊張した面持ちで官房長官がこう述べる。民自党時代とくらべると、政権復帰後の保守党政権の危機管理は、つねにスピーディであるとの評価が定着している。

記者から次々と質問が浴びせられる。

「放射能漏れはありますか？」

「一切ございません」

「現在、原子炉は冷却できているのでしょうか？」

「非常用電源が稼働中であります」

「非常用電源の燃料はどのくらい備蓄しているのでしょうか？」

「発電所内に一週間分は確保しておりますが、念のためタンクローリー車による輸送を、官邸から指示したところであります」

「鉄塔の倒壊の原因は何でしょうか？」

「現在、調査中です」

「停電の復旧にはどのくらいかかりますか？」

「関東電力において、火力発電所の出力上昇を現在、行っておりまして、本日午前中には復旧できる見通し、との報告を受けております」

「明日の電力需給には問題が生じないのでしょうか？」

「現在、関東電力において、計画停電の実施の必要性について検討中との報告を受けております。他電力からの融通《ゆうづう》の可能性についても鋭意検討中とのことであります」

……新崎原発の緊急停止となれば、仙内と厳海が稼働して比較的余裕のある筑紫電力から、西から東に向け玉突きで電力を融通しなければならない。筑紫電力から、嶋根を稼働させている山陽電力へ、そして高花と大井を稼働させている近畿電力へと、次に東海電力を経由して関東に電力を融通することになる。

もともと五〇ヘルツと六〇ヘルツの壁が東と西の電力会社の競争を妨げているといわれ、フクシマの事故前から東西の連系線を強化すべきと、有識者から指摘されていた。しかし、フクシマの事故時には、周波数変換ができる変電所は三つだけ……両周波数間で融通できる最大電力は九〇万キロワットに過ぎなかった。

ようやく、事故後二年経って、変電所が一ヵ所新規に運用を開始し、東西間で融通できる電力は一二〇万キロワットとなった。しかしそれ以上の融通については、電力会社から六年後に九〇万キロワットの関東—東海間連系設備を整備する、との方針が公表されただけだ。

原発の再稼働に向けて、高さ二〇メートル超の防潮堤を始め、あらゆる投資を惜しまない電力会社であるが、市場競争用のインフラとなる東西連系設備の投資を渋っていることは、火を見るより明らかだった。

一二〇万キロワットの融通であれば、結局、再稼働した新崎原発六・七号機の一基分にも満たない量であった……。

（23）

新崎原発では、午前七時の段階で、原子炉を冷却中のバッテリー電源の残量がほとんどなくなりかけていた。そのため非常用のディーゼル発電機を始動させようと、現場の当直の作業員が努力していた。

前日夕方からの冷え込みは非常に厳しく、気温は氷点下九・五度に達していた。キンキンに冷え込んでいるためか、ディーゼル・エンジンがかからない。軽油に含まれる成分が、気温の低下によって流動性が低くなり、フィルター部で詰まってしまったのだ。そこが詰まると、当然、エンジンには燃料が行かない。

作業員は、エンジンをかけようと焦《あせ》る。ただ、原子炉についての知識はあるが、ディーゼル・エンジンについての基礎知識は欠落していた。

新崎原発の所長は、正月休みをとって、東京へ帰省していた。作業員が昨夜から免震重要棟の緊急時対策室に詰めている所長代理に無線電話で連絡を入れる。

「ディーゼル・エンジンがかかりません！」

所長代理が怒鳴る。

「そんなことあるか、バカ野郎！」

午前七時半にバッテリー電源が切れたあと、原子炉の圧は急速に上昇し始めた。中央制御室の緊張が、俄然、原子炉の圧の上昇に比例して、ぐんぐんと上り詰めていった。

所長代理は、外部電源車の出動を命じた。

外部電源車は、フクシマの事故の反省から、原子炉のある海岸線から少し離れた高台の車庫棟のなかに格納されていた。作業員が外部電源車の車庫棟に向かおうとするが、そこに行く道は、五〇センチメートル以上の深い積雪に覆われていた……吹雪も強まっていた。

「車では近づけません！」

「バカ野郎、歩いていけ！」

現場の作業員と所長代理のあいだで、こんなやり取りが何度も交わされた。

海岸線から海抜四〇メートルの高台にある車庫棟へ歩いて近づくのは、雪山登山の様相を呈していた。いったんシャーベット状になった積雪は、昨夜からの冷え込みで、カチンカチンに凍結している。アイゼンもピッケルもない状況で、吹雪のなか車庫棟に登っていくのは、遭難の危険すら感じられるほどだった。

「除雪車を呼べ、すぐにだ！」

緊急時対策室の所長代理が、必死の形相《ぎょうそう》で施設課長に指示する。その施設課長は除雪業者に連絡を取ったが、業者の事務所の電話は通じなかった。

しかも、除雪業者の保有する除雪車は、この吹雪のなか、幹線道路の除雪にすべて出払っていた。発電所で除雪車の運転手の携帯番号を把握していない以上、業者が捕まらない限り、連絡を取ることは不可能だ。

「原子力災害対策特別措置法に基づく一五条通報です。原子力緊急事態です!」

と、所長の留守を預かる所長代理が官邸のオペレーションルームに報告する。


その、官邸内に設置された原子力災害対策本部のオペレーションルームには、元日早々、原子力規制委員長や原子力規制庁長官、その他の専門職員たちが、そして本部員たる閣僚たちも、関東近県が選挙区の者から続々と駆けつけてきていた。

フクシマの事故以降、原子力発電所の免震重要棟、オフサイトセンター、関東電力本店、新崎県庁……それらと官邸とは、直接、テレビ会議システムでつながれるようになっている。

このとき官邸オペレーションルームも、騒然とした状況になっていた。

「原子力緊急事態宣言が発せられましたので、二回目の記者会見を午前九時から行います。原子力規制庁と関東電力の同席をお願いします。対応は官房長官です。午前八時半には、官邸で事前ブリーフをお願いします」

と、内閣広報官が伝達する。

「ベントの連絡を県庁から周辺市町村にお願いします」

そう、原子力災害対策本部の事務局長である原子力規制庁長官が述べた。

するとＰ県庁の危機管理監が叫ぶ。

「ＰＡＺの住民避難の確認ができるまで待ってください！」

「避難の確認はどのくらいでできるんですか？」

と所長代理。

「わかりません！」県庁危機管理監は憤然《ふんぜん》と答える。「いまから市町村経由で住民に連絡ですから、なんせ正月ですからっ」

「早くしてください！　格納容器が破壊されたら、元も子もないんですから……」

と、再び所長代理。

「ちゃんと避難訓練はしてあったんだろ、早くしろ！」

原子力防災担当の内閣府政策統括官が叫ぶ。

県庁の危機管理監は言葉を失った……あれだけ万全の安全を期するといっていた関東電力や政府ではあるが、いざメルトダウンが進行し始めると、住民の避難が遅いことが被害拡大の原因だといわんばかりなのだ。

所詮、電力会社や国にとって、住民の安全というのは、原発再稼働のためのお題目に過ぎない。メルトダウンが起きれば、事故の極小化が優先で、周辺住民は単なる足手まといということだ。

午前九時過ぎ、少し待たされた挙句《あげく》、官房長官の緊急記者会見が再度行われた。NHKは正月番組を中断して放送する。官房長官は少し疲れ気味のようで顔色が悪かった。ただでさえ浅黒い顔に、うっすらと脂汗《あぶらあせ》を浮かべている。

その官房長官から、

「先ほど午前八時、関東電力の新崎原発の六号機と七号機につきまして、原子力災害対策特別措置法第一五条に基づく原子力緊急事態宣言を発出し、原子力災害対策本部を官邸に設置いたしました。PAZの住民の方は、これから自治体の指示に従い、速やかに退避をお願いいたします。原子炉の冷却につきましては、バッテリー電源から非常用電源への切り替えに向けた作業を行っているところであります」

との説明がなされた。

「現在、原子炉の冷却は継続できているのでしょうか？」

本社から出張《でば》ってきたのかもしれない。普段は見かけない年嵩《としかさ》の記者が質問を投げかける。

「現時点では、一時的に、冷却が中断しております……」

官房長官の苦渋に満ちた表情を前に、正月返上で官邸に詰めていた記者たちのあいだに、どよめきが起こる。記者会見室から外に走り出す者や、その場で携帯をかけ始める者も現れた。

緊迫したやり取りが続く。

「冷却はいつ再開できる見込みでしょうか？」

「それについての情報は、まだありません」

「非常用ディーゼル発電機は、なぜ作働していないのでしょうか？」

「現在、調査中であります」

「発電所内にある外部電源車は使えないのでしょうか？」

「現在、鋭意《えいい》作業中であります」

……民放の正月番組でも、

「新崎原発、原子力緊急事態宣言。原子炉冷却が一時中断。冷却再開の見通し不明」

とのテロップが一斉に流れた。生放送のお笑い番組は中断され、官邸の緊急記者会見に切り替わった。

官房長官に対して、記者が矢継《やつ》ぎ早《ばや》に質問を浴びせかける。

「メルトダウンが始まっているということでよろしいでしょうか？」

フクシマの事故後、すっかり世の中の原子力事故に対するリテラシーが向上している。『損傷』といった表現で誤魔化すことは無理だった。

「原子炉内部の状況については現在調査中であります」

「メルトダウンの可能性はありますね？」

「可能性は否定できません」

「いつ格納容器の外に放射能漏れが起きると予想されますか？」

「現在、鋭意シミュレーション中です」

「ベントはやるんですか？」

「PAZの住民の避難を確認したうえで、ベントをすることも選択肢の一つとして検討中であります」

「これからPAZの住民が避難ということですが、UPZの住民やPPAの住民は避難の必要はないのでしょうか？」

「避難計画上は、現時点では、屋内退避となっております。いずれ、それぞれの自治体から指示がありますので、冷静に行動していただければと考えております」

「ベントの際には、併《あわ》せてSPEEDI《スピーディ》のデータは公表するということでいいですか？」

「その方向で検討しております……」

（24）

午前九時、テレビで二回目の官房長官会見が流れている頃、PAZの自治体の防災無線のスピーカーから避難を呼びかける放送が流れた。

「ただいま、原子力災害対策本部長の内閣総理大臣から、原子力緊急事態宣言が発出されました。事前にみなさんにお配りしている避難のマニュアルに従って、一時避難場所に速やかに集合してください」

それはあたかも、戦時中の空襲警報のようであった。突然、元日の朝の平穏な生活を蹂躙《じゅうりん》し、住民は着の身着のままで逃げ惑う。新崎は空襲の被害には遭わなかったが、戦後七〇年を経て、空襲警報以上の災難に見舞われた。

ただ、空襲警報は解除されれば自宅に戻れるが、今回の避難指示は、もしかすると故郷との今生《こんじょう》の別れになるのかもしれないのだ。

新崎原発のＰＡＺには合計一万六五〇〇名の住民が住んでいる。三分の一は高齢者だ。事前に配られた安定ヨウ素剤を慌てて服用する。

一時避難場所の目の前の道路を、子どもを連れた若い家族がミニバンで走り去っていく。子どものいる家族にとってみれば、強制力のないバスでの避難指示に悠長に従うよりも、子どもの命を考えて、誰よりも、そして一刻も早く、原発から離れるほうが大切なのだ。

ＰＡＺ内で、最初に住民が集まるべしと、避難計画上位置づけられている一時避難場所の公園では、住民の点呼に手間取っていた。

まず、避難計画の台帳全体では、単身高齢者が四〇〇名以上いるはずだった。台帳は自治会・町内会ごとに分けられていたが、どの自治会・町内会も、独居の高齢者の集まり具合が滅法《めっぽう》悪かったのだ。

それもそのはずだ。ふだん補聴器を外して生活している高齢者が、防災無線の放送に気が付くはずがなかったのだ……。

もともとの避難計画のマニュアルでは、若者が手分けをして独居の高齢者宅に声かけに行くことになっていた。しかし、若者の多くは子どもを連れて、既に自家用車で避難してしまっているようだ。壮年者も思うように集まらない。一時避難場所に現れない家族についても、避難が遅れているのか、それとも自力で自家用車で避難して立ち去ったのか、それもわからなかった。

放送から三〇分後に、結局、集まったなかでは比較的若い連中……といっても六〇歳代の男たちが、集落の全戸を訪問して歩いた。全戸を訪問しても、応答のない家が、たまたま旅行に出かけていて不在なのか、補聴器を外しているだけなのか、とっとと自分で避難してしまったのか、それは判然としなかった。

なかには事故以前に転居してしまった家族や、既に亡くなった独居高齢者もいたが、台帳上は名前が残っているので、それがさらなる混乱を招いた。

一通り全戸訪問が終わっても、一時避難場所に避難用のバスは現れない。じりじりと焦《あせ》りが広がってくる。新崎交通のバスが現れるはずなのだが、所詮は民間会社のバスだ。運転手と連絡がつかないのか、運転手が逃げ出したのか、避難場所に至るまでの道路が渋滞しているのか……いずれにせよ、迎えのバスが来ていない事実だけがハッキリとしている。

携帯電話も、まったくといっていいほどつながらない。災害時優先携帯電話や衛星携帯電話など、非常時につながる通信手段を、避難する住民は持たされていない。防災無線では、避難を開始したら役場に連絡せよとの放送がしきりに流れているが、携帯電話がつながらないのに、どうやって連絡をせよというのだろうか。

「バスを待つより、自家用車で逃げましょう。自家用車で逃げられる人は、みんなを乗せられるだけ乗せて、先に避難し始めましょう」

と青年部の部長……といっても、来年で会社を定年退職する予定でいた兼業農家の男性、彼がそう提案する。

「そうすべえ」

自治会長のお許しを得て、自家用車を持ってこられる人が各自、自家用車を持ってくることになった。


二回目の官房長官の記者会見は、正月にのんびり床から起きたＵＰＺの住民が、ちょうど寝ぼけ眼《まなこ》でテレビを点《つ》ける時間だった。官邸の記者会見のテレビ中継によって、跳び上がった。

「なんだと、メルトダウンだぁ！　逃げるべぇ」

原発から三〇キロ圏内のＵＰＺの住民はもちろん、ＵＰＺ外の県庁所在地たる新崎市などの住民も、着の身着のままで、乗用車で一斉に自宅を飛び出していった。新崎県内の県道、国道、高速道は、数十分のうちにすべて大渋滞となった。みなテレビを見て、慌てて集落から逃げ出してきたのだ。

原子力災害対策特別措置法に基づいて原子力規制委員会が定めた原子力災害対策指針上の整理では、まだＵＰＺの住民は屋内退避指示の対象であるので、ＵＰＺの住民が避難を開始することは想定されていない。しかし、屋内に留まる指示であることについて住民は認識する由《よし》もないし、屋内退避の指示に従う義務もないのだ。

一時避難場所の公園では、自家用車に分乗しきれずに残された住民たちが、バスの到着を待っていた。しかし、バスが到着する前に、周辺道路は既に大渋滞となってしまっている。するると、周辺の放射線量が徐々に上がり、格納容器が破損している可能性も出てきていることが、ネットを見た若手の住民から口頭で伝わってきた。

「俺たち、どうするべえか?」

「このままここでバス待っとったら、死ぬど」

足はない……しかし放射能は襲ってくる。

「しかたあんめぇ、歩いて逃げべぇ」

「どこへ、逃げたらいいさ」

「とりあえず、市役所に向かおう。きっと、どうすっか教えてくれるっぺ」

「知り合いがいたら乗せてもらうべ」

こう決めた住民たちは、とぼとぼと国道を市役所のほうに向かって歩いていく。ちょうどヒロシマの原爆投下のあとに、被災者が郊外へ向け、さまよい歩いていったように……。

もっと過酷なのは、特別養護老人ホームだった。新崎原発からわずか三キロの距離に立地するこの施設では、要介護四や五の高齢者を八〇名収容していた。要介護四や五というのは、いわゆる寝たきり老人である。

平日の日中は、三〇名近いスタッフが働く特別養護老人ホームであるが、夜間の当直は、介護職二名と看護職一名の合計三名体制だ。正月の午前は、祝日のなかでも最小の体制で、当直明けの三名に加えて、さらに介護職三名が、午前九時にようやく出勤してきていた。防災無線のスピーカーから避難指示の放送が流れてくるが、八〇名の寝たきり老人を六名の職員で連れ出すことなど不可能だ。

特別養護老人ホームがあらかじめ策定していた避難計画では、原子力緊急事態宣言の前に退避準備指示が流れ、その時点で当直が施設長に連絡、そうして施設長からスタッフに参集の連絡が行くことになっていた。しかし、まず施設長がつかまらなかった……。

施設長はUPZの圏外の新崎市に自宅がある。自宅に電話しても留守電に切り替わるし、携帯電話も同じだった。

避難のためのバスも一向に来ない。原子力緊急事態宣言が発出されれば、保健所がバスを差し向けるはずなのだが、いったいどうなっているのだろうか？　仮にバスが来たとしても、スタッフが集まらなければ、寝たきり老人をバスに乗せることすら不可能なのだ。

そうこうしているうちに、特別養護老人ホームの周辺も、交通渋滞で車が動かなくなった。こんな大渋滞のなか、施設長やスタッフは現れるのだろうか？　バスは来るのだろうか？　寝たきり老人とともに自分たちも取り残されたのだろうか？　施設のスタッフたちは、もう祈るしかなかった。

またフクシマでは、自衛隊員が病院に駆けつけて患者を搬送したと聞いたが、自衛隊は来てくれるのだろうか？　スタッフたちは、希望と不安が入り混じる気持ちで渋滞した道路を見つめていた。

この渋滞であれば、施設長や他のスタッフが出勤してくるという期待は持てない。朝早く目覚めた老人たちのために、おむつを交換して、いつもの通り食事を出さなくてはいけない。呆《ぼ》けた老人たちには原発事故の深刻さなどわかるはずがなく、いつものようにおなかを空かせているのだ。

（25）

新崎原子力発電所の現場では、格納容器の圧の上昇に頭を悩ませていた。

「とにかく、早くベントしようよ、ベント！」

と、関東電力本店から指示が飛ぶが、そのたびごとに、テレビ会議システムでつながっている新崎県庁の危機管理監から、

「地元自治体から、住民の避難が終了した、との報告が来ておりませんっ」

と釘を刺される。

「どんな感じですか、住民の避難は？」

原子力災害対策本部事務局長の井桁勝彦が、焦《じ》れている官邸を代表して質問する。事務局長といっても法律的な位置づけはないし、原子力の専門的な知見もない。

「とにかく、道路という道路は麻痺《まひ》してるんです、避難も何もできてません」

そう、県の危機管理監が開き直る。

すべての関係者をテレビ会議システムでつなぐことは事故情報の共有にはよいことではあるが、必然的に関係者全員が了解したことしか対策を実施できないことになる。

……原発周辺の線量も徐々に上昇していた。

格納容器の圧が高まっていることから、格納容器のフランジやハッチを通して微量の放射性物質が漏洩《ろうえい》していると見られた。格納容器が破壊される前に、ベントで内部の圧を逃がしてやることが必要だ。

「避難が終わるまで、ベントは絶対にやめてください。ベントで放射能を浴びるのは、日本全体ではなくて、住民です。私には住民の安全を守る責任があるんです！」

新崎県知事が吠《ほ》える。

知事に圧倒され、原子力規制委員長は、本部長たる総理の顔色を窺った。原子力緊急事態における最高司令官は総理である。知事や事業者に指示できるのは、総理だけだ。

「とにかく、知事におかれては、一刻も早く避難を完了させてください」

と総理。まだ声には張りがあるが、不安そうな顔つきだ。目が泳いでいる。

しかし、そんなことは誰だってわかっている。この局面では、住民のリアルな被曝と日本沈没のリスクとの究極の選択、それが総理に求められていた。

しかし、少数に犠牲を強いることは、知事の手前、総理にはできない。他の日本の政治家と同様、いままでコンセンサスに基づく決断しか経験していないのだから仕方がない。大泉元総理のような決断は、加部には難しかった。

昨夜の官邸からの指示で、各地から非常用電源車やタンクローリー車が合計一〇〇台以上、新崎原発へ向かっていた。しかし、軒並み新崎県内の交通渋滞に巻き込まれ、到着している車は一台もなかった。

しかも、雪が踏み固められ、路面が鏡面化したインターチェンジの出口付近では、首都圏から向かったタンクローリーが横転、漏れた燃料に引火し、出入口一帯が火の海になってしまった。こうして高速道路は、全面的に通行止めとなったのである。

原子炉の電源がストップしたということは、原子炉本体に冷却水を送り込む手段がなくなったことを意味している。あとは、核燃料のメルトダウンによって膨張する内部圧をベントで逃がさなければ、格納容器が爆発する。

世界最高の安全水準と日本国政府が胸を張った新崎原発六・七号機ではあるが、世界的には常識となっているコアキャッチャーすら設置されていなかった。

コアキャッチャーとは、原子炉でメルトダウンが発生した場合に備えて、原子炉格納容器の下部に設置される装置のこと。溶けた核燃料を閉じ込めて冷却し、放射性物質の拡散を抑制することができる。実は、中国の原子力発電所にも配備されている、世界では常識となっている装置なのだ。

原子力規制庁のシミュレーションでは、冷却が止まれば直ちにメルトダウンが始まり、三時間後にはメルトスルーして圧力容器を破壊、七時間後には格納容器を破壊、二〇時間後には建屋の基礎を貫通、そして、大量の放射性物質が外部に放出されると予測されていた。

コアキャッチャーがあれば、それに加えて一二時間以上は稼げたであろうが、それはもう後の祭りだった……。


格納容器の圧は既に最高使用圧力を超えていた。

「周辺線量が上がってきているんだし、圧もこれだけ高いんだから、もう相当メルトダウンは進行していると見るべきだろっ」

と、関東電力本店の原子力事業部長が叫ぶ。

「今日中には、ベントしなくても、自然にベントになります」

とは所長代理。

「自然にベントってどういうことだ？」と、官房長官が問う。

「原子炉建屋から放射性物質が溶け出るってことですよ。格納容器がもたずに爆発するか、メルトスルーするか……爆発の仕方次第では、日本沈没です」

そう原子力規制委員長が説明する。努めて冷静な様子を装っているが、右の目尻がピクピクとけいれんしている。

「水素爆発も気を付けて」

とは原子力事業部長。フクシマの一号機と三号機、四号機の原子炉建屋が水素爆発でブロウアウトしたことは記憶に新しい。新崎原発には、建屋内に滞留した水素を酸化させて水に変化させる装置や、水素を逃がす弁が、再稼働の前に新設されていた。その対策を講じているか、原子力事業部長は、そう念押ししたのだ。

「わ、わかってます、やってますよ……それよりベント、何とかなりませんか？」所長代理は必死だ。

「知事。もう、避難指示から四時間経過しています。避難の確認が取れていないだけなのですから、避難は終了したと見做《みな》してしまってもいいんじゃないですか？」

と、官房副長官が県知事にお伺いを立てる。

「県内は、もうPAZ、UPZに限らず、全域が大渋滞しています。いまベントされれば、新崎県民全体が放射能に晒《さら》されます。絶対にやめてください！」

知事としても、フクシマの事故のように、このテレビ会議システムの映像と音声が後々公開される可能性があることを考えれば、軽々《けいけい》にイエスとはいえない。

戦前の官選知事の時代であれば、国が県知事に命令することができた。しかし戦後、地方自治が憲法で保障され、特に地方自治法改正後に国と地方が対等だという建前になってからは、地方がノーということを国がゴリ押しするわけにはいかない。

「そもそも、ベントしなければ日本が沈没してしまうかどうかもわからないんですよね？　メルトダウンした燃料が建屋の基礎を貫通しても、格納容器の健全性が一応保たれていれば、ベントより、まだましかもしれないですよね？」

と県知事。一理ある考えだった。

問題は、フクシマの事故の教訓を生かすことができていない、ということだ。事故後五年近くが経過したフクシマですら、メルトダウンした燃料がどれくらい格納容器にとどまっているのかどうか確証がない。フクシマを先例として検証し、対策を講じないまま、新崎原発を再稼働しているので、メルトダウンしたデブリがどのような挙動を示し、どのくらいの水素や一酸化炭素や水蒸気が発生し、格納容器がどの程度耐えられるのか、ということが一切わからないのだ。

フクシマの事故の検証は、逮捕された伊豆田前知事が口を酸っぱくして主張していたことだったが、これも後の祭りだ。


新崎原発六・七号機は、ＡＢＷＲという最新型の原子炉であり、旧来型の鋼製格納容器ではなく、原子炉建屋と一体化した円筒形の鉄筋コンクリート製格納容器を有している。この格納容器は、耐圧機能を受け持つ鉄筋コンクリートと漏洩防止機能を受け持つ鋼製ライナーから成る。フクシマのマークⅠと異なり、堅牢《けんろう》であり、溶接技術の進歩などもあって、耐圧性も優れていた。

ただ、ここに来ての悩みは、フクシマよりも堅牢で耐圧性能が高いからこそ、フランジやハッチから放射性ガスの漏洩が起こりにくいのではないか、ということであった。

「ベントできなくても、フクシマのように徐々にリークしてくれれば、かえって爆発しないから安心なのにな……」

と、原子力規制委員の一人が無責任に嘆く。

現にフクシマの場合には、フランジやハッチに数マイクロメートルから数十マイクロメートルの余裕があったがゆえに、それがベントの代わりの機能を果たしたといってもいい。建屋周辺は汚染されたが、代わりに格納容器全体が爆発することは避けられた。

最新のABWRの場合には、机上の計算ではなく実際にどのくらいの耐圧性能があるのか、内圧がどのくらいであればどのくらいのリークが起こるのか、どれだけリークが起きるとどれだけ周辺線量が上がるのかといったことが、当てずっぽうの推論でしか想像できない。

本来、フクシマの事故の検証によってシミュレーションをしておけばよかったのだが、それがない以上は仕方がない……。

「ABWRの耐圧性能はフクシマとは比べ物にならないほど優れていますから、リークはないと思います」

そう関東電力原子力事業部の一人がいうと、

「じゃ、どうして周辺線量が上がっているんだ、リークしているんだろ?」

と、原子力規制委員が疑問を呈す。

「そうだとすると、リークしているわけですから、爆発は避けられる可能性が高いですね」

……関東電力の人間は、なぜかほっとした様子だ。この会社の人間には、職責という言葉が理解できるのであろうか。

その時点で判明している事象だけで、原子力工学の世界で合理的に説明がつく範囲で、推論を働かせる——原子力規制委員会委員と関東電力原子力事業部の両者は、こうした正常化バイアスに陥っていた。真に必要なことは、その時点で判明していないけれども、その背後で何が起きているのかを想像し、別の推論を働かせることだ。

「で、どうなんだ？　放っておいたら、格納容器が爆発するのか、しないのか、どっちなんだ？」

と官房長官が、ギロリと原子力規制委員長を一瞥《いちべつ》した。

「周辺線量から見て、多少のリークが起きていますから、爆発にまで至る可能性は低いと思います」

そう原子力規制委員長が答える。しかし、格納容器の内圧が、フクシマのときのように減少せず、最高使用圧力を超えたままで高止まりしていることについて、内心かすかなわだかまりを感じていた。

……原子力規制委員長が官房長官に答えた、その瞬間だった。
ド、ドッ、ドーン!!　という激しい大音響と振動が、テレビ会議システムを通じて伝わってきた。
官邸のオペレーションルーム自体が激しく振動したような臨場感である。

「た、大変です、大変です。いま、ものすごい衝撃が起きました。六号機か七号機かは、ちょっとわからないんですけど……」

所長代理が免震重要棟から叫んでいる。

新崎原発が常時公表しているモニタリングデータが明らかに跳ね上がっている。

「線量が急上昇しています！」

関東電力原子力事業部長が叫ぶ。格納容器の圧は急激に低下している。

「おいっ、格納容器は爆発しないいんじゃなかったのか!?」

官房長官が鬼のような形相《ぎょうそう》で原子力規制委員長をにらみつける。

「アチャー」

原子力規制委員長は、頭を抱えた。椅子から崩れ落ち、床を両手で叩きながら、のたうちまわっている。発作でも起こしたようだ。

全国に放映されているテレビ画面には、六号機の建屋が全壊し、その隣の七号機の建屋も半壊している姿が、無残にも映し出されていた。

六号機の格納容器が爆発したことを示している……こうなると七号機の格納容器も時間の問題だろう。

すると、原子力規制庁から駆けつけた原子力のプロである緊急事態対策監が冷静に通告した。

「……雲と雨の行方次第では、首都圏が壊滅するな。六号機、七号機と、二炉心分の放射性物質が大気中に放出されたら、風向きを考えなくたって、一七〇キロ圏内くらいは、年間五〇ミリシーベルトの強制移住レベルになる。

北西の風に乗って放射性プルームが関東平野を襲ったら、二五〇キロ離れた東京だって、まず間違いなく、人っ子一人住めなくなる」

——官邸のオペレーションルームにいるすべての人間が凍《こお》り付いた瞬間だった。

（26）

「ちょ、ちょっと、すごい線量なんで、退避、退避させてください。死にますー」

新崎原発の所長代理が叫んでいた。正月休みで帰省した所長が恨めしかった。まだ到着しないのだろうか。

「退避ったって、どうすんだ？」と官房長官。

「どうするも、こうするもありません。とにかく打つ手がありませんから」

「決死隊でも組んでやれ！」とは加部総理だ。

かつてのフクシマ原発事故で歴史に残った名台詞だ。加部も同じことをいってみたのだ。

「決死隊っていったって、何をするんですか？　もう打つ手がないんですから、このままここにいても、犬死です！」

フクシマのときの決死隊は、手動でベントをするための決死隊であった。今回は、格納容器が爆発し、メルトダウンした放射性物質が、格納容器と建屋の爆発とともに大気中に散乱しているのだ。決死隊だといって、メルトダウンした燃料や瓦礫《がれき》を拾い集めろ、ということなのだろうか。

所長代理の勢いに圧倒されて、総理はもう何も言い返せない。これも、その人生で踏んだ修羅《しゅら》場《ば》の数の少なさがなせる業《わざ》だ。

「六号機、七号機の中央操作室と、連絡がとれません！」

中央操作室は、荒れ狂う六号機と七号機の最前線基地である。格納容器と建屋が爆発したのだから、常識的に考えれば、所員は爆死しているであろう……。

すると所長代理の声が再び入った。何か達観したような声音《こわね》に変わっている。

「……あたり一面、瓦礫《がれき》のようなんで、まずホイールローダーで片づけ始めてみます」

六号機と七号機の建屋が破壊されたということは、使用済み核燃料プールを覆う構造物がなくなっていることを意味する。電源がないということは、数時間後にはプールが沸騰し、使用済み核燃料がむき出しのまま、大気中に晒《さら》されることになる。何が何でも電源を繋がなくてはいけない。

状況は、フクシマの事故のあとに近藤《こんどう》駿介《しゅんすけ》原子力委員長が作成した「最悪シナリオ」に近づいている——。

新崎原発の七基とその使用済み核燃料プールが制御できなくなったら、チェルノブイリの何十倍という量の放射性物質が放出され、少なくとも東日本が壊滅する。二五〇キロ圏内の五〇〇〇万の人が、何十年も、その地域から避難し続けなくてはならなくなる……。

「す、すごいです……六号機と七号機周辺の地表で、二〇〇ミリシーベルト時の線量です。ちょっと、普通には作業させられません……」

二〇〇ミリシーベルト時であれば、わずか一五分で、労働安全衛生法上の年間被曝限度に到達する。一時間その場にいるだけで白血球が減少する被曝量だ。

「いったん作業員をオフサイトセンターに退避させて、態勢を整えさせてください！」

そう所長代理が懇願する。自らの命を惜しんでいるわけではない。この男の表情は、既に自分の死を覚悟している人間のものだ。このまま打つ手もなしにとどまって、所員を犬死させることだけは避けたいのだ。

「……私と志願する老兵は居残って、最後のご奉公をします。突っ込んでいって、とにかくプールの電源を復活させます。ですから、それ以外の所員は、いったん退避させてください。ホイールローダー、非常用電源車、それから放水車、砂と水を混ぜたスラリーを流し込むコンクリートミキサー車もいるかもしれません。ヘリによる注水もやってください。とにかく、私は前線で最後まで応急措置を試みますから、あとは一刻も早い救援と、より根本的な対応策の実施をお願いします！」

原子力災害対策本部長の総理も、関東電力の社長も、それを否定することはできない。

テレビ会議システムでつながった映像のなかで、所長代理が所員に、所内放送で訓示を始めた。

「……残念ながら、これだけの線量になると、一時的に退避せざるを得ません。みなさん、ここまでよく頑張りました、ありがとう。これからオフサイトセンターに、発電所のバスで、順次退避してください」

所長代理がテレビカメラのほうに視線を向けた。官邸オペレーションルームの人間は、みな、目を背《そむ》けた。

「……私はここで、みなさんとはいったんお別れです。最後まで発電所を見届けるために残ります。これから瓦礫を片付けて、非常用電源車の到着を待ちます。ホイールローダーや非常用電源車の操作ができる方で残留を希望される方は、一緒に残ってください。

こうした作業のできない方は、このまま残っても犬死です。みなさんの気持ちはわかりますが、退避は決して恥ずかしいことではありません。いったん、オフサイトセンターに退避をして、態勢を整えて、本店の指示に従ってください。また、みなさんとお会いできる日があればうれしいです。以上……」

去る者も残る者もみな号泣《ごうきゅう》していた。

しかし、なかには、この放送の途中で、早々にバスに乗り込んでいく所員もいた。現地に駐留しているはずの原子力規制庁の検査官の姿も、いつの間にか見えなくなっている。退避の指示が出た以上は、居残って出足が遅れるよりも、とっとと最初のバスに乗り込んだほうが勝ちだ。そう考える者もなかにはいる。

関東電力にも、出入りの業者にも、いろんな人間がいるのだ。人生のなかで何に価値を置くかは、人それぞれなのだ。

（27）

新崎原発の格納容器の爆発で官邸のオペレーションルームが騒然とするなか、日村と小島が示し合わせたように部屋を出てきた。二人の家族は誰よりも早くフライトチケットを手配し、成田や羽田から海外に飛び立っている。あとは安心して仕事に専念できる、というものだ。

二人は官邸二階のホワイエの木のベンチに並んで座った。建物のなかでありながらも陽光が差し込む、普段であれば長閑《のどか》な場所だ。いろんな人から見られるところだが、だからこそ、誰が見ても、まさかこれからの日本を左右する謀議が行われているとは思わない。意表を突いた密談場所であった。

「まずいことになりましたな……」

と小島が語りかける。

「でも、まずいといっていても仕方がないから、これからの対策を考える、ということでしょ」

日村はすぐに、小島のいわんとすることを言い当てる。経産省と関東電力、立ち位置が違うといえども、二人は、世の中の流れに付和雷同して流される側ではなく、積極的に流れを読み、手を打っていく人間だ。時代に流されるのではなく、時代の流れを作り出す側という点で共通している。

「ちょっと、お互いに講じていく対策を整理しておきましょう」と小島。危機の際には初動を誤らないことが大切なのだ。日村はそれに応える。

「まず、被曝限度を引き上げないとどうしようもない。速やかに住民の被曝限度を年二〇ミリシーベルトに、作業員は年五〇ミリシーベルトから年五〇〇ミリシーベルトに変更するよう、政府内で指示を出しますよ。省令事項だから、やる気になれば、即日でできる。非常事態ってことで、有識者に諮るのは後伺《あとうかが》いだ」

　小島が満足そうにうなずく。

「それは政府にしかできないから、日村さんにお任せいたします。五〇〇ミリシーベルトなら二時間半は作業できる。多少吐き気を感じるくらいですよ、どうってことないです。脱毛は三〇〇〇ミリシーベルト、皮膚やけどは五〇〇〇ミリシーベルト、全身に浴びると死ぬのは七〇〇〇ミリシーベルトくらいですから……事態が進行したら、もっともっと上げてもいいですよ」

　小島は恐ろしい言葉を並べ立て、日村の対処方針を裏書きする。

　本当は、小島のいっていることは、急性の確定的影響のことである。事後的に、何年も経ってから生じる、甲状腺《こうじょうせん》がんや白血病といった確率的な影響について、小島はまったく触れていない。

「あとは、どうやって原発への逆風を防ぐかですな。とにかく、せっかく再稼働させた原発を止められないようにしないと……新崎の問題にとどめておく、ということです。フクシマよりも今回の新崎の事故のほうが酷《ひど》そうですが、そうやって持ちこたえれば、所詮は程度論ですから、フクシマ後と、手順は同じでしょう」

　そう日村は淡々と語る。

　小島も満足そうに日村の言葉に続いた。

「状況によっては、またすぐに計画停電で、電力が足りないというキャンペーンを打ちますよ。

さすがに、新崎が事故を起こしても電力が十分に足りてるってわけにもいかないですから」

「そうですね」と、日村も相槌《あいづち》を打つ。

「それから、附則の規定を足掛かりに、発送電分離は当面、先延ばしってことでお願いします。こんな状況じゃ、国民の原発事故の記憶が薄れないと、原発推進策はとても実施できないでしょ」

そう小島は日村に要求する。

発送電分離の法案は、相次ぐ再稼働のなかで、すんなり可決、成立していた。そして附則の規定だけが、発送電分離を阻止する電力の足掛かりだった。

「まぁ、状況次第ですけどね……」このときばかりは日村が口を濁す。「それよりも、心配は選挙でしょ」

この夏は、少なくとも参議院の改選が来る。

「とにかく、候補者へのテコ入れをしてもらわないと。大泉元総理が一気に勢いづいてくるでしょうから」

「さすがに、こんな感じじゃ『原発推進』なんていったんじゃや、とても勝てないですよね」と小島は嘆く。

「大泉対策は進んでいるんですよね」と、日村が確認する。

「ええ、仕込みは進んでますけどね、ふふっ」

小島は余裕の表情を見せた。

「とにかく肉を斬らせて骨を断つ、ってことじゃないですかね。二度目の事故が起きた以上『脱原発』といわないと候補者は勝てない。でも『即ゼロ』とだけはいわせない。チラチラ計画停電をかまして、いま動かしている原発を止めると計画停電になりますよ、と脅すんです」

そう日村が知恵を付けた。

「候補者に、恩着せがましく、『脱原発といっていい』と割り切るんですな。許すんですな。『でも、即ゼロとだけは約束しないでください』ということですか?」

と、小島が日村の方針を確認する。

「その通りですよ」

日村はニヤリと微笑んだ。

「……そして、当選後には、『脱原発』のタイムスパンの問題にすり替える」

日村は自信満々だ。

「それなら、いまの政権だって脱原発依存ですから、抽象的には、ほとんど同じラインにまで戻せますね、選挙後は……」

小島は安堵《あんど》の表情を見せ、そして続けた。

「仮に衆参同日選であれば、また三年間選挙はないですからね。とにかく、今回は天王山ですから、例のシステムをフル稼働させて、フローのカネだけでなく、いままで蓄積したストックも吐き出しますよ」

——例のシステムとは「電力モンスター・システム」、フローは電力業界が自由に使える年二

○○○億円の政界工作資金、ストックとは市谷加賀町の電力迎賓館に代表される、これまでに蓄財された埋蔵資産のことだ。
二人の謀議により、今後の道筋の共有はあらかた終わった。

「それにしても、これでプールまで沸騰、爆発して、使用済み核燃料が大気中に拡散したら、それこそ『最悪のシナリオ』でしょ？　風向きによっては首都圏壊滅ですよ」

と、珍しく心配顔を見せる小島が口にした。

「そのときは、まず首都圏のパニックの鎮圧《ちんあつ》だな。そのやり方は、ちょっと私のほうで研究します」と日村。

パニックの鎮圧といわれても、平時の会社の代表選手である関東電力出身の小島にとっては、何の発想も湧いてこない。

日村は天を振《ふ》り仰《あお》ぐ。そして、「それから……遷都《せんと》だな……」と続けた。小島の目が泳ぐ。

「えっ、遷都ですか？」

「そうならざるを得ないでしょう。もう一度、京都に首都を戻す。そのために必要なカネは、過去の遷都についての調査研究によれば、ざっと一九兆円くらいだろう。そのカネの財源を捻出《ねんしゅつ》するためにも、輸入の化石燃料には頼れない、原発に課税する、そういうロジックだな」

「……な、なるほど、それはいいですね！」

小島は相槌《あいづち》を打った。たしかに秀逸なアイディアだ。いや、日村という男の知謀には敬服するしかない。

「核燃料サイクルの一九兆円にだって騒がない呑気《のんき》な国民なんだからな、ふふ。原発事故によって必要になった遷都の費用だから、原発の発電電力量に対して課税する……そうすれば、原発を動かさない限り、遷都ができないというわけだ」

世の中を小馬鹿にしたような顔で、日村は片頬を吊り上げ、ニヤリと笑った。

こうすれば、首都を壊滅させたとしても、遷都の費用だって呑み込める。それだけの凄い力が原発には内包されているのだ。

日村は続けた。

「それから、汚れた土地、まあ関東平野のかなりの部分にまで及ぶかも知れない……その使い道として、海外から使用済み核燃料の中間貯蔵施設を誘致する。

これから日本国債の価値が暴落し、円安、株安、債券安のトリプル安が日本経済を襲うだろう。この経済不況を乗り切るために、日本が外貨を獲得していくことは不可避。我が国が不死鳥のごとく経済的に蘇《よみがえ》るために、これはどうしても必要なことだし、最終処分場ではないと強弁すれば大丈夫でしょう」

原発政策の行方を事実上支配する自分は、日本の行方を支配している——逆境に陥ってもそう思えることが、日村の強みだった。

小島は小島で、謀議の概要を、随行している副部長にその場でまとめてプリントアウトさせた。逆境のなかでも、前進させた部分はつかみ、決して離さない。メモという形に残して、日村と共有することで、今後の足掛かりにするのだ。

「当面の対応」というタイトルの下には、以下の記述が箇条書きにされていた。

1. 被曝限度を引上げ。即日実施。住民の被曝限度を年二〇ミリシーベルトに、作業員五〇ミリシーベルトから五〇〇ミリシーベルトに変更。事態の推移に応じ、さらなる見直し。
2. 計画停電の実施。電力不足のキャンペーン。
3. 発送電分離の先延ばし。附則を足掛かりに。
4. 国政選挙対策。「脱原発」○、「即ゼロ」×。O泉対策。Mシステムフル稼働（フロー＋ストック）。
5. 首都圏壊滅→パニック鎮圧→遷都。一九兆の財源は原子力発電課税→運転保証。
6. 中間貯蔵施設の対内誘致。

第8章　五〇人の決死隊

朝日新聞（二〇一一年三月二四日・朝刊一面）

「水道水『乳児は控えて』　東京二三区・多摩五市で放射性物質検出　福島原発事故影響」

東京都は二三日、金町《かなまち》浄水場（葛飾区）の水道水から一キロあたり二一〇ベクレルの放射性ヨウ素を検出したと発表した。乳児の飲み水についての国の基準の二倍を超えるため、同浄水場から給水している東京二三区と多摩地域の五市を対象に、乳児に水道水を与えるのを控えるよう呼びかけている。

金町浄水場は利根川水系の江戸川から取水している。同じ利根川水系から取水している千葉県も同日、全域に同様の呼びかけを始めた。

都の対象は二三区全域と武蔵野、三鷹、町田、多摩、稲城《いなぎ》の五市で計約四八九万世帯。都は「基準は長期にわたって飲み続けた場合の健康への影響を考慮して設定されており、代わりの飲み水が確保できない時に一時的に飲むのならば差し支えない」と冷静な対応を求めている。都によると、対象地区に一歳未満の乳児は八万人おり、粉ミルク用の緊急対応として、放射性物質検出前に詰めた水道水五五〇ミリリットル入りのペットボトルを乳児一人につき三本、計二四万本配布する。二四日にも各区・市役所などで配り始める。

厚生労働省によると、母親が飲んでも母乳や胎児への影響はなく、生活用水としての利用にも問題はないという。

東日本大震災を受け、都は二一日の降雨の影響を調べるため、二二日午前九時に同浄水場からサンプルを採取。二三日午前一一時ごろ、基準を超える値を検出したと報告を受けた。同日午前九時のサンプルでも一九〇ベクレルを検出した。都は「二一日の雨で大気中の放射性物質が溶け込んだため、濃度が上がったのではないか」とみている。採取から発表まで二四時間以上かかったことについては「発表が遅れたとは考えていない」としている。

放射性ヨウ素が体内に入ると甲状腺がんなどの原因になることがある。原子力安全委員会は飲料水について一キロあたり三〇〇ベクレルという基準を定めているが、子どもは放射性ヨウ素が甲状腺にたまりやすいため、厚労省は牛乳や乳製品については一キロあたり一〇〇ベクレルという基準を設定。同省は二一日、この値を水道水にも当てはめ、通知していた。

都は原発事故後、放射性物質の除去効果が期待できるとして浄水に使う粉末活性炭の量を通常の三倍にしていたが、今回の検出結果を受けて通常の四倍に増やした。

＊＊＊＊＊

（28）

新崎原発では、一〇〇〇人以上の所員たちが退避を選択し、五〇名の決死隊がとどまった。のちにいう「ニイザキ・フィフティーズ」である。

退避を止める手段は何もない。フクシマの「吉田調書」を読んでも、吉田所長が認識しない間に九割の所員がフクシマ第二原発に退避していたのは事実だ。

日本の法律上、監督者には、作業員への安全配慮義務がある。戦時中の軍隊ではないのだから、突撃させて全滅させることはできない。

……そしてそれは、警察、消防、自衛隊も同じだった。

官邸では、原子力災害対策本部長の総理から、国家公安委員長、総務大臣、防衛大臣に対して、新崎原発への対応に協力するよう既に指示が下されていた。しかし、拡大する一方の極大放射能汚染に、警察、消防、自衛隊の現場からは、反対が起きていた。

「ちょっと、さすがに線量が高すぎます。電力会社の社員が現場から退避しているのに、なんで我々が突撃させられるんですか？　私には、部隊にそんな命令はできません。いっそ指示ではなく、命令してください……ただ従いませんから、命令違反で罷免《ひめん》してください！」

統合幕僚長が江藤徳之《えとうのりゆき》防衛大臣に噛みついている。

「軍法」のない、自衛隊という、軍隊かどうかもわからない、いってみれば「鵺《ぬえ》」のような組織では、隊員が命令を拒否しても、そのことをもって獄につなぐことはできない。そしてこの統合幕僚長を罷免したところで、次の人間も同じリアクションをするだろう。


最初の鉄塔倒壊から二四時間が経過した。

新崎県内全域は、交通渋滞というよりも、交通麻痺の状態が続いていた。

新崎駅には新崎市民が殺到し、そのため警察によってバリケードで封鎖された。新崎空港も同じである。道路は、高速道が事故でストップ。一般道では、西と北と南に向かう避難民の群れが続いた。ある者は渋滞を覚悟して自家用車で、ある者はマスク姿で雪道を滑りながら自転車で、ある者は口をタオルで押さえてトボトボと歩いていく……。

そうなのだ。前知事の伊豆田が、災害時のシミュレーションのため、たった四〇〇人に避難訓練をさせただけでも、大渋滞を引き起こした。

いわんや雪のなか、まず一時避難場所に集合し、ゼッケンを着けバスを待つほど、人間は悠長にはできていない。仙内原発の避難訓練のシーンがテレビで放映されたことがあったが、いまとなっては、物笑いの種にしかならない。

ドッガーン、ドドドドーン……!!

二度目の爆発が深夜に起きた。七号機の格納容器の爆発だ。

既に建屋が半壊し、使用済み燃料プールからも漏水《ろうすい》していたため、使用済み燃料と格納容器内のデブリが爆風により吹き上げられて、モクモクと上空に高く上がっていく。いわゆるキノコ雲である。

「ま、まずいですね」

と、官邸で原子力規制委員長が呟く。

「これは放射性プルームになりますよ……」

二度目の爆発で、現地のニイザキ・フィフティーズは壊滅的な被害を受けていた。瓦礫を片付けていたホイールローダーにデブリを含む瓦礫が襲い掛かり、ホイールローダーの操縦席を貫通した。操縦員は即死である。

やっとのことで凍り付く高台の車庫棟から運び出した非常用電源車から、電源をつなごうと必死になって原子炉建屋に出入りしていた所員たちは、その大半が爆風で吹き飛ばされたか、瓦礫の雨に打たれたかであった。即死だろう。

そうではなく、奇跡的に無傷の者も、急性放射性障害により、現場で瓦礫の上に嘔吐《おうと》を繰り返している……もうそう長くは生きていられないだろう。

（29）

悲惨な状況は現地だけではなかった。新崎原発からわずか三キロの特別養護老人ホームには、結局、避難指示から二四時間たっても迎えのバスもスタッフも現れなかった。線量も驚異的な数字に跳ね上がっていたが、それには誰も気が付かなかった。放射線の線量は、人間の五感では感知できない。もちろん目にも見えない……。

二度の爆発音が不安な気持ちを高まらせたし、ラジオは間断なく原発の状況を伝えていたが、正直、介護スタッフと看護スタッフは、それどころではなかった。目の前の八〇名の老人の世話にひたすら追われていたのだ。もちろん事務員も、その手伝いに追われていた。

老人たちに異変が現れ始めた。続々と老人が嘔吐を始めたのである。急性放射性障害だ。寝たきりで動けない老人が嘔吐をすると、そのまま吐瀉物《としゃぶつ》で喉《のど》を詰まらせる。

ナースコールを鳴らすこともできない認知症の老人が、いたるところで、

「ぐうぇ、ぐうぇ、ぐうぐぅっ」

と異音を発し、そのまま喉を詰まらせていく。

嘔吐の臭いは、他人の嘔吐を誘発する。四人部屋では次々と伝染し、スタッフが走り回っても手当が間に合わず、続々と息を詰まらせて窒息死《ちっそくし》していく。

「ぐぐっ、ぐうぇ、ぐうぇ」と、いろいろな部屋から聞こえてくる。

正に、生き地獄とはこのことだろう。ゲロまみれになりながら走り回っていた介護スタッフにも、放射線の魔の手が及んでいた。気のせいではない、吐き気を感じ始めたのだ。

ＵＰＺ内やＵＰＺ外の病院や介護施設も、状況は同じだった。

緊急時には弱い者が取り残される。避難計画では、あれほど要支援者避難の計画を練っていたのに、ほとんど機能していない……。

まず、民間バス会社との協力協定がまったく無意味であった。バスの運転手だって普通の労働者だ。法律上許容される労働環境は、一般公衆の被曝線量限度である年一ミリシーベルトを基本とすると、労働安全衛生法で決まっている。これを屋外八時間、屋内一六時間の生活パターンで換算すると、〇・二三マイクロシーベルト時だ。既に新崎県では、すべての地域で、この値を超えてしまっている……。

すなわち、「病院にバスで患者を迎えに行きなさい」という職務命令を発する、その前提がないのだ。

民間バス会社も、会社として福祉施設と協力協定を結んでいても、バスの運転手一人ひとりに、誰がどこに迎えに行くかという明示的具体的な迎車のミッションを課してはいなかった。そういう状況で、事故が起きて線量が跳ね上がるなか、会社としても運転手に無理強《むりじ》いはできないのである。

協力協定という名の民事契約には、たしかに法律的な拘束力がある。しかし同時に、民事契約では、損害賠償というペナルティを覚悟すれば、破棄する自由もあるのだ。

ガソリン不足も新崎県全域を襲った。

車社会の新崎県では、普通の住民の給油は、平常時はだいたい週に一度のペースだ。それが元日の朝から一斉にガソリンスタンドに客が押し寄せた。誰しも、できるだけ遠くに避難するために満タンにする。早い者勝ちの世界だった。

六号機の格納容器が爆発する前に、既に県内のガソリンスタンドでは、製品のほとんどが売り切れになっていた。わずかに残るガソリンスタンドは、価格表示のパネルにガムテープで桁《けた》を一つ追加して、リッター一〇〇〇円で販売していた。

どの時代も、パニックに便乗して客の足元を見る悪徳業者がいる。石油ショック時のトイレットペーパーしかり。しかも、原発事故という過酷な状況下での販売であれば、売るほうも命がけである。それが適正価格かどうか、誰にもわからなかった。

石油需給適正化法第九条には、経済産業大臣は、ガソリンの使用の節減を図るため、必要があると認めるときはガソリンスタンドに対し、給油量の制限、営業時間の短縮、その他必要と認める販売方法の制限を実施すべきことを指示することができる、とある。この法律が発動されれば、一部の者が買い占めないように、一人当たりの販売量を、一回の給油につき一〇リットルまで、などと制限することができる。

また国民生活安定緊急措置法では、緊急時には、第八、九条で政府が政令で定める物資の特定標準価格を定めて、第一一条で、それを超える値段で販売した事業者には、その差額について課徴金の納付を命じなければならない、とある。いざというときに、業者が買い手の足元を見て吹っかけることを防ぐための法律だ。

──しかし、法律は無力だった。

経産大臣には、新崎県のパニック下でガソリンがどのように売られているか、そもそも知る由《よし》もなかったから、石油需給適正化法に基づく指示など出しようもなかった。

国民生活安定緊急措置法についても、そもそも政府は、この法律の対象となる物品を政令で定めていなかった。したがって、ガソリンの特定標準価格を定めようにも定めようがなく、業者は吹っかけ放題だった。

……結果として、弱い者が出遅れ、仮に避難の車が手配できたとしても、ガス欠で幹線道路の路肩に自動車ごと取り残されることになった。路肩で、家族全員が嘔吐のうえ窒息死している自動車や、家族全員が凍死している自動車が、いくつも並ぶことになったのだ。

(30)

二度にわたる爆発にもかかわらず、かろうじて新崎原発の免震重要棟と官邸とは、テレビ会議システムがつながっていた。

「……いま七号機の格納容器も爆発したみたいです。残留していた所員は、瓦礫の処理と電源の復活に出払っていたのですが、この状況だと、おそらくもう全滅ではないかと……」

テレビの映像越しに見る新崎原発の免震重要棟の緊急時対策室には、もうほとんど人影が映っていない。落城前の天守閣のようだ。

「ぐぇ、ぐぼっ、げーっ」

画面上で突然、所長代理が、免震重要棟の緊急時対策室で嘔吐を始めた。ずっと何も食べていなかったのだろう。黄色い胃液に血が入り混じっている。画面越しに、酸っぱい臭いが、官邸のオペレーションルームにも漂《ただよ》ってくるようだ。

新崎原発のリアルタイムのモニタリングデータは、一シーベルトという驚異的な値に跳ね上がっていた。プールにある使用済み核燃料が、爆風とともに吹き飛ばされた結果であった。

「……申し訳ありません。もう私たちに、この現場においてできることはありません。私は、命ある限り、ここで原発を見届けます。とにかく、警察でも、消防でも、自衛隊でも、米軍でも、何でもかまいません。国家の総力を挙げて、こやつを抑え込んでくださいっ！」

所長代理の黄ばんだ顔には、死相が現れている。

しかし死相が現れているのは、総理も同じであった。

再登板から三年を超え、日々の激務に加え、外遊の疲れが蓄積していた。外遊は本人が望んだというよりも、夫人の咲恵の希望と外務省の希望との最大公約数の結果であった。

三年間の外遊による度重なる疲労が極限に達したところに、今回の事故だ……目の下には隈《くま》ができ、顔の皺《しわ》はより深くなり、皮膚は黄ばんで、ところどころシミが現れている。疲れたときに現れるアトピーも再発していた。そして、持病がある胃腸の調子もよくない。

おまけに昨夜は悪夢にうなされていた……。

昨夜は、二時間だけ総理公邸に戻って仮眠をとった。そのときに、どこかで見覚えのあるやんごとなき高貴な方が枕元に立つ気配がしたのである。

「八百万《やおよろず》の神が与えしこの清らかなりし我が国土を汚したもうたのは誰ぞ」という御声《みこえ》が聞こえたのだ……。

よく総理公邸に幽霊が出るというときに引き合いに出される、ザック、ザック、という軍靴《ぐんか》の音ではない。どこかで聞き覚えのある、やんごとなき高貴な御声なのだ。

そうして目を覚まし、電気を点けると、そこには誰もいない……。

咲恵夫人からは、「疲れているからよ」と慰められた。しかし、前回の政権末期のように、ノイローゼになりつつあるのかもしれない。

このように満身創痍《そうい》の総理であった。それでも、「国家の総力を挙げて」という所長代理の言葉が、総理の琴線《きんせん》に触れた。

政治家四世の血筋で、父や祖父に比べて勉強の出来が悪く、その劣等感の裏返しとして、周辺諸国に必要以上に虚勢を張る夜郎自大《やろうじだい》的な総理にとっては、人生最大の踏ん張りどころであったかもしれない。

……こうして躁《そう》状態へのスウィッチが入った。平常時には紳士的な総理が、椅子を蹴《け》って立ち上がった。そして、ドーンと机を叩いて、髪を振り乱しながら絶叫した。

「所長代理、あとはお任せください！　原子力災害対策本部長として、そして、日本国の最高司令官として、我が国の威信にかけて、六号機、七号機を鎮圧します！」

そして、防衛大臣を指で差した。

「……江藤防衛大臣、ただちに、自衛隊の総力を挙げて、新崎原発の鎮圧に向かってください。自衛官の犠牲はやむを得ません」

総理の目は、かっと見開かれたままだ。

「……それから山屋《やまや》国家公安委員長、警察も、NBCテロ対応専門部隊や機動隊高圧放水車を派遣して、鎮圧に当たってください」

総理は何かに取り憑《つ》かれたようだ。

「高井《たかい》総務大臣、消防庁長官に命じて全国の市町村消防から優秀な部隊を選抜して、放水車を現地に！」

「多田《ただ》国土交通大臣、海上保安庁から特殊警備隊を派遣してください。それから、大手ゼネコンにスラリーの製造装置と生コンの圧送機を現地に運ばせてください。スラリーの材料も忘れないように！」

スラリーとは、砂と水を混ぜた泥である。これをむき出しになった炉心やプールに流し込むのだ。チェルノブイリ原発では、石棺《せっかん》をつくって事故を収束させたが、それと同じことである。

日村がしたためたメモを、横から総理秘書官が加部総理に手渡した。加部総理は一瞬戸惑い、そしてそのまま力強く読み上げた。事前には聞かされていないようだった。

「……それから、汐垣《しおがき》厚生労働大臣、被曝限度の引上げを本日、直ちに実施してください。有識者に諮るのは後伺《あとうかが》いで構いません。差し当たり、住民の被曝限度を年二〇ミリシーベルトに、作業員の被曝限度を年五〇ミリシーベルトから年五〇〇ミリシーベルトに変更してください。さらに、必要に応じ限度を上げていってください！」

これから反転攻勢だ。加部は生涯最高の興奮を味わっていた。最高司令官として我が国を守っている自らの全身に、電流とアドレナリンが同時に駆け巡っていた。

第9章　黒い雪

AFPBB NEWS（二〇一四年一〇月一〇日）

「トナカイ肉の放射能濃度が急上昇、ノルウェー」

旧ソ連のチェルノブイリ原発で大事故が発生してからほぼ三〇年が経過したが、数千キロ離れたノルウェーでは最近、トナカイの肉に含まれる放射能濃度が急上昇し、食肉として消費するのは不適格となっている。同国政府機関が九日、明らかにした。

ノルウェー中部では今年、原発事故で大気中に放出された放射性同位元素のセシウム137のトナカイの肉に含まれる濃度が一キロ当たり最大八二〇〇ベクレルに達した。同地域は一九八六年の原発事故で発生した「放射性プルーム（放射性雲）」により甚大《じんだい》な影響を受けた。

ノルウェー放射線防護機関の研究者、インガー・マルグレーテ・アイケルマン氏は、AFPの取材に「これは、トナカイの食肉処理を行える上限値をはるかに上回っている」と語った。

二年前にトナカイの肉に含まれていたセシウム137の平均値は一五〇〇～二五〇〇ベクレル。同国の許容限界値は三〇〇〇ベクレルに設定されている。結果、毎年九月末に伝統的に行われているトナカイ数百頭の食肉処理が実施されることはなかった。

「生態系では長年にわたってセシウムの減少がみられており、今年のトナカイでも基準値を下回ると考えていた」とアイケルマン氏は話す。

放射能濃度が上昇に転じた原因は、今年の夏の暖かく、湿気の多い気候が、「ショウゲンジ」というキノコの成長を促進させたことにある。ショウゲンジは、トナカイやヒツジなどの放牧されている家畜が好んで食べる餌《えさ》の一つだ。

ショウゲンジは、土壌上層部に含まれる栄養を吸収する。ここにはセシウム137の大半が存在する。

アイケルマン氏によると、トナカイがショウゲンジを食べなくなれば、体内の放射能濃度は二〜三週間で半減するという。またショウゲンジは初霜が降りると、自然に姿を消してしまう。

ただ野生で得られるトナカイの餌に改善がみられない場合、所有者らはトナカイを囲いのある牧草地に閉じ込めて適切な餌を与えることで、一一月〜一二月には射殺処分することができるようになるとアイケルマン氏はみている。

＊＊＊＊＊

（31）

西高東低の典型的な冬型の気圧配置に覆われた日本列島では、シベリア上空の寒気団が日本海の水蒸気を含んで日本海側に大雪をもたらし、極めて不安定な気象状況になっていた。

日本政府は、SPEEDIのデータの公表はベントのタイミングとしていたため、公表のタイミングを逸したままであった。しかし、一度目の格納容器の爆発以降、マスコミはSPEEDIのデータの公表を執拗《しつよう》に求め、政府はそれを約束せざるを得ない状況に追い込まれていた。

そこに二度目の爆発である。プールの使用済み核燃料が、格納容器の爆発とともに、宙に舞い上がったのだ……。

大陸からの冷たい寒気が列島に流れ込むなか、宙に舞い上がった使用済み核燃料や瓦礫や粉塵《ふんじん》は、強風に流され、放射性プルームとなり、三国《みくに》山脈を越えて関東平野へと黒雲が広がっていく。参考値として示したPPA（放射性ヨウ素防護地域）の五〇キロまでという記載が、何の意味もないことが証明された瞬間だった。

政府により渋々公表されたSPEEDIのシミュレーションでは、新崎平野から三国山脈を越えて、関東平野全体が、ちょうどフクシマのときの飯舘村のように、すっぽりと赤いエリアで覆われている。ただし、フクシマの事故のときと比べ、放出されたと推定される核燃料の分量が、一〇〇〇倍以上も多い。

——チェルノブイリを超える、人類史上最大最悪のカタストロフィだ。

豪雪が、群馬県と埼玉県を集中的に襲っていた。どんよりとした放射性プルームが、SPEEDIの予想通り、三国山脈を越えて群馬県、そして埼玉県に襲い掛かる。

一月二日午後のテレビ放送では、全チャンネルが、表面的な変化のない新崎原発の映像ではなく、SPEEDIの予測と放射性プルームの動きを集中的に伝えていた。

「現在、群馬県と埼玉県北部で、激しい雪が降っています。解説委員の水埜《みずの》さん、どのような点に気を付けたらいいでしょうか」

若い男性のアナウンサーが、NHKでは唯一、原子力ムラの御用解説委員ではない、水埜解説委員に解説を求めた。

「……はい、いま関東地方北部に降っている雪は、多量の放射性物質を含んでいますので、絶対に外出しないようにしてください。万一雪に打たれた場合には、よく中性洗剤で洗い流してください。口に入れたり、舐《な》めたりすることは絶対にやめてください。どうしても外出しなければならないときには、眼にはゴーグルをして、口と鼻に密閉性のあるマスクをかけるか、タオルを強く押し当てて行動してください。

屋内退避の場合には、家の換気扇は絶対に回さないようにしてください。エアコンも極力止めてください。外気を吸い入れると、放射性物質を含むマイクロメートル単位の粉塵《ふんじん》が室内に流入する可能性があります。肺に吸い込むと、内部被曝が続き、がんや白血病の危険がありますので、くれぐれもご注意ください」

水埜の解説は、冷静に、厳しい現実を物語っていた。

「水埜さん、ありがとうございます。それでは、これからの雪と雲の動きについて、気象予報士の斉藤《さいとう》さん、伝えてください」

気象予報士の斉藤は、水埜と違い、上気した顔にうっすらと汗を浮かべていた。専門家だけに、いますぐ逃げ出したい、と感じているようだ。

「……は、はい、これからの雪と雲の動きについてお伝えします。か、関東平野では、大陸から流れてきた上空の寒気により、ところどころで激しい雪が降っています。これから雲は、関東北部から徐々に、数時間かけて関東の南沿岸部付近まで移動する見込みで、それに伴って、関東南部でも強く降る見込みです。

特に、東京都、神奈川県にお住まいの方は、これから激しく雪が降る恐れがありますので、く、くれぐれも気を付けてください。いわゆる里雪《さとゆき》のような降り方が予想されます……」

アナウンサーの表情も、いまは凍り付いている。

「ありがとうございます……これから豪雪が予想される関東南部、特に、東京都、神奈川県にお住まいの方は、外出は絶対に避け、換気扇やエアコンを止め、外気を吸い込まないようにご注意ください。

どうしても外出しなければならない場合にも、マスクやタオルで口と鼻を覆い、外気を直接吸い込まないようにしてください。雪に降られた場合には、速やかに中性洗剤で洗い流してください」

アナウンサーはそれでも努めて平静を装っている。しかしその心の内、すなわち、すぐにでもＮＨＫ放送センターから逃げ出したいという様子が手に取るようにわかるため、それが視聴者の恐怖心を煽《あお》った。

悲惨なのは、いまだ停電が復旧しない関東平野の五〇万世帯だった。停電でテレビを見ることのできない家庭には、放射線プルームの危険性が伝わらない。

榛名山《はるなさん》から関東平野に向けてなだらかな扇状地が続く場所、冬の「からっ風」と呼ばれる強い北風で有名な群馬県高崎市では、幼い兄妹が久々の雪に歓声を上げていた。

「お兄ちゃん、雪が降ってきたよ！」

「本当だ。テレビもまだ点かないし、ゲームの電源も切れているから、庭で遊ぼうよ」

「雪だるまつくろう、雪だるま」

「そうだね、雪だるまつくろう！」

いち早く雪が降り始めた群馬県は、小口前経済産業大臣の選挙区でもある。しかし、小口の家族は全員、東京に住んでいる。しかも、既に国外退避が完了しているが、小口の選挙民には、停電のためＮＨＫからの情報すら伝わっていない。

この子たちの両親は、家にいてもつまらないといって、近所にできた戦艦のような大型ショッピングモールの初売りに出かけている。民自党の幹部の兄弟が経営する、日本最大の小売チェーンのモールだ。

そのショッピングモールが建っている場所は、つい最近まで農地として守られ、ゆえに所有者はほとんど税金を払ってこなかった。しかし、なぜか農業委員会は、その小売チェーンに、あっさりとモールの造成を認めた……しかもこの大型ショッピングモールでは、電力の供給がなくとも、自家発電ですべてが動いているようだ。

日本には、かくも様々な「モンスター・システム」が存在する。そんなことすら知らない幼子の両親は、まさか新崎原発から三国山脈を越えて一〇〇キロメートル以上先にあるこの地に、放射能被害が及ぶとは、思いもしていない。

その両親が留守のあいだ、子ども二人は、庭で思う存分に遊んでいる。

「今年の雪は、ずいぶんと黒っぽいね、お兄ちゃん」

「そうだね、ちょっと黒砂糖みたいな色だね」

「ちょっと舐《な》めてみようか、もしかしたら甘いかも……」

「うん」

兄と妹は口に雪を入れた。しかし、予想に反して、金属と酸の入り混じった味がする。

「……おいしくないね」

ペッ、ペッ、と二人はすぐに吐き出した。

「お兄ちゃんの舌、真っ黒だよ」

「お前もだよ、ハハハ……」

「本当？」

二人はお互いの黒い舌を見て笑い転げながら、雪だるまづくりに勤《いそ》しんだ。

数時間後、黒い雪だるまが完成する頃に、急性放射性障害で毛髪が抜け始めることを、この二人はまだ知らない。両親が帰宅するときには、子どもの髪の毛は、ほとんど抜けてしまっているだろう。

（32）

ツイッターでは、いろいろな情報が断片的に駆け巡っていた。

「黒い雪が降る前に、関東脱出しなきゃ、妊婦は確実に流産」

「東北自動車道で北に向かうか、東名高速で西に向かうか。両方高速入口で二七〇分の渋滞」

「安定ヨウ素剤の代用で、昆布を煮出して飲んでみて。イソジンも、飲まないより飲んだほうがいいよ」

「イソジンは含有量が少なすぎて意味ない」

「ＮＨＫは、パニック防止のために、屋内退避を勧めている。雪が降る前に逃げよう」

「最後の東京発の寝台は二二時。高松行と出雲《いずも》行」

「最後の羽田発はホーチミン行、午前一時二五分」

東京駅には、妊婦や乳幼児を抱える女性が殺到していた。しかし指定席券は、とうに売り切れている。

「自由席でも、立ち席でも、何でもいいんですっ、通路に座ってるだけでいいんですっ」

涙ながらに駅員に陳情している抱っこ紐《ひも》をした母親の隣で、どんどん妊婦や母親たちがサンライズ瀬戸やサンライズ出雲に乗り込んでいく。生き延びるためには実力行使をするしかないのだ。泣いて列車の扉にしがみつけば、何とかなるだろう。

定刻の午後一〇時前になると、朝の田園都市線のように、列車の扉が閉じないぐらいパンパンに乗客が乗り込み、さらにその周りに黒山の人だかりが押し寄せていた。

ＪＲ東日本は、もともと国営鉄道会社だけあって、お役所以上に官僚的で、女性の気持ちを理解する柔軟性に欠けている。

「申し訳ございません。二二時発のサンライズ瀬戸、サンライズ出雲とも、全席指定席となっております。自由席の販売はいたしておりません。指定席の券をお持ちではない方は、速《すみ》やかに降車願います」

東日本大震災のときには、いち早く駅舎を閉鎖して避難民を追い出した会社だ。こんな台詞は、この会社の社員の心に、何の痛痒《つうよう》ももたらさない。あの日、たとえば西武鉄道などの純民間企業は、深夜に運行を再開した。しかし山手線すら運行再開しなかったＪＲ東日本は、その後長く、インフラ企業としての公共性を問われた。

そのＪＲ東日本が要請したのか、鉄道警察隊が動員された。すると鉄道警察隊は、ホームに溢《あふ》れかえる群衆を、機動隊が用いる盾《たて》を使って整理していく。各車両にも鉄道警察隊が乗り込み、一人ひとり券を改めて降車させていく。泣き叫んで乗車ドアにしがみつく臨月の妊婦を、両脇から鉄道警察隊隊員が押さえ、引きはがしていく。

「これ以上、暴れると、公務執行妨害と威力業務妨害の現行犯で、逮捕するぞ！」

そう恫喝《どうかつ》している。乗客のみならず、鉄道警察隊の面々も苛立《いらだ》っているのだ。

定刻を一〇分過ぎた二二時一〇分、厳重な警備態勢のもとで、サンライズ瀬戸、サンライズ出雲が、東京駅のホームを出発した。乗車定員一〇〇％の満席である。

「当列車は、ただいま一〇分遅れで東京駅を出発いたしました。出発直前、ホーム及び車内が混乱しましたことをお詫《わ》び申し上げます」

車内アナウンスが流れる……指定券で乗車していたのは、大半が、出張予定の男性サラリーマンと鉄道マニアであった。

東京では、自家用車で脱出するという選択肢はない。実際、東日本大震災に際しては、深夜一時になっても、たとえば西に向かう目白通り、新目白通り、早稲田通りでは、車がピクリとも動かない大渋滞が発生していた。

あのときは、放射能の危険はなかった。しかし、今回は違う……。

そのため、乗りそびれた女性や子連れの集団は、二二時五二分発の東海道本線熱海行のホームに殺到していた。これに乗れば、午前〇時四二分に熱海に到着し、そしてホームで一夜を明かせば、早朝の午前五時三二分発浜松行に乗って、午前七時四六分には掛川に辿《たど》り着ける。そうすれば、明日も西へ西へと、生き延びられるはずだ……。


羽田空港でも同様の騒ぎが起きていた。

午前〇時五分発サンフランシスコ行の日本航空、午前〇時五分発シンガポール行の日本航空、午前〇時五分発ロサンゼルス行の全日空、午前〇時一〇分発ロサンゼルス行のデルタ航空、午前〇時二〇分発バンコク行のタイ国際航空、午前〇時二五分発バンコク行の全日空、午前〇時三〇分発シアトル行のデルタ航空、午前〇時三〇分発ドバイ行のエミレーツ航空、午前〇時三〇分発ジャカルタ行のガルーダ・インドネシア航空、午前〇時四〇分発バンコク行の日本航空、午前〇時五五分発フランクフルト行の全日空、午前一時発ドーハ行のカタール航空、午前一時二五分発ホーチミン行の日本航空……すべてが満席となっていた。

空港のカウンターは黒山の人だかりで、みな翌朝の便を必死で確保しようとしている。乗客の整理のため空港警察署の署員が総出で対応しているが、割り込みや場所取りが原因で、喧嘩《けんか》がいたるところで起きている。人間は追い詰められると、礼儀を忘れ、生存本能が剝《む》き出しになるのだ。

ところが二四時間以上前、官房長官の二回目の記者会見を前に、朝イチで動いた日村を始めとした官僚の家族、小口を始めとした政治家の家族、そして小島を始めとした電力会社の家族で、羽田も成田も、ひとしきり混雑が起こっていたのだ。

しかし、みな早めのチケットの確保で、スムーズに出国することができていた。これが国家権力に近い者だけに許された、プラチナ・チケットの本質であった。

（33）

翌一月三日朝、大晦日以来続いていた関東地方の雪は、ようやくやんだ。

新崎原発は、二度の格納容器の爆発で、噴き出すものは噴き出し、一時の小康《しょうこう》を保っていた。コンクリート建屋基礎にめり込んだデブリと、吹き飛ばされずにプールの底部にとどまった使用済み核燃料、これらが溶け出して地下水に到達すると、再度水蒸気爆発が起こることが予想されていた。

しかし、大半のデブリと使用済み核燃料は、既に爆発とともに、大気中に放出されてしまっていたのだ……。

あとにはスラリーを流し込む作業が残っていた。が、ニイザキ・フィフティーズたちは、所長代理を含め、連絡が取れなくなっていた。

その新崎県の沿道には、原発とは反対の方向に向かった避難民の多くが行き倒れていた。嘔吐で息を詰まらせ、顔には紫斑《しはん》が残されている。脱毛してしまっている者も多い。新崎原発の周囲三〇キロが、七〇年前のヒロシマやナガサキの爆心地から半径一キロと、同じような状況になっていたのである。

新崎原発からオフサイトセンターに退避してきた約一〇〇〇人の関東電力社員と出入りの業者も、線量の関係から、おそらくもう原発の鎮圧には使えなくなっていた。

東京では、昨日は屋内退避していた多くの群衆が、東京駅、上野駅、品川駅、羽田空港、成田空港に押し寄せた。高速道路の入口はすべて封鎖された。これ以上、群衆が集まることは、誰の目から見ても危険だった。至るところでパニックが発生し、一部の群衆が暴徒化していた。それぞれの駅の入口では、機動隊が整列して群衆を整理、誘導した。しかし、豪雪のあとの東京は線量がかなり高く、思うように動けず避難できないがため、群衆にはイライラが募《つの》っていた。

午前一〇時過ぎには、動員された機動隊の人数をはるかに上回る一〇万人の群衆が、東京駅を取り囲んでいた。もう機動隊では防ぎきれないことが明らかだった。

総理は、自衛隊に、自衛隊法第七八条に基づく治安出動を求めた。

自衛隊は、災害出動ならば、武力行使もできないし、警察官職務執行法の権限も行使できない。しかし治安出動であれば、自衛隊法第八九条に基づき、警察官職務執行法の準用による緊急避難はできる。

外国の通常の軍隊であれば、法律上できないことだけをネガティブリストで軍法に書いている。すなわち書かれていないことは、目的遂行のため原則的にできるということだ。原則は、軍隊は何でもできるという建前なのだ。

しかし、我が国の自衛隊は軍隊ではないという建前だから、自衛隊法には、自衛隊が法律上できることしか書いていない……。

「駅に通してください。切符は予約しているんですっ」

妊娠した若い妻を連れサングラスをかけたイマドキ風の若者が、殺気立った目をして突進してくる。モンクレールのダウンジャケットを着て、それなりに裕福な身なりだった。

「構内は危険ですから、いまはやめてください。しばらくここでお待ちください」

「ウルセー、うぜーんだよ、兵隊さん！」

その若者が、スタンガンを使った。火花が散り、たまらず自衛隊員は蹲《うずくま》る。

「どけ、どけ、どけ、おら、おら、通さんかい、おら！」

興奮した若者は、スタンガンをカチカチ鳴らしながら、自衛隊員のなかを突進して、次々と隊員を襲う。

暴徒と化した住民に対して銃口を向けることが正義なのかどうなのか——しかし、警察官職務執行法に基づく緊急避難の要件を満たすことは明らかだった。

バキューンという音とともに、八九式小銃の最初の弾が、若者の太ももを貫通した。しかし、次の弾は妊婦のおなかを直撃してしまった。

若い二人はそのまま床に倒れこむ……自衛隊が一般市民に銃口を向けた最初の出来事だ。井桁原子力規制庁長官が陛下に述べた懸念が的中した。

「うぉーっ、自衛官が発砲したぞ、逃げろ！」

群衆が、今度は駅の出口を目指して逃げ惑う。躓《つまず》いて転んだ群衆の上を、遠慮も何もなく、うしろから来た群衆が踏みつけていく。

入口の自衛官の前にスペースができたら、また斜めから群衆が殺到してくる。流血して倒れ込んだ二人の救助をする前に、群衆が二人を踏みつけていく……。

このように、首都圏の主要な駅や交通の要所の至る所で、正にパニックが発生していた。パニックを抑えるためには、一時的に軍に全権を掌握させること、いわゆる戒厳令《かいげんれい》を発することが世界の常識である。

官邸のオペレーションルームでは、爆発が起きた原発災害を指揮するよりも、むしろ首都圏のパニック鎮圧の方策に、力点が移っていた。

戦争、内乱、恐慌、大規模な自然災害など、平時の統治機構をもって対処することが困難な非常事態には、国家の存立を維持するために、国家権力が憲法秩序を一時停止して、非常措置《そち》をとることが必要だ。この非常措置をとる権限が、国家緊急権として、諸外国の一部では憲法に明記されている。

しかし日本の場合、国家緊急権は、現行日本国憲法のもとでは規定されていない。災害対策基本法や、武力攻撃事態等における国民の保護のための措置に関する法律などで、非常事態に公共の福祉の観点から、合理的な範囲内で国民の権利を制限し義務を課する規定が、個別に定められているだけだ。

たとえば災害対策基本法第一〇九条第一項には、災害緊急事態に際して必要がある場合で、国会が閉会中であり、かつ臨時国会の召集を待ついとまがないときには、生活必需物資の配給、価格の決定、金銭債務の支払いの延期等を政令で定めることができる、そう規定されている。

しかしパニックの現実を前にしては、このような個別の規定は、まったく無力なものであった。平常時の想像力では予期できない出来事、それが次々起こるのが、まさに国家存亡の危機なのである。

（34）

総理執務室に、官房長官、内閣危機管理監、警察庁長官、防衛大臣が集まり、一同はソファに座っていた。内閣法制局長官も呼び込まれた。バックシートには、関係省庁の官僚が控えている。

「知恵を出せ、知恵を……とにかく、パニックの群衆をいったん押さえつけるんだ。使えるものは何でもいいから、押さえつけんといかん」

官房長官が上畑秀介《うえはたしゅうすけ》内閣法制局長官を睨《にら》み付ける。

傍らで加部総理は、格納容器爆発直後の躁状態から一転、暗い顔で塞《ふさ》ぎ込んでいる。何をどうしていいかわからないのだ。

「現行憲法のもとでは、いかんともしようがなく、超法規的措置として、何か命令を総理が発せられるのであれば、それは私ども法制局の関知するところではなく……」

と法制局長官は口ごもる。

「だから、知恵を出せといっているんだ！　超法規的措置なんていったって、ダッカのハイジャック事件じゃあるまいし。法制局がリスクをヘッジするな、法制的なリスクを総理に負わせるんじゃない……法制局長官が考えるんだ、何のための法制局なんだ！」

官房長官は、再度、そう恫喝《どうかつ》する。その横で、総理が突然立ち上がった。

「だから、戦後七〇年の節目の年に、日本国憲法を改正して、自主憲法としておかなければならなかったんです！」

大声とは似つかわしくない、うつろな視線を泳がせている。明らかに情緒不安定だ。

こういう国家存亡の危機のときにこそ、本当は、政権のリーダーの鼎《かなえ》の軽重《けいちょう》が問われるのである。

放っておくと国民の生命の安全など基本的な権利が脅かされる緊急事態を前にし、平時の法体系では国民の権利が守れない場合、政府が国民に代わってその権利を守るため緊急措置を実施する……これは、憲法に明記されていなくとも、憲法に内在する国家の権利であり、義務とも考えられるのではないか――。

バックシートから発言する者がいた。

資源エネルギー庁次長の日村だった。

「私、一計を案じております……」

経産大臣がこの場にいない以上、日村がこの総理執務室に潜り込んでいること自体、本来の霞が関の秩序からして奇異ではあるが、原発事故の流れからすれば、そう不自然なことではなかった。

総理の表情が急に明るくなった。

「ひっ、日村次長、いってみろ！」

再度、躁状態に急転した総理が、発言を促す。

「戒厳令を復活させるのです」

……全員、絶句である。しかし、日村の発言のその先を聞かなければ、良いも悪いもいえない。日村は続けた。

「戒厳令は、内閣制度が始まる前の明治一五年太政官《だじょうかん》布告第三六号で定められています。これは、戦後のGHQ占領下でのポツダム命令の一環で発せられた昭和二二年政令第五二号で廃止されています。廃止政令が昭和二二年五月一七日の官報に掲載されておりますが、この官報正誤の手続をして、廃止の対象から外せばよろしいか、と……」

みなが息を吞んだ。危機管理など考えたことのない平和ボケの政治家や役人には、日村の案にどう反応していいか、わからない。日村が腹心の原子力政策課長の畑山に、徹夜で研究させた案であった。

「奇策ではありますが、この手しかありません」

この手しかない、という日村の言葉に、もはやすがるしかない。

明治憲法下での法令の多くは戦後廃止されているが、明治憲法下で有効に成立した法令は、それが廃止されていない限り、日本国憲法下でも有効である。

官報正誤とは、本来、出稿した役所による「原稿誤り」か、印刷局のミスである「印刷誤り」かのいずれかとされる。そして、官報正誤の手続で実際の法規範を変更することは、平時であればもちろん禁じ手……しかし、いまは平時ではない。

異論が誰からも提起されないことを確認して、日村は再度、口を開いた。

「官報正誤と戒厳令を直《ただ》ちに官報で発してください。戒厳令は、あくまで一時的に国民の基本的な権利を制約するものですので、期間と区域を区切って発出することが肝要《かんよう》かと存じます。一都四県を対象に、差し当たり一週間だけ戒厳の宣告を発していただければ、暴徒も沈静化すると存じます。以上であります……」

全員がうなった。ここまでのことをスラスラと述べる日村は、畑山原子力政策課長に法制的な可能性を研究させながら、原発災害による首都圏のパニックという事態を頭のなかでシミュレーションしていたということになる。

上畑内閣法制局長官が慌てて日村の言葉を継いだ。

「官報正誤、大丈夫です。平成一六年八月一〇日に閣議決定した内閣参質一六〇第一三号の質問主意書の答弁書において、内閣から国会に対し、次のように回答しております。

『官報正誤とは、法文の「表記上の誤り」、すなわち、実質的な法規範の内容と法文の表記との間に形式的な齟齬《そご》があることが客観的に明らかであると判断されるものについて、法文の表記を実質的な法規範の内容に即したものに訂正するものであり、実質的な法規範の内容を変更するものではない。憲法上、内閣は、法律の公布について責任を負い（第三条及び第七条第一号）、また、法律を誠実に執行することを職務としている（第七三条第一号）ことから、実質的な法規範の内容と法文の表記との間に形式的な齟齬が生じている場合に、法文の表記を速やかに実質的な法規範の内容に即したものに訂正し、それを広く国民に知らせることは、内閣の当然の責務であるということができ、従来から官報正誤によってこれを行うことが慣例上認められてきているところである』

したがいまして、現下の状況に鑑《かんが》みますれば、戒厳令が実質的な法規範の内容になっている、という判断で、官報正誤を行うべきと考えます」

議論の潮目を見て、いち早くその流れに乗る。上畑が、法制局長官の政治任用という荒波を乗り越えて、その地位に辿り着いた所以《ゆえん》であった。

第10章　政治家と官僚のエクソダス

週刊現代（二〇一四年一〇月一一日号・一四三ページ）

「わき道をゆく　魚住昭の誌上デモ」

日本人の心のありようは最近ガラリと変わった。その契機になったのは三・一一だろう。私はあの日から約一ヵ月、終日テレビにかじりつき、各紙の原発報道を隈《くま》なく読んだ。それと、某ルートから刻々と入ってくる政府部内の情報を突き合せた。

最悪のシナリオは、東日本の壊滅だった。政府内の一部ではその場合、福岡に臨時政府を置く案も極秘に検討されたらしい。

＊＊＊＊＊

(35)

事故から一週間後、自衛隊が中心となって、警察、消防、ゼネコン、そして米軍の力も借りて、六号機と七号機の格納容器やコンクリート建屋の基礎、それから崩壊したプールに、スラリーを流し込み、ようやく新崎原発からの放射性物質の放出が落ち着いた。電源も復活し、一号機から五号機の使用済み核燃料プールの冷却にも成功した。

しかし残されたのは、新崎平野から関東平野に至るまでの放射能に汚染された国土の帯であった。格納容器の爆発とともに飛び散った使用済み核燃料やデブリを伴う瓦礫などは、粉塵になって、黒い雪とともに広範囲の国土にばらまかれたのである。

フクシマの事故後に帰還困難区域に指定された場所は、年間積算線量が五〇ミリシーベルトを超え、五年経過しても二〇ミリシーベルトを下回らないおそれのある地域であった。今回、黒い雪が降った関東全域が、この帰還困難区域に該当することになった……正に、日本列島は東西に分断されてしまったのである。

関東平野では、電力不足を口実として、輪番で計画停電も実施されていた。しかし原発の電気が止まる一方で、東西連系線の増強は間に合っていない。

期待されたメガソーラー発電も、送電線の容量不足を理由に、経産省が再生可能エネルギーの固定価格買い取り制度による認定を凍結していた。それとともに買い取り価格も引き下げたため、普及に急ブレーキがかかっていた。

たとえば九州では、太陽光発電と風力発電による固定価格買い取り制度に基づく接続の申し入れを合計すると、出力は一二六〇万キロワットに膨らんでいた。これは単純にいって原発一二基分であり、九州管内の夏のピーク時の電力需要の約八割にも当たる量だったが、経産省の急な政策変更により、その発電プロジェクトの多くは頓挫《とんざ》してしまっていた。

本当は、原発の再稼働に費やすためのコストを送電網の増強や大型蓄電池の整備、それから揚水発電所の建設に振り向ければ、原発はいらないはずだ。

そこまでの設備投資が間に合わないにせよ、古い火力発電所を稼働させたり、大工場の自家発電所から電気を購入したり、大口の需要家との需給調整契約による供給停止措置を発動したりすれば、電力は十分足りるのである。

あるいは日中、太陽光発電で得たエネルギーを使って水を水素と酸素に分解、こうしてつくった水素を燃料電池用に使い、夜間の電力やエネルギー源にしてもよいはずだ。

しかしそれでは、原発即ゼロ論が全国で勢いづきかねない。レントの巨大な、すなわち権力者の取り分が多い原発を守る……日村と小島が申し合わせた通りである。

いったん家族を母国に避難させた各国大使館は、そのまま家族を日本に戻すことなく、続々と大使館の大阪移転を発表した。外資系大手企業も、その拠点を大阪に移転していった。

さらに日本企業も、各社が続々と関西に移転を決定した。もともと関西が出自の会社はもちろんのこと、東京が出自の会社も関西移転を決定していく。個別の各社の決定は株主と経営陣の判断に基づく。資本主義社会における会社の目的は利潤の獲得にある。国に義理立てする理由はない。

日本産業自動車株式会社は、既に閉鎖していた座間や東村山の工場に続き、最後の国内工場の砦《とりで》であった横須賀・追浜《おっぱま》工場を閉鎖し、本社を横浜から上海に移転することを決定した。ブラジル系フランス人のCEOにとっては、グローバル企業のヘッドクォーターの所在は、利益を極大化するための一つの要素に過ぎなかった。

日本経済団体連盟も関西経済団体連盟と統合し、関西への移転を模索しているとのスクープが、日本経済産業新聞の一面に躍った。

早速、加部総理が日本経済団体連盟会長を呼び出し、経済界が東京に留まることを要請した。

「首都機能の空洞化が懸念され、事故対応に支障を来《きた》しますから」

というのが加部の台詞であった。

東京都知事の松添幸一《まつぞえこういち》も声明を発表した。

「これから科学的・計画的に除染を実施しますから、二〇二〇年の東京オリンピックを成功させるためにも、経済界が東京に留まってもらわないと……」

東京オリンピックを口実に大衆を煽り、経済界を引き留めようとするが、いまとなっては空虚な言葉だった。

(36)

加部や松添の発言に、表面的には、公務員は反発しなかったものの、内心は複雑だった。

「おい、俺たちモルモットみたいに、このままこの線量のなかで働かせられるのかなぁ?」

終業時刻を過ぎて人がまばらになり始めた六本木ファーストビル内、原子力規制庁の大部屋で、原子力防災課長の守下靖は、それとなく経産省出身の係長、東田達也に問いかけた。

海外にいち早く妻や子息を逃がした経産省の大臣や幹部とは異なり、経産省の一般職員の多くは、情報から疎外され、家族を疎開させるタイミングを逸していた。経産省から原子力規制庁への出向組は、なおのことそうだった。

課長の守下には、新崎原発の緊急事態の情報はいち早く回ってきていたものの、彼は例外的に、家族を逃がすことはしなかった。自分がPPAでの避難計画の内容を甘くしたこともあって首都圏の住民が放射線に晒されているなか、己の家族だけいち早く逃がすなどということは、彼の国家公務員としてのモラルが許さなかったのである。

だからといって、このまま家族を年間積算線量が五〇ミリシーベルトを超える地域に住まわせておくことには、正直、恐怖を感じていた。妻はともかく、子どもはまだ小学生なのだ。

子どもは大人に比べて細胞分裂が活発で新陳代謝が激しいので、放射線の影響を受けやすい。小児白血病とか甲状腺がんになってしまっては、取り返しがつかない。

新崎原発からバラ撒《ま》かれたストロンチウム九〇は、カルシウムと組成が似ていて、骨に吸収されやすく、半減期が二九年と長いため、骨や血液のがんが引き起こされる。肺がんや膀胱《ぼうこう》がんも統計的に有意に増加する。

ナガサキの被爆二世の母親から幼いころに放射線の恐怖を聞かされたことを、いまさらながら思い出していた。これまで原発のことは他人事かつ仕事上の話であったが、自分の家族に差し迫る問題となって初めて、いままでの自らの仕事を激しく後悔した。

「ほんとですよ。うちはもう妻と子どもは田舎に帰していますが、それに気が付いた近所の人たちがパニクっていて……」

と、経産省から出向している東田係長が涙ぐんだ。東田は結婚三年目で、この冬に子どもが生まれたばかりだった。避難計画をバリバリつくっていたころの勢いはまったくない。

原発再稼働後、原子力規制庁の仕事は一段落している。忙しければ、妻や家族のことを真剣に考える暇《いとま》すらなかったであろうが、いまはそうではない。

二人とも、日本原発に審査情報をリークしていた審議官を告発し、国家公務員法違反で逮捕された課長補佐、西岡進のことを思い出していた。

西岡は裁判でも徹底して無罪を訴え、反原発の支援者が結成した弁護団の支援を受けていた。西岡のように、原発推進に対し真剣に逆らえば、逮捕される。かといって、原発推進の旗を振れば、自分たちのように罪の意識に囚《とら》われることとなる。

「西岡さんは、どうしているんですかねぇ……」

経産省出身の東田係長は、しみじみとつぶやく。西岡は骨があり、上司に対してもいうべきことはいう、しかしだからこそ、後輩には慕《した》われていたのだ。

「まだ、小菅《こすげ》の拘置所にいるはずだけどな……」

大学が同期で、経産省では年次が二年下、小菅に勾留中の西岡のところへ、経産技官の出世頭である守下は、このとき初めて面会に行こうと考えた。正直、経産省での出世など、守下にとってどうでもよくなっていたのだ。

守下や東田の気持ちは、首都圏で勤務する他の公務員すべての気持ちと同じだった。

「政府機能、三段階で関西に移転を検討　復興非関連省庁から順次」

という見出しが、散発的に全国紙の一面に載り始めた。

「政府高官によれば」とあり、これまでの状況からすると、放射線量の高い首都圏での生活を嫌がる、官僚の代表たる事務の官房副長官の観測気球であることは明らかだった。

いったんは日本経済団体連盟に東京に留まるよう説得した加部総理であったが、愛犬トイの被曝を極度に恐れる咲恵夫人の強い希望もあり、すぐに柔軟に考えを変えた。いまや本音では、すぐに官邸も関西に移転したいと考えていた。事務の官房副長官の観測気球も、加部総理の黙認のうえでのことであったのだ。

（37）

一月末に始まった通常国会では、政府機能の関西移転に議論が集中した。しかし党派は関係なく、フクシマを始めとした東日本の議員や首長が、政府機能の関西移転に強く反対した。

「フクシマの復興もままならず、さらに新崎から首都圏一帯の除染と復興をしなければならないという事態において、政府機能を関西に移転し、日本を東と西に分断するなんてことは、あってはならないことであります！」

と、東日本の議員は、国会議事堂で次々に演説をぶった。

他方、西日本が選挙区の議員は、何かと理由を付けて選挙区に帰り、上京を極力拒《こば》んでいた。表立ってはいえないが、国会議員などしていなければ、線量の高い東京にわざわざ来る必要もない。議会の定足数がギリギリの事態が続いていた。

通常国会に臨むに当たって加部総理は、寺沢経済産業大臣に加え、新たに原発・除染・復興担当大臣を新設しようとするが、指名された政治家が次々と拒否する事態となった……。

一方、各省庁は、それぞれ復興とは関連性の薄い部局を関西に移転しようと虎視眈々《こしたんたん》と狙っていたが、国会での東日本出身議員の反発を受け、なかなか実行に移すことができないでいた。

そのようななか、寺沢経済産業大臣が閣議後記者会見で、突如、「経産省電力供給安定化推進本部」を関西に設置する旨を発表した。

「本日、経産省では、私、経済産業大臣が本部長を務める『経産省電力供給安定化推進本部』を大阪に置くことといたしました。現下の日本の困難な状況を救うためにも、電力の安定供給は喫《きっ》緊《きん》の課題であります。東日本への電力供給を円滑にするためにも、まずは近畿電力の電力供給を万全なものとすることが必要であり、近畿電力と経産省とが連携を強化するために本部を立ち上げるものであります」

さらに、各省はもちろんマスコミも啞然《あぜん》とするなか、電力供給に関係ない経産省の部局も、続々と移転していくことも明らかになった……。

「経産省所管の業種は、いずれも電力需給と密接に関連する産業でありますから、すべての部局が移転することが必要であります」

そう、寺沢は、淡々と語った。

いまどき電力需給と関係のない産業など存在しないわけで、結局のところ、霞が関のなかでも困難な課題から最も逃げ足の速い経産省の連中が、いち早く首都圏から逃げだすこととなったのだ。

「何なんですか、この『経産省電力供給安定化推進本部』ってのは？」

六本木ファーストビルの原子力規制庁で、またしても、経産省から出向している東田係長が課長の守下に嚙《か》みついてくる。相当イラついているようだ。

守下課長も、昨夜の定期連絡で、畑山原子力政策課長から本部の設置を聞いたばかりであった。

その畑山も、近畿電力の電力供給の強化のため、すでに今日から大阪で勤務しているはずだ。

「自分たちがさっさと関西に逃げるための口実だ。これじゃ、トカゲのシッポ切りだな……」

守下が吐き捨てるようにつぶやく。

もちろん、経産省がトカゲで、原子力規制庁がそのシッポだ。

「おい、ちょっと今日は早めに切り上げて、飲みに行こう」

守下としても、部下の東田係長でも連れて飲みに行かないと、やってられない気分だった。

実は昨夜の定期連絡で、守下は畑山原子力政策課長から、もう一つのことを告げられていた。

「……日村次長が日本電力連盟の小島常務理事と、だいたいのシナリオを握ってるんだよ。事故直後に相談したらしい」

「な、何ですか、そのシナリオって？」

と、守下が食いついた。

畑山原子力政策課長が語るところによれば、事故直後の被曝限度の引き上げも日村の振り付けだし、計画停電も日村と小島とで示し合わせたもの……発送電分離は附則の規定を根拠に先延ばしにして、電力会社は国政選挙対策に邁進《まいしん》、遷都の財源は原発の発電電力量に課税することで今後の原発稼働を正当化、外国から使用済み核燃料を引き受ける中間貯蔵施設を建設する……そんなシナリオらしかった。

「メモがあるんだよ。日村次長と小島常務とで握った紙が……だいたい、いまいったような感じで進むと思うよ」

そう畑山は勝ち誇ったようにいう。畑山も、あちら側の人間だ。

「……すいません、メモ、見せてもらえないですか？」

経産省の原子力政策課長がメモを見せてもらっているなら、経産省から原子力規制庁に出向中の課長たる自分が見せてもらうのは、当然の権利と守下には思えた。

「さすがに、他省庁の方には渡せねぇよ。厳重取扱注意だから、勘弁《かんべん》してくれよ」

と、畑山はつれない返事だった。さすが次官コースのエースは、危険な橋は渡らない。万一マスコミに漏れた場合には、管理責任が問われるからだ。

「せいぜい、早めに関西の不動産でも買っといたらどうだ。経産省の奴らは、もう片っ端から関西の物件を買っているぞ。いくつか買えば、財テクにもなるからさ」

「紙」の取り扱いについてのリスクは取らないが、金儲《かねもう》けには、あくまでディマンディングだ。通産省の時代から脈々と流れるインサイダーの血だ。株ではないので、証券取引等監視委員会の監視も及ばない……。

「俺たちは、トカゲのシッポなんっすか？」

新橋の安い個室居酒屋で、経産省から出向している東田係長が、目を三角にして守下に絡《から》んでくる。

テーブルの上には、もやしサラダのお通しと、赤黒く表面が干からびかけたマグロの刺身……昔のように電力会社や特殊法人に領収書を付け回ししていた時代を知らない、若い係長の東田は、ろくに旨《うま》い料理を食ったこともないのだろう。しかし、こういうさもしい奴に限って、体制には批判的だ。

——こいつは使えるかもしれない。

「そうなんだよ。シッポなんだよ、俺たちはシッポ」

と、守下は係長を挑発する。

「つたく、やってられないっすよ。原発を推進した経産省が本来、尻を拭《ぬぐ》わなくっちゃいけない話なのに、さっさと逃げてやがる。それでもってですよ、原子力規制をしていた俺たちが経産省出身ってことで、霞が関に残されて、白い目で見られてる……」

焼酎《しょうちゅう》をグラスに注ぎ、ロックでそのままガンガン飲んでいる。ずいぶんと酔いが回っているようだ。

いまが好機だ。

重々しく守下が口を開いた。

「実はな、ここだけの話だが……」

といって一息入れる。東田が「おや」という表情をして、息を呑むのがわかった。

「……関西に遷都《せんと》するっていう方針を固めた極秘文書があるらしいんだよ。電力の幹部と、資源エネルギー庁の日村次長とで握った文書らしい……計画停電を実施、発送電分離は延期、遷都の費用は原発の電気から賄《まかな》う、外国から使用済み燃料を持ち込んで中間貯蔵をする、っていうシナリオだ」

「ほ、本当っすか？」

東田は目を丸くして、唾《つば》を飛ばす。

「た、たしかに、フクシマの事故のときにも、『最悪シナリオ』となったら、福岡に臨時政府を置くという案が、極秘に検討されたって聞いたことがありましたけど……」

東田は視線を宙に泳がせている。

守下はかまわず続けた。

「原子力政策課の畑山課長から聞いたんだよ。文書自体はもらえなかったが、経産省のなかでは密かに出回っているらしいんだ……」

守下が煽るように、もっともらしくため息をつくと、東田が応える。

「俺、同期が原子力政策課にいるんで、その文書、こっそりもらってきますよ」

ここまでなら、ありふれた役人同士のやり取りだ。

しかし、トカゲのシッポにも五分の魂である。ここからが守下の踏ん張りどころだった。

「そうか、ぜひ、お願いするよ」

そういって一息入れると、自分の目に力を込めた。

「……でもな、東田、文書を入手するだけだと、世の中変わらない」

守下はさらに、グッと東田の瞳のなかを見つめる。

「どういうことですか？」

「二〇〇四年、経産省の当時の若手が、極秘文書にわかりやすい解説を付したパワーポイントを『一九兆円の請求書』と名付けて、プレスにばらまいた。一九兆円の請求書事件だ」

「ええ、聞いたことはありますが……」

東田の目に光が宿った。守下の術中にはまった。

「……『一九兆円の請求書』に関わった若手、そして応援した中堅官僚は、みんなパージされたって話だけどな。でも、核燃料サイクルがインチキだってことだけは、どうにも隠しようのない真実として広く世の中には伝わった。

どういう人生を送るかは、それぞれが自分で決めることだ。若い奴が若いときにしかできないことをやることで、世の中が変わることもある。坂本龍馬《さかもとりょうま》もそうして、三一歳で死んだ。人生は一度きりだ。後悔しないように。としか俺はいえんよ」

東田の目の奥に熾火《おきび》のような光が見え隠れし、いつしかメラメラと火の粉を散らし始めた。誰だって、自分が生きてきた、その証《あかし》が欲しいのだ。

賽《さい》は投げられた。二・二六事件といい、一九兆円の請求書事件といい、どの時代も、立ち上がるのはつねに血気盛んな青年将校なのだ。

数日後の月曜の朝、朝経新聞にスクープが載った。東田の単独リークと思われた。

「経産省幹部、電力連盟と秘密文書作成　遷都を模索、費用は原発稼働で捻出」との見出しで、記事内容は次の通りであった。

〈新崎原発事故直後、経産省高官と電力業界幹部とのあいだで、原発推進に関する秘密文書が作成され、事故後の処理方針も秘密文書に沿って政策が進められていることが、朝経新聞の取材でわかった。

この文書は、新崎原発六号機の爆発の直後に、経産省資源エネルギー庁高官と日本電力連盟幹部とのあいだで、その後の事態の収拾の方針について合意されたA4判一枚のペーパー。

■文書の全文（写真）

当面の対応

1. 被曝限度を引上げ。即日実施。住民の被曝限度を年二〇ミリシーベルトに、作業員五〇ミリシーベルトから五〇〇ミリシーベルトに変更。事態の推移に応じ、さらなる見直し。
2. 計画停電の実施。電力不足のキャンペーン。
3. 発送電分離の先延ばし。附則を足掛かりに。
4. 国政選挙対策。「脱原発」〇、「即ゼロ」×。〇泉対策。Mシステムフル稼働（フロー＋ストック）。

5．首都圏壊滅→パニック鎮圧→遷都。一九兆の財源は原子力発電課税→運転保証。
6．中間貯蔵施設の対内誘致。

今回入手した秘密文書には、新崎原発七号機の爆発直後に実施された被曝限度の引き上げを示《し》唆《さ》する記述のほか、今日まで続く首都圏での計画停電の実施について「電力不足のキャンペーン」と記載されており、経産省関係者によれば、「電力は実際には足りているにもかかわらず、原発再稼働の必要性を国民に広く認識させるために意図的に計画停電を実施している」ことが裏付けられた文書だ。

また、首都圏が壊滅的な打撃を受けることを見越して、パニックの鎮圧についても記載されており、その後の戒厳令の復活などにつながっていったことがわかる。

その他、昨年成立した発送電分離を定める電気事業法の一部を改正する法律の附則にある「本法の施行までの間に政府は原子力発電の経済的措置について速やかに法制的な措置を講じ、電力自由化と原子力発電の推進との両立を確保するものとする」との規定を根拠に、原子力発電の経済的措置について立法がなされない間は、発送電分離を先延ばしにすることも合意されている。

さらに、今後の関西への遷都の方針についても明記され、必要となる約一九兆円の財源として原子力発電の発電電力量への課税で賄《まかな》うことや、使用済み核燃料を海外から受け入れるための中間貯蔵施設を建設していく方針が明記されている。

政界対策としては、今年実施される予定の国政選挙について大泉元総理への対策の必要性、また電力会社が支援する候補者の選別の必要性などが示されている。

今後の原子力や電力を巡る政策の方針について、経産省と電力業界との密約が明らかになったことで、これからの議論の行方にも影響を与えそうだ。

経産省幹部は、朝経新聞の取材に対して、文書の存在を認めつつも、「あくまでディスカッションの結果を関係者の個人のメモとして書き留めたもので、行政文書ではない。政府の政策は適正な手続きに則って粛々《しゅくしゅく》と進められる」と回答している〉

(38)

国民の生活よりも電力会社の利益や経産省の利権を優先させる、そのことが赤裸々《せきらら》に書かれた記事を読んだ国民は、猛反発した。

首都圏が壊滅するほどの原発事故を起こしても、まだ原発を動かそうとする経産省と電力会社に対して制裁を加えようと、ツイッターやフェイスブックで呼びかけた。東田係長もその主唱者の一人だった。

経産省の建物は霞が関に、そして関東電力は、そこから日比谷公園を挟んだ内幸町《うちさいわいちょう》に本店の建物が位置する。ネットで呼びかけられて集まった群衆は、公園全体に膨れ上がった。

いつもの金曜日夕方の官邸前の脱原発デモとは異なり、高齢者よりも、ネットに反応する若者が圧倒的に多い。高線量が気になるので、みなマスクにゴーグル姿である。これは写真を撮られても顔がわからない姿でもあり、警察権力への警戒心を緩め、群衆を一層大胆にした。

デモの届出はなされていたが、予定人数の一〇〇〇人を遥かに超える数万人の若者が、続々と集まり続けている。

「それでは、まず、電力供給安定化推進本部を設置し、首都圏の住民を見殺しにした経産省に向かいます！」

と、先頭の主催者が拡声器で声を上げる。

うぉーっ!!

地底から湧き上がる地鳴りのような声が響く。

経産省の前の歩道の幅には、とうてい群衆は収まりきれない。経産省別館のイイノビルの前にも、経産省の北側の農水省前の歩道にも、経産省本館の向かいの財務省前の歩道にも、経産省の南側の日本郵政の建物の周りにも、群衆があふれ返っている。

「寺沢経産大臣、私たちの声が聞こえますか？　本日は、原発即停止の要請書を持ってまいりました ぁ」

寺沢大臣は既に大阪にいた。副大臣も、大臣政務官も、経済産業事務次官も、資源エネルギー庁長官も、みんな既に大阪だった。

電力供給安定化推進本部を設置した経産省は、ほとんどの部局が大阪に移動し、ほぼ、もぬけの殻《から》であった。いつもは不夜城のように深夜まで電気が点《つ》いている経産省の本館と別館の建物が、わずかな電気を残して、廃墟《はいきょ》のように佇《たたず》んでいた。

「……経産省の奴ら、ほんとに俺たちを見殺しにしやがった！」

怒りをぶつけるはずの経産省がもぬけの殻《から》であることが、さらに群衆の怒りの火に油を注《そそ》ぐ。

群衆が経産省の建物に投石を始めた。制止する者は誰もいない。

パキン、パキンと、窓ガラスにヒビが入る音がする。それがまた群衆を一層興奮させる。

「とにかく、残っている職員にでも直談判《じかだんぱん》しなきゃ」

リーダー格の主催者の一人が、経産省の建物のなかに入っていく。群衆がそれに続く。数名の警備員が制止するが、「誰か政策の責任者はいねぇのか」と興奮した暴徒は、警備員の制止を無視し、どんどん執務室に入っていく。

憤懣《ふんまん》やるかたない暴徒は、椅子を蹴ったり、机を叩いたり、それでも不満が収まらない分子は、卓上のノートパソコンを強奪していく。バラしてパーツを秋葉原で売れば、結構な値段になるはずだ。

「おーい、ここが原子力政策課だぞ！」

身分を隠してデモに紛《まぎ》れ込んでいた東田に先導され、経産省別館の五階で群衆から歓声が上がる。

まるで忠臣蔵《ちゅうしんぐら》の討ち入りだ。吉良上野介《きらこうずけのすけ》を発見したときのようだ。畑山課長の机を横転させて気勢を上げる。

ロッカーのなかのドッチファイルを床に放り投げる。ファイルから、かつてのＭＯＸ燃料やプルサーマルの推進の書類が散らばる。

「こんなもん、こうしてやる！」

血気盛んな若者がライターで書類に火を点ける。

群衆の興奮の高まりに呼応するように、火の手が上がった。火は窓際のカーテンに移り、室内が火の海になっていく。

「うぉー!!　火事だ!!　撤収するぞ!!」


経産省の建物が炎に包まれるなか、入りきれない群衆は、日比谷公園から経産省とは反対方向の内幸町にある関東電力本店に向かった。屋上の巨大なアンテナが特徴的な一五階建ての白い鉄筋コンクリート製のビルも、半時間もしないうちに炎に包まれた。

興奮した群衆は、日比谷公園内の千代田区立日比谷図書文化館、日比谷公園の向かい側のプレスセンタービルも襲った。まさに、第二の「日比谷焼打ち事件」であった。

群衆が鎮圧されたのは、政府から再び都心三区に戒厳令が発せられ、自衛隊が現地に到着してからであった。

いつの世も、国民から乖離《かいり》した政治は国民を逆上させるが、それを鎮圧するのも国家の物理的な強制力なのである。

第11章

無法平野

スポーツ報知（二〇一三年一一月一日・一九面）

「山本太郎参院議員が秋の園遊会で天皇陛下に手紙を手渡し　原発問題直訴」

山本太郎参院議員（三八）が三一日、東京・元赤坂の赤坂御苑《あかさかぎょえん》で開かれた天皇、皇后両陛下主催の秋の園遊会で、天皇陛下に手紙を手渡した。園遊会の出席者が陛下に直接手紙を手渡すのは極めて異例。陛下は受け取ったが、すぐにそばにいた侍従長に預けた。園遊会後に会見した山本氏は、手紙は原発問題について書いたものであることを明かし、「どうしても現状をお伝えしたかった」と自らの行動の意図を説明した。

中央官庁が分野ごとに推薦した各界の功労者や国会議員、官僚、自治体の首長とその配偶者が招かれ、約一八〇〇人が出席したこの日の園遊会。天皇陛下の前に立った山本氏は、いきなり「子どもたちの未来が危ないんです」と原発問題について訴えると、「これを読んでいただけないでしょうか」と三つ折りの手紙を差し出した。陛下はそのまま受け取り、そばにいた侍従長が預かった。

前代未聞ともいえる「直訴状」。山本氏はその後、国会内で会見し、「この国の象徴という意味で陛下に読んでいただきたかった」と意図を説明した。内容は福島での健康被害や、東京電力福島第一原発で働く労働者の現状など原発問題について訴えたもので、三〇日に筆ペンで一枚の長い紙にしたためたという。

天皇の政治利用ではないか、との問いには「原発などの問題は、政治以前のもの。政治家である前に、この世の生きる者として（の訴え）です」と否定。ただ、今回の園遊会には国会議員として招かれており、手紙自体にも「参院議員」の肩書が書かれていた。

山本氏の行動に対し、宮内庁総務課は「こんな事態は聞いたことがない。異例中の異例だと思います」と説明。「手紙を渡すことに禁止などの規定はないが、当然好ましくない行為」と話した。

山本氏は「ルール的に禁じられてはいないが、失礼に当たるかも知れないとは思った」と話したが、与野党からは問題視する声が続出。「皇室の政治利用になりかねない」（公明党・石井啓一政調会長）、民主党の大畠章宏幹事長は「マナーというものがある。国会議員だから何をしてもいい、ということではない」と述べた。また、菅義偉官房長官も会見で「その場にふさわしいかどうかは、参加された方が常識的に判断すること」と不快感を示した。

参院議院運営委員会は、今回の問題について一日の理事会で対応を協議するが、山本氏本人は「ここまで騒がれるとは。（手紙は）サクっと渡すつもりだったのに」と苦笑いを浮かべていた。

◇主な天皇陛下への直訴

▽一九〇一年一二月　元衆院議員・田中正造が、足尾鉱毒事件の解決を求め、東京・日比谷で明治天皇に直訴を行ったが、警備の警官に阻止された。田中は即日釈放された

▽一九〇三年一一月　一九歳の少年が皇居の桜田門で、明治天皇にロシアとの開戦を求めて直訴しようとしたが逮捕

▽一九二七年一一月　陸軍二等卒・北原泰作が名古屋での観兵式で昭和天皇に軍隊内の差別撤廃を求め逮捕され一年間服役

▽一九二九年一一月　右翼活動家・児玉誉士夫《こだまよしお》が東北の農民の救済を求め、東京・赤坂見附で昭和天皇に直訴しようとして逮捕。懲役六か月の判決を受けた

▽二〇一一年四月　タクシー運転手（三九）が、東日本大震災の政府対応を批判する天皇陛下宛ての手紙を持ち、皇居内に無断で立ち入ったとして現行犯逮捕

＊＊＊＊＊

（39）

放射能汚染が懸念されるなか、春の園遊会が赤坂御苑《あかさかぎょえん》で開催された。

宮内庁長官や侍従長がさんざん園遊会を中止するよう陛下に説得を試みたが、開催は陛下の強いご意志だった。陛下は、経産省の連中とは真逆であられた。東京に陛下が踏みとどまっていることを広く国民に示すことで、少しでも国民の動揺を和《やわ》らげたい、そうした気高《けだか》き陛下の御心《みこころ》の表れだった。

そのため宮内庁管理部庭園課が除染を何度も行い、園内の至るところで覆土《ふくど》を行い、ようやく園遊会で人が足を踏み入れる場所だけは、空間線量を一マイクロシーベルト時にまで引き下げ、開催にこぎつけたのである。

園遊会には、毎回、国会議員の一部が招待を受ける。原発即ゼロを主張して前回の参院選に当選した無所属の山下次郎《やましたじろう》にも、ようやく園遊会への招待の機会が回ってきた。

山下には、この園遊会に期するものがあった。ただでさえもフクシマの事故のあと、全国の子どもたちが事故前には考えられない放射線量の食料を口にするようになっていた。その悲惨さを訴えて当選した山下であったが、力足らずで再稼働を止められないまま、今度は、新崎原発の爆発をみすみす許してしまった。

正論を訴えても、「電力モンスター・システム」が数とカネの力で脱原発の動きを抑え込んでしまう。議会制民主主義が電力マネーで蝕《むしば》まれて機能しないのであれば、議会制民主主義以前のいにしえから政《まつりごと》を司《つかさど》ってこられた陛下に訴えるしかない。

実際、日本国憲法にも、大日本帝国憲法の改正という形式をとり、前文の前に、

「朕《ちん》は、日本國民の總意《そうい》に基いて、新日本建設の礎《いしずえ》が、定まるに至つたことを、深くよろこび、樞密《すうみつ》顧問の諮詢《しじゅん》及び帝國憲法第七十三條による帝國議會の議決を經《へ》た帝國憲法の改正を裁可し、ここにこれを公布せしめる」

という上諭《じょうゆ》がなされている。

このことからして、戦後の日本国憲法のもとでの統治機構の正当性の根拠が、形式上は天皇陛下に由来することは明らかである。

招待者が並んで陛下のお出ましを待つ。

陛下が山下次郎の前に差し掛かられたときのことであった。

「……陛下、参議院議員の山下であります。全国民を代表して直訴《じきそ》する無礼をお許しください。いま、この東京の放射線量は、フクシマの帰還困難区域以上になっております。このままでは、子どもや労働者の生命が危険です。陛下のお命も危険です。ぜひ、この手紙をご覧いただいて、日本国民を放射線の被害から救ってください！」

陛下も呆気《あっけ》にとられておられるようであったが、ふん、ふん、と山下の話を聞き、手紙を受け

取られた。そして、そのまま侍従長にお預けになり、何事もなかったかのように先に進まれた。侍従長は苦々しい顔で背広のポケットに山下の手紙を収める。この山下の行為は、ちょうどテレビカメラに映っていたこともあり、大きく報道された。

「天皇陛下の政治利用の危険」「陛下に対して非常識かつ無礼極まりない行為」「世が世なら切腹もの」として、与野党を問わず、マスコミ、有識者から非難の声が寄せられた。

参議院の議院運営委員長は、

「議員辞職するかどうかは本人の判断次第。山下議員に常識があれば、正しい判断をしてくれると期待している」

と述べ、山下議員の自主的な辞職による事態の収拾に期待感を滲《にじ》ませた。

官邸前内閣府本府ビル五階の内閣総務官室では、みなでテレビのワイドショーを観ていた。園遊会の日には、本会議や予算委員会は開催されない。国会が開かれていないときは、内閣総務官室は暇なのである。

「ほんと、国会議員もマスコミも、法律の条文なんて、何にも読んだことがないんだなぁ」

「まぁ、法学部卒なんて、あんまりいないんでしょうしね。国家公務員試験にも合格していませんしねぇ」

「山下次郎も、マスコミも、他の政治家も、日本国憲法に請願権が規定されていることすら知らないんだ。そして請願法も知らない。本当にバカだね」

「本当は、天皇陛下への請願を、俺たちんところに送ってくれりゃ、宮内庁に回付するのにな」

「何人も平穏に請願する権利がある、って憲法に書いてあるんですけどね。基本的人権の一つなんですけどね」

「請願法に至っては、天皇陛下に対する請願の手続がご丁寧に書いてあるんですけどねぇ」

「ほんと、こんなんじゃ、日本は法治国家とはいえませんねぇ」

内閣総務官室の面々は口々に笑いながら、罵詈雑言《ばりぞうごん》のやり取りをする。

日本国憲法上は、山下次郎議員にも、平穏に請願する権利が認められている。

日本国憲法第一六条には、

「何人も、損害の救済、公務員の罷免《ひめん》、法律、命令又は規則の制定、廃止又は改正その他の事項に関し、平穏に請願する権利を有し、何人も、かかる請願をしたためにいかなる差別待遇も受けない」

と定められている。

天皇陛下に請願をしたからといって、いかなる「差別待遇」も受けないのである。

山下次郎議員の行為は、天皇陛下に直接手渡ししたという点で、請願法第三条に定める、

「天皇に対する請願書は、内閣にこれを提出しなければならない」

という手続に則《のっと》っていないだけであり、内閣に提出された場合には、適法に受理されるべきものだ。

結局、山下が全国民の代表として行った勇気ある直訴《じきそ》は、法律に無知なるがゆえに、なんとな

く山下が非常識な人間であるという印象だけを残して、人々の記憶に澱《おり》となって沈んでいった。

もし、山下の請願をマスコミが正確に理解し、国会議員のみならず、天皇陛下に接する機会のない人々にも天皇陛下に請願する権利があると報じていたのであれば、金曜夜の官邸前の脱原発デモに加えて、脱原発のエネルギーの発散先となり得たのかもしれないのだ。

陛下は、その後、侍従長から山下の手紙を受け取り、夜、一人でそれを熟読された。

そして自らの非力を日本国民全員に、そして先祖代々、八百万《やおよろず》の神に、密かに詫《わ》びておられたのである。

（40）

春の園遊会からちょうど一週間後、政府は、新崎・群馬・埼玉・東京・神奈川東部の大部分を「帰還困難区域」に指定することを発表した。

官房長官は定例記者会見で次のように述べた。

「帰還困難区域と申しましても、直ちに退避すべきとか、あるいは、一切とどまってはいけない、というわけではございません。一年間、屋外で空間線量を浴び続けると、人体に悪影響を与える可能性が否定できないという水準の約半分でございますので、念には念を入れて、退避を勧告する、というものであります」

「念には念を入れて」ということではあるが、帰還困難区域とされた年五〇ミリシーベルトという値は、フクシマの事故の際に適用した基準と同じであり、チェルノブイリ事故から五年後に、ベラルーシ政府が住民の移住義務を定めた年二〇ミリシーベルトを、二・五倍も上回る水準なのだ……。

逃げ足の速い外資や利に敏《さと》い民間企業の連中、そして経産省の連中は、既にこの地域からは退避している。いままでどうしても、ここに留《とど》まらざるを得なかった政府機関や地方政府機関なども、相次いで関西への移転を発表し、順次移転していった。

国会の移転先は、暫定的《ざんていてき》に国立京都国際会館に、議員会館はその傍《かたわ》らの宝《たから》ヶ池《いけ》に佇《たたず》むグランドプリンスホテル京都とされた。

ここまで何とか永田町に留まり続けた政治家たちが、ついに東京を脱出し、続々とグランドプリンスホテル京都に移っていく……。

こうして天皇陛下も、ついに京都御所へお移りになることとなった。宮内庁長官は会見で、次のように述べた。

「もともと明治の初めに行われました明治天皇の東京への行幸《ぎょうこう》は一時的なものとされておりました。京都はいまでも引き続き都であり、東京に遷都したという公式発表も、過去、存在しないわけでありますので、状況が落ち着くまでのあいだは、京都御所で執務をされることとなります」

京都府民も、「おかえりなさい」と陛下を温かく迎えた。

ほとんどの省庁も、続々と京都や大阪へ移転を開始した。京都市の北部の鞍馬山《くらまやま》を造成し、官庁街、そして国家公務員住宅を完成させる計画が発表された。

その他にも、けいはんな学研都市の拡充、比叡山《ひえいざん》・高塚山《たかつかやま》・醍醐山《だいごさん》を切り開いて民間のオフィス需要をまかなう計画も、民間から次々と発表された。官民合わせて、オフィス、工業団地、住宅、公共輸送、道路、上下水道など、ざっと一九兆円規模の投資が必要であるとの試算も公表された。

その財源として赤字国債に頼ることは、円安による日本国債利回りの急上昇のもと、あり得ない選択だった。が、政府は、原子力災害からの復興のためという名目で復興国債を発行し、その償還財源として、原子力発電の発電電力量に応じて課税することを発表した。

これは、発送電分離が先送りされ、再生可能エネルギーの買取をストップしている状況下では、結局、電気の消費者に薄く広く負担させることと同義であった。

「原発事故で必要になったカネは原発から捻出する」というと聞こえはいいが、あえて原子力発電の発電電力量に課税する真の意図は、資源エネルギー庁次長の日村直史と、日本電力連盟常務理事の小島巌が画策したように、原子力発電を続けざるを得ない状況を作り出すことにあった。

朝経新聞のスクープ記事で報じられた通りの政策だったが、国民のあいだにはもう、怒る気力も残されていなかった。怒って立ち上がったところで、どうせまた戒厳令が発せられるだけなのだ……。

この状況下、小菅の拘置所から、刑事被告人が釈放された。ちょうどフクシマの原発事故でも、福島地検が「捜査の遂行が困難になった」として三一人を釈放したのと同じである。

こうして勾留中だった前新崎県知事の伊豆田清彦《いずたきよひこ》、起訴休職中で原子力規制庁元課長補佐の西岡進、再生可能エネルギー研究財団主任研究員の玉川京子《たまがわきょうこ》が、一時的に釈放された。

この三人が国策捜査で逮捕されていなければ、あるいは新崎原発の事故はなかったかもしれないのだが、それを後悔しても詮《せん》ないことだ。三人の釈放は事前にプレスに知らされることもなく淡々と行われ、それに気づく国民もほとんどいなかった。

霞が関の官僚のなかでは、唯一、原子力規制庁原子力防災課長の守下靖が、大学同期の西岡から連絡をもらっていた。西岡は小菅の拘置所に面会に来た守下とのあいだで旧交を温め、そして意気投合し、問題意識を共有していた——「原発再稼働が殺すのは大都市の住民だ」と。

（41）

残された関東平野は、未曾有《みぞう》の無法地帯となった。

関東平野は中国系、南米系、半グレ集団系など、複数の匪賊《ひぞく》の群れに支配された。そして我が物顔で、首都高速を盗難車に乗って爆走する。

車通りがほとんど途絶えた幹線道路では、忘れ去られた信号機が寂《さび》しく点滅する。

主を失ったコンビニでは、飲み物やスナック菓子が取り放題になっている。レジはハンマーでこじ開けられ、カネはとっくに持ち去られている。

どこからか野犬の遠吠《とおぼ》えが物悲しく聞こえてくる。

結局、この地にとどまっているのは、祖国から見放されたか親から見放されたかして、避難のあてがない、愛に飢えた者たちだった。

経堂《きょうどう》、深沢、成城、奥沢、田園調布《でんえんちょうふ》といった大きな一戸建てが並ぶ都内有数の高級住宅地では、休園日のテーマパークのように、がらんどうの建物が軒《のき》を連《つら》ねている。所有者が持ち去り損ねたポルシェやフェラーリが匪賊の餌食《えじき》となった。

ガレージの扉を破壊する。セキュリティシステムの警報が鳴るが、駆けつける者はもう誰もいない。車の窓ガラスを割って運転席に乗り込み、キーシリンダーを壊して配線を直結し、エンジンをかける。これでガソリンがなくなるまで、プレイステーション3の「リッジレーサー」の実演だ。

匪賊は豪邸の室内にも遠慮なく入り込んだ。冷蔵庫のフォアグラ缶やキャビア缶を開け、ワインセラーからシャンパンを取り出す。ハバナ産の葉巻を味わう。ウォークインクローゼットから服や靴を取り出し、思い思いに身につける。パテック・フィリップやフランク・ミュラーの時計を見つけては、鷲《わし》づかみにしてポケットがパンパンになるまで入れる。

親に反抗して自室に引きこもったまま、両親に見捨てられ、逃げ遅れていた少女が匪賊に発見された。興奮した匪賊がサータの高級マットレスの上で、有無をいわさず引きこもり少女を輪姦《りんかん》していく。少女は無表情で何の抵抗もしない。

庭では餓死寸前のドーベルマンが、匪賊の侵入に対して、最後の力を振り絞って吠えたててい

なる。しかしすぐに、交番に放置されていた三八口径リボルバーのニューナンブM60拳銃の餌食《えじき》となる。

ところどころで散発的に匪賊のグループ同士の小競《こぜ》り合いが起きている。

警察が見放したこの広大な無法地帯では、有形力だけが実効支配の手段となっている。期せずして東京一極集中が是正され、それどころか日本国の首都東京の中心がスラム化し、権力の空白地帯が生まれていた。法による支配が失われ、法治国家以前の、蛮族が支配する地域となった。

いくら科学技術が進化しても、国家としての法制度が整ったとしても、人間の本性は変わらない。剝《む》き出しの欲望が、見捨てられた都市をぐいぐいと呑み込んでいく……。

東京が原発再稼働によって殺された、それは紛《まぎ》れもない事実だった。

第12章 裏切りの国政選挙

西日本新聞（二〇一四年二月三日・朝刊二面）

「ラストサンデー　応援演説」

東京都知事選は九日の投開票日に向け最後の日曜日となった二日、安倍晋三首相と小泉純一郎元首相が東京・銀座の同じ場所で相次いで街頭演説に立った。舛添要一、細川護熙《ほそかわもりひろ》両氏の支援でたもとを分かつ「師弟」の対決。舛添氏優位のまま進む選挙戦で、初めて街頭に立った安倍首相は政権の「信任投票」と位置付け攻めに転じ、連日街頭で「原発即ゼロ」を訴える小泉元首相は残る一週間で民意のうねりに賭ける。

「自民党と公明党は全力で舛添氏を応援している」。午後三時前、遊説カーの上で安倍首相は舛添氏、公明の山口那津男代表と手を取り合い、高々と頭上に掲げた。演説はいつになく絶叫調で、「師」との全面対決への決意がうかがえる。

政府内には、首相が街頭に立つことで都知事選以上に「師弟対決」に注目が集まることへ懸念もあった。だが、舛添氏が予想以上にリードしているとの読みに加え、政権批判を繰り返す小泉氏への憤《いきどお》りが首相を突き動かした。「小泉氏を徹底的につぶす気だ」。自民党関係者は首相の胸中をこう語る。

首相はこの日、約一二分間の演説で原発には一切触れなかった。けんか上手の小泉氏の「土俵」には乗らない作戦を徹底した。代わりに、公明党の山口代表は街頭で「わずか一つの問題だけで都知事選を争うというのは、都民が不幸になる」。首相の本音を代弁した。

首相が演説を終えた約三〇分後、同じ場所に細川氏と小泉氏が街頭演説に立った。聴衆は約一万人。自民が組織戦を展開し、大量動員した安倍首相の演説にほぼ匹敵する人だかりができた。舛添氏が大きくリードする各種世論調査の結果と、街頭での関心にはギャップがある。

細川陣営は演説をインターネットで生中継。聴衆には「演説の動画や写真をどんどんネットで広めて」と呼び掛けた。政党の組織的支援を受けていないだけに、ネットを活用した空中戦に活路を求める。

細川氏は原発再稼働反対、原発の電気を一切使わない東京五輪開催などを訴え、腕まくりしながら四〇分近くマイクを握った。続いてマイクを握った小泉氏は「原発ゼロは、実現可能な夢だ」。いつものように手を振りかざしながら、三〇分近い演説を、すべて「原発即ゼロ」に費やした。

安倍首相を名指しすることはなかったが、暗にこう批判した。「(自分は首相として)原発が安全だというウソを見抜けなかった責任がある。だが、過ちを改めるにはばかることなかれ。福島第一原発の事故後も、黙っていていいのか」

この日、歩行者天国の銀座周辺では他の候補も相次ぎ街頭に立った。約一〇〇〇人の聴衆を前に宇都宮健児氏は「東京が希望をもてる街に変える」。田母神俊雄氏も支持を訴えた。

＊＊＊＊＊

（42）

七月の参院選を前に、各社の世論調査では、いずれも共産党が大きく議席を伸ばすとの予測がなされていた。共産党は、フクシマの事故以降、原発即ゼロを主張しており、加部政権が何の反省もなく原発再稼働を推進してしまったことが新崎原発事故の根本原因だと、厳しく批判していた。共産党の主張する通りであった。

大都市の複数選挙区では、いずれも共産党が議席を獲得し、三一ある一人区でも、原発事故の痛手を受けた東日本では、大半で共産党が議席を獲得する見込みで、参院では改選前と合わせて第二党に躍進することが予測されていた。

「……このままじゃ、まずいですなぁ。共産党はまずい、共産党だけはまずい」

と、新聞社の政治部から横流しさせた世論調査の詳細データを手に、日本電力連盟常務理事の小島巌が、資源エネルギー庁次長の日村直史に電話を入れている。

共産党は教条主義的で、政党交付金すら受け取りを拒否している政党だ。「電力モンスター・システム」が効かない唯一の政党である。

前回の衆院選からはまだ一年半しか経っていないものの、加部総理は、あえて衆参ダブル選に打って出る決意だと伝えられていた。

「共産党に勝たせるわけにはいかない」という与党幹部の台詞が報道では引用されていた。

衆参ダブル選になると、連立与党の公命党の選挙協力が分散される。一般論としても、宗教法人という固定票に依存する公命党には不利に働くことから、保守・公命の連立政権樹立後は、ダブル選という選択肢は、公命党に対する牽制《けんせい》材料としてはしばしば言及されていた。しかし現実には、三〇年前の中曽根内閣による死んだふり解散以来、衆参ダブル選は行われていない。

他方、公命党と同じく固定票に依存する共産党にとっても、衆参ダブル選で投票率が上昇することは不利に働くはずで、それが政権与党の狙いであった。

しかし今回の選挙では、既存政党のなかでは共産党にしか期待できないとして、投票先の受け皿になりそうだった。脱原発を願う浮動票の多くも共産党を選択する傾向にあり、投票率の上昇が共産党には有利に働く可能性も否定できなかった。衆参ダブル選の選択は、一種のギャンブルだった。

日村が口を開いた。

「小島さん、落ち着いてください。一番大切なことは、脱原発や原発即ゼロの投票先を分散させることです。以前申し上げた通り、『脱原発』と、保守党から、公命党、民自党、改新の党、おいらの党にもいわせてやることです。

『即ゼロ』とだけいわせなければ、選挙後にいくらでも取り戻しがききます。選挙が終わったら、脱原発のタイムフレームの問題にすり替えればいいのですから」

たしかに再稼働を認めたところで、四〇年稼働でフェードアウトさせれば、二〇四〇年代後半には脱原発は実現できる。さらに新増設を認めて、既存の原発の廃炉後のリプレースを認めたとしても、一〇〇年先の核融合の商用化までに脱原発を目指す、と強弁することもできる。

「とにかく党派に関わりなく、『即ゼロ』とだけはいわない候補者には、カネをふんだんに渡しますよ。できれば領収書の要らない裏のカネをね。そうすれば、当選後に候補者が心変わりしそうになったら、逆に『裏金を受け取った』と、脅し上げることもできますから」

こういう小島は、すっかり落ち着きを取り戻したようだ。

加部政権の解散、衆参ダブル選の戦略も、こうした「電力モンスター・システム」の稼働と阿《あ》吽《うん》の呼吸で、それを織り込んだものとも見られる。共産党以外の政党が相次いで「脱原発」を訴えれば、有権者も、何も好き好んで共産党に投票しなくてもよいのだ。

しかも、参院選だけであれば「政権にお灸《きゆう》をすえる」ということで、有権者も安心して共産党に投票できるが、衆参ダブル選となると、本当に共産党が勝って革命が起きてしまうかもしれない。そう有権者も心配する。

天皇制を否定した日本人民共和国憲法草案を共産党はまだ完全には廃棄していないし、民主主義革命から引き続き社会主義革命を目指すという二段階革命方式を堅持しているとも見られている。

こうして全政党が「脱原発」を訴えるとともに、共産党への恐怖心を煽っておけば、衆参ダブル選で共産党が勝つことはないだろう。

（43）

外では、まぶしいほどの新緑が、宝ヶ池の水面に映《は》えていた。

国立京都国際会館は、半世紀も前に国の威信をかけて建てられた、国立の国際会議場であったが、近年は施設の老朽化もあり、また国際会議自体も多様化しており、会議施設の稼働率は著しく落ちていた。設計の古さもいかんともしがたく、屋内のインテリアは古色蒼然《こしょくそうぜん》とし、外のまぶしさに比して、なかの陰鬱《いんうつ》とした暗さは補いようがなかった。

突如の国会議事堂の移転で仮庁舎として利用されることになったことは、国立京都国際会館にとっては天佑《てんゆう》だったかもしれない。通常国会の会期末を迎えた今日、仮の衆議院本会議場となったメインホールにおいて、紫の袱紗《ふくさ》に入った解散詔書《しょうしょ》の写しと内閣総理大臣の伝達書を、事務総長が恭《うやうや》しく壇上の議長席に届けた。

「ただいま内閣総理大臣から、詔書が発せられた旨、伝えられましたから、朗読いたします」

と、小吹善明《こぶきぜんめい》衆議院議長が発言する。全議員が起立する。

「日本国憲法第七条により、衆議院を解散する」

「万歳、万歳、万歳！」

万歳三唱のあと、議員が一斉に地元に帰っていく。帰還困難区域とされた選挙区では、避難先の自治体で不在者投票が行われることになる。

天下分け目の天王山の戦いが始まった。選挙日は七月二四日（日）友引と決まった。参院選の告示は七月七日（木）、衆院選の告示は七月一二日（火）となった。

このとき大泉元総理自身は出馬を明言していなかったが、そのもとには続々と、自薦、他薦の脱原発を主張する候補者が集まってくる。あたかも、大坂冬の陣を前に、浪人衆が続々と、全国から豊臣《とよとみ》家に参集したのと同じ光景であった。

大泉ジュニアも保守党を離党し、選挙区から無所属での参戦を表明した。

「フクシマの復興がまだまだで、新崎原発で事故が起こり、それでどうして原発推進なんていえるんですかっ。脱原発は国民の願い。国民の願いを叶《かな》えるのが政治家じゃないですかっ」

と、大泉ジュニアが街頭で演説すると、選挙区の群衆のあいだでどよめきが起きる。残念なのは、無所属候補の演説ということで、在京キー局がどこもキャリーしないことだ。しかし、ツイッターやフェイスブックで、Ｙｏｕ Ｔｕｂｅの画像は拡散していく。

大泉元総理は、自ら政党を率いないものの、大泉ジュニアの応援に入って街頭演説に立った。紺色のスーツにコバルトブルーのネクタイが、いつものように映えている。

「総理を辞めて一〇年間、もうみなさんから忘れ去られるだろう、もう忘れ去られるだろう……そうしたら気楽な隠居生活が送れると思っていたんですけどね、ちっとも忘れていただけないんだ」

街頭の群衆がワッと歓声を上げる。「総一郎！」「総ちゃん！」との声が上がる。

「そこで、あのフクシマの事故。さすがに声を上げなくちゃと思って立ち上がりまして、脱原発を訴えました。加部総理にもね、脱原発と経済成長は両立できる、ピンチをチャンスにして再生可能エネルギーで循環型社会をつくろう、総理が脱原発の旗を振れば必ずいいアイディアが出てくる、ってさんざん口を酸っぱくしていったんですけど、ぜんぜん聞いてくれないんですよ」

大泉の身振り、手振りがだんだんと大きくなっていく。

「そうしたら、今度は新崎での事故だ……これは神様からの啓示《けいじ》ですよ。東日本大震災に続いて御嶽山《おんたけさん》の噴火もあった。なのに、桜島や阿蘇山の噴火は予知できる、なーんて御用学者はいっているけど、予知できるのはせいぜい数ヵ月前ですよ。これじゃ原子炉の核燃料を安全な場所に移動なんかできませんよ。原子炉から抜き出した燃料棒は五年くらい冷やしてからでないと、運搬できないんですから」

「えぇ？」「そうなのか？」と、群衆がどよめいている。

「御嶽山の噴火のあたりで、日本人は神様の思し召《おぼめ》しに気が付かなくっちゃいけなかったんですよ。日本古来の神様たちが、いい加減一〇万年先の人類に核のゴミを残すのはヤメろっていう怒りの声を上げていたんですよ。にもかかわらず、性懲《しょうこ》りもなく原発再稼働なんてやってるから、新崎で事故が起きた。そう思うでしょ、みなさん!!」

うぉーという大音声《だいおんじょう》とともに、拍手、喝采《かっさい》が沸き起こる。

「私はね、この神様の思し召しをね、実現しなくちゃいけない、って本気で思ってるんですよ。

だからね、ちょっと前回の都知事選では星川さんに悪いことしちゃったけどね、今回は私自身が神様の命を受けて、立ち上がらないといけないと決断したんですよ!!」

ヒュー、ヒューッと、口笛がこだまする。

「そう思うでしょ、みなさん、どうですか!?」

「そうだ、そうだ！」

大泉は自らの出馬をようやく明言し、焦《じ》らされていた群衆はオーガズムに達した。大泉はやはり天性の弁士だった……。


大泉が参加する再生可能エネルギー推進会議は、総選挙後の連立・首班指名を念頭に、イタリアで一九九〇年代に中道・左派の小政党が連立し政権を奪取した「オリーブの木」方式を提唱した。再生可能エネルギー推進会議が提唱した脱原発の綱領に同意する政党や候補者が、総選挙後に集まって、脱原発連合として政権を組織する構えをとったのである。

綱領は、できるだけ多くの候補者が、小異を捨てて大同に付くことができるよう大括《おおぐく》りの内容にするということで、「脱原発」「自然エネルギー推進」の二点を要点とするシンプルなものとなった。

大泉と星川に、鳩川《はとかわ》と今《こん》……脱原発を訴える四人の元総理が集まって、再生可能エネルギー推進会議の記者会見が行われた。そのまま、脱原発の新党を立ち上げ、元総理たちがそれぞれブロックの比例一位に名を連ねれば、全国で相当の票を稼ぐことが計算できたのだが、あえて政党という形は取らなかった。

「私も出馬はしますよ。でも新党なんてのはつくらないんです。新党、新党って、いままでどれだけ新党ができたんですか？　国民のみなさんは、ぜんぜん覚えていないんです。私だって覚えてませんから。新党って形が、もう古いんです。党派を超えて、脱原発の一点で集結するんです」

こう大泉は述べた。

しかし、新党を立ち上げない理由は、本当は別のところにあった。

まず、政党交付金の額は毎年一月一日を基準日として算出されるため、新党をつくったところで、年をまたがないと政党交付金の交付を受けることができない。すなわち新党に飛び出ていくより、元の政党に残って政党交付金をもらうほうが、各候補者にとってもはるかに「お得」なのである。

次に、選挙運動の実働部隊という点でも、しっかりとした政党組織にいるほうが、何かと有利なのである。

選挙運動で、供託金没収の憂《う》き目に遭う泡沫《ほうまつ》候補になるかどうかのメルクマールは、告示日当日に、選挙区内のすべての選挙用ポスター掲示板に候補者のポスターを貼り切れる組織力があるかどうかである。労働組合の支援を受ける民自党を始めとして、そうした組織力は既存政党のほうが圧倒的に優位である。

新党を立ち上げた場合には、既存政党との票の食い合いや死票《しひょう》も心配された。やみくもに脱原発の新党を立ち上げても、十分な選挙区調整がないままだと、前々回の衆院選挙の日本未来の党のように同じ脱原発を目指す別政党と票を食い合うことになる。また仮に新党が比例区で予想外の得票を伸ばした場合には、名簿登載者数を上回るリスクもあり、みすみす他党に議席を譲ることもあり得る。

結局、民自党、改新の党、おいらの党、生活党、社会党が、脱原発綱領に同意した。

それ以外にも、宗教法人が支援する公命党が、再生可能エネルギー推進会議の脱原発綱領について「望ましい方向」と評価するも、それに「同意」するかどうかについては保留した。選挙結果を見極めてから、勝ち馬に乗るという姿勢だった。

蝙蝠《こうもり》のように、どちらが勝ってもつねに与党で居続けることが、公命党にとって、もはや自己目的化していた。

共産党も「真の脱原発政党は共産党だけ」と主張しつつも、「たいへん興味深い流れ」と関心を寄せていた。

計算違いだったのは、保守党や元都知事の石藁裕一郎《いしわらゆういちろう》率いる前世代の党の候補者にまで「脱原発」と言い始める者が続々と現れたことだ。

保守党の公約は、

「中長期的に、原発に依存しない社会を目指す。復興財源については、原子力発電の発電電力量への課税や一般財源を含め必要な額を措置することを検討する」

としていた。しかしその公約では、脱原発綱領に同意して再生可能エネルギー推進会議の推薦を受けた候補者には勝てない……そんな事情があった。

こうした動きに対し、

「いいじゃないですか。ようやく衆参ダブル選を前にして、候補者の発言がどれも民意に近づいてきた。全員が『脱原発』……来る者は拒まず、去る者は追わず、ですよ」

と、大泉は淡々と述べたのだった。

（44）

このとき裏では、「電力モンスター・システム」がフル稼働していた。

日本電力連盟が作成した「ご説明資料」という、作成日時も作成名義人の記載もないA４判のパワーポイント資料には、次のように記されていた。

○（望ましい表現）：脱原発依存、電源のベストミックス、バランスの取れたエネルギー供給構造の構築、電力自由化と原子力との両立
△（ギリギリの表現）：脱原発、卒原発、電力自由化
▲（極力避けていただきたい表現）：原発ゼロ、全基廃炉、発送電分離
×（絶対に避けていただきたい表現）：即ゼロ、全基即廃炉、所有権分離

この資料を使い小島は、精力的に中間的な候補者のもとへ、与野党問わず走り回った。

「とにかく、即ゼロとだけはいわないでください。そうすれば、資金面、人手ともに、私たちのグループで何とか面倒をみさせていただきます。脱原発、卒原発とは発言いただいて構いません。当選後に、徐々に『私が公約した脱原発は、即ゼロという極端な話ではなく、中長期的な話。現実的には即ゼロは国民負担が大きいことが心配』と軌道修正していただければ、それで結構ですから」

と、小島は振り付けていった。

「私たちのグループ」とは、日本電力連盟を頂点とし各電力会社の取引先を末端とする企業グループの存在を、暗に指している。

地域独占を認められた電力会社が物品の調達先や役務の発注先といった取引先に、市場価格の二割増しの単価で発注する。その超過利潤（レント）の二割のうち五分を、電力会社を頂点とする取引先の繁栄を維持する預託金として、取引先のファミリー企業を組織化した任意団体に預託する。

さらにそこから、業界全体の繁栄を維持するための共通の預託金として、各任意団体に預託されているカネの二割が、同じく任意団体である日本電力連盟に再預託される……。

任意団体は、財務諸表を開示する義務は一切ない。預託金の使途は、各社の総務部長や日本電力連盟が一元的に差配し、パーティー券など政界工作資金の領収書だけが、任意団体の会員企業に送りつけられてくることになる。

電力業界が外部に発注する金額の総額は年間五兆円もあり、単純計算しても、自由になるカネが、業界全体で二〇〇〇億円もあるのだ。汲《く》み出しても汲み出しても尽きることのない、泉のようなものであった。

人手の面でも同じだった。全国の送配電網を維持管理するための人員や電気料金の検針をする部隊は、電力会社および外注先を含め、全国津々浦々、全選挙区に分散している。もちろん電力ファミリーの任意団体の会員企業だ。一声かければ、告示日の午前中に、すべての選挙用ポスター掲示板に候補者のポスターを貼ることが可能だ。

日本電力連盟常務理事の小島が中間的な立場の候補者を回って発言ぶりを振り付けている一方、各地域の電力会社の広報部は、各候補者の選挙公報のみならず、政見放送、立会演説会、さらには街頭演説、そして応援に駆け付けた者の演説まで、その内容をみっちりチェックしていた。

表面上は選挙応援の動員ということで候補者に恩を売りつつ、実際にはボイスレコーダーに演説内容を録音し、徹底的に原子力関連の発言をチェックしていた。問題があれば、できるだけ早く、普通はその日のうちに、各候補者の選対本部長に怒鳴り込みの電話を入れる。候補者本人を交えた当日夜中の反省会で電力側のクレームを伝え、翌日以降の演説内容を補正させなければならない。

クレームの基準は、日本電力連盟作成の「ご説明資料」の記号と対応している。候補者自身の発言が▲はイエローカード、×はレッドカード、応援弁士の発言は▲、×ともイエローカードだ。応援弁士の発言は、候補者本人の発言ではないと言い逃れできるから、多少は基準が甘い。

そして、▲や×が発せられた時点で、当日中に、支店長から選挙対策本部長へ電話を入れる。

「あの原発ゼロ発言は、イエローカードですよ。わざわざ原発ゼロなんていわなくても、脱原発でいいじゃないですか。次にあんな発言があったら、応援部隊の活動を停止しますよ。当選後は、当然、『あの原発ゼロ発言は、中長期的な原発ゼロで、即ゼロではない』って、軌道修正してもらいますからね」

「いくら応援演説だからといって『即ゼロ』はまずいでしょ。知名度がある幼馴染《おさななじみ》だからっていって、ロックミュージシャンなんか呼ぶから、こんなヘマをするんです。もう二度と選挙区に入れないでくださいね。イエローカード二枚で退場ですからね」

こんなクレームが、毎夜毎夜、各選挙区で繰り広げられた。


×発言が確認された候補者は、日本国の政界から排除すべき候補者であった。排除すべき候補者に対して、非道ではあるが、最も効果的な伝統的手法は、怪文書である。跡を残さないためにも、怪文書の内容は電力とは関係ないほうがいい。

「息子が覚醒剤中毒で二度逮捕されている。議員としての資質を疑う」

「支援者の妻と不倫して、妊娠中絶させた。議員としての資質を疑う」

「酒癖が悪く、泥酔して秘書を殴って全治一ヵ月の重傷を負わせた。議員としての資質を問う」

「度重なる選挙で億を超える借金をしており、返済の目途《めど》が立たない。政界を引退すると、借金取りが押し寄せるので、選挙に出馬せざるを得ない」

「現在の妻とは三度目の結婚で、過去二回離婚歴がある。それぞれ子どももできたが、養育費の支払いも滞っていて、父親としての養育責任を果たしていない」

まったく根も葉もない創作を一〇パターンくらい用意して、ヒット&アウェイで、ささっと選挙区のポストにばら撒《ま》く。あとは知らんぷりしていればいい。相手候補は警察に告発するが、捜査はまず行われないし、一気に配布するので、頒布者《はんぷしゃ》が捕まることもない。


ナガサキでは、衆院選に鞍替《くらが》えした元参議院議員の民自党候補者が、街頭で大声を上げて演説をしていた。三年前の参院選落選直後には、日本電力連盟の小島常務理事が訪問し、筑紫女子大学の客員教授というポストをあてがっていた。今回は、再生可能エネルギー推進会議の脱原発綱領に同意して、その推薦《すいせん》を受けていた。

「いいですか、このナガサキは、ヒロシマと並んで世界に二つしかない被爆地なんです。そして、我が国も、フクシマ、新崎と、二度の原発事故を経験しました。そして、このナガサキは、仙内、厳海からそれぞれ一〇〇キロしか離れていないんです。

被爆地ナガサキが原発容認なんてあり得るんですか？　絶対にあり得ません。私は断固として、脱原発を、このナガサキの地から訴えてまいります。そして当選した暁《あかつき》には、国政で、その実現を目指して邁進してまいります」
△（ギリギリの表現）で収めている。

「こいつに寄付講座の客員教授をあてがってやって、やっぱりお買い得だった」
と、筑紫電力から報告を受けた小島は、ニヤリと微笑んでいた。

（45）

選挙一週間前の世論調査が各紙で発表された。幅はあるものの、共産党の得票予想は大幅に低下し、通常のコアな共産党支持者によって獲得できる議席数のレベルに落ち着いた。

他方、保守党は、「原子力発電の発電電力量への課税を復興財源とする」という公約について、野党から「事実上の原発の運転保証だ」と執拗に攻撃されたが、「復興財源は『一般財源も含め』としており、原発政策と復興財源とは必然的にリンクしない。原発に依存しない社会の実現のスピードは民意を尊重する。民意を尊重した結果として一般財源が復興財源になることもあり得る」と、苦しい釈明をしていた。

特筆すべきは、エネルギー政策を投票先として重視する有権者が、新崎事故前は一割だったのが、事故後は五割に跳ね上がっていることだ。よって、エネルギー政策を投票先として重視する五割の有権者、特に支持政党なしの浮動票の受け皿とはなりえず、保守党は大苦戦していた。

しかし保守党に対しては、電力関係者のみならず、復興特需に沸くゼネコン、保守党の伝統的な支持基盤である農協と医師会がフル稼働していた。加部政権では、カベノミクスの三本目の矢として「規制改革」のポーズを示しつつ、中途半端な改革に終始し、農協と医師会の岩盤規制のコアの部分は守り抜かれていた。こうした岩盤規制で守られる利権を死守する支持層も手堅くまとめていった。

公命党も宗教団体のコアな支持層とフレンド票を手堅くまとめた。

世論調査の結果全体は、各社バラツキはあるものの、総じて保守党は、かろうじて第一党の地位を確保するかどうかも微妙で大幅に過半数割れ、公命党と合わせても過半数には届かず、再生可能エネルギー推進会議の脱原発綱領に同意する政党で過半数を確保、安定多数に届く勢い、というものだった。


世論調査の結果に、保守党の候補者は浮足立った。とにかくエネルギー政策で投票先を選択するという有権者が五割に達しているのだから、そこで差が付かないようにする必要があった。

一九九〇年代の日本で細川護熙《ほそかわもりひろ》首班による連立政権が誕生したとき、議員たちが自民党から続々と新生党に流れていった。選挙後、脱原発綱領に同意する政党で政権が組織されたら、自分たちも同様に保守党を離脱し、政権与党に参加できるようにしておかなければならない。

電力会社との関係では「脱原発」という表現は許されることになっている。選挙ポスターに「脱原発にYES。再エネ推進会議の綱領に賛成します」というシールを自主的に貼る保守党候補者が次々に現れた。

そうなると、通常の有権者から見れば、どの候補も脱原発では差はなく、相対的に、ゼネコン、医師会、農協といったコアな支持基盤を持つ保守党候補が浮上してくる選挙区も多くなった。選挙用掲示板のポスターに一斉にシールを貼る組織力を誰が提供したか、少し考えればおのずと推測が付くところではあったが、選挙戦の狂騒のなか、それを詰めて考える者はいなかった。

さらに、選挙三日前に、保守系の新聞の一面に大きく見出しが躍った。

「大泉元総理、脱税で立件へ」

記事によれば、大泉元総理が講演料収入の一部、そして提供された宿泊や飲食について、課税を逃れる目的で申告していないことが発覚し、国税当局が地検への告発に向けて検討中、とのことだった。

――国税の毒牙《どくが》だ。

実際には単純な申告漏れだった。北海道の田舎の村にできた再生可能エネルギー推進のNPOが、大泉政権時代の幹事長だった岡部に頼んで、大泉に講演を依頼していた。

大泉は、NPO側に、

「講演料、俺はいらないから、再生可能エネルギー推進会議に寄付してくれ。あとは任せる」

とだけ伝えていたが、NPO側が寄付した一〇〇〇万円の取扱いを再生可能エネルギー推進会議事務局と大泉の秘書が相談して、うち半分の五〇〇万円を大泉の事務所の経費に充《あ》てるべく流した……そのカネが、大泉の個人の所得と国税当局に認識されたという……。

明らかな選挙妨害である。国税当局が誰から圧力を受けてこうしたリークをしたかは、少し考えればわかることだ。しかし、これも選挙戦の狂騒にまぎれて、その圧力の源を探る動きは起こらなかった。

大泉は、

「報道は選挙に不当な影響を与えるものであり誠に遺憾《いかん》。今後、国税の調査に全面的に協力し、必要な修正申告を行う」

とのコメントを発表したが、一面の脱税の報道に比べると、紙幅はごくわずかであった。

（46）

天下分け目の天王山の選挙の結果が明らかになった。

衆議院定数四七五のうち、各党の獲得議席数は、保守党一八三、公命党二九、民自党一五三、改新の党四九、おいらの党三一、共産党一二、生活党七、前世代の党五、社会党四、無所属二となった。参議院もほぼ同様の選挙結果を示していた。

開票速報がスタートした午後八時の時点で、テレビ各社は、

「脱原発連合で過半数確保、連立政権樹立へ」

とのテロップを流していた。

さすがに新崎原発事故の影響は大きく、脱原発の勢力が分散されたこともあり、保守党はかろうじて第一党の地位は守ったものの、大きく議席を減らす結果となった。選挙直前に保守党候補者が行った「脱原発シール」貼りや「大泉脱税報道」がなければ、第一党の地位を民自党に譲り

渡す可能性もあったところだが、かろうじてその命脈を保ったのだ。

午後一一時の時点で大勢が判明したところで、各党の記者会見が始まった。大泉は政党の候補者ではなかったが、再生可能エネルギー推進会議事務局で、記者会見に応じた。

「まぁ、選挙結果は、日本国民の健全性を示したんじゃないんですか。フクシマ、新崎と、二度の事故を起こして、これはマズイと、綱領に同意してくれた政党のみならず、最後は、保守党や前世代の党の候補者まで続々と自主的に綱領に同意してくれたでしょ。ようやくこれで、原子力利権の呪縛《じゅばく》から、日本国民が解放されるんです」

「首班指名は、もちろん大泉元総理だ、という声が上がっていますが？」

と、記者が問うた。しかし、大泉は、

「いやいや、それはないよ。老兵が色気を見せてはダメだ。神輿《みこし》に乗るようなことはしないよ。脱原発連合で過半数をとったところで、オレの役目は終わりだ」

そう固辞する姿勢を示した。


異変が起こったのは、改新の党の記者会見だった。

記者から所感を問われた越本代表は、

「選挙結果は選挙結果として受け止めます。脱原発が国民のみなさんに支持されたのは明らかですから、今後話し合いの結果どういう政権ができようが、脱原発の方向に進んでいくことは間違いないいんじゃないかと思います」

と述べた。

「改新の党としては脱原発綱領に同意されているわけですが、脱原発連合による連立政権に参加するかどうかは、今後の話し合いの結果次第ということでしょうか?」

そう記者が尋ねる。

「もちろん、ベースとしては、綱領に同意した政党間でまず話し合いを始めるということでしょうけれどね。ただ改新の党としては、エネルギー政策だけを争点として有権者に訴えてきたわけではありませんから、改新の党の主張が政策として最大限に受け容れられる、そうしたベストの枠組みづくりを模索していきたいと思います」

脱原発連合にとって、越本率いる改新の党は、「トロイの木馬」であった。この開票速報の記者会見の瞬間を見定めていたかのように、選挙後の連立政権のキャスティングボートを、改新の党の越本代表が握った。


日本国憲法第五四条第一項には、衆議院議員の総選挙の日から三〇日以内に国会を召集しなければならない、と規定されている。すなわち、総選挙から三〇日間は、各党のあいだで政権の枠組みについて合従連衡《がっしょうれんこう》を画策することができるのである。

一九七〇年代の日本における自由民主党内のいわゆる四〇日抗争では、衆院選敗北の責任の取り方について党内で意見が分かれ、特別国会が召集されても首班指名ができないという異常事態が生じた。今回の事態は、党派を超えた形で、四〇日抗争と同様の様相を呈してきた。

越本代表は、連立協議のなかで、脱原発連合側に二点を要求した。

一点目は、自らを首班指名すること。

「だって、細川連立政権の例もあるじゃないですか。あのときは、第四党の党首が総理になったんですよ。私は第三党の代表ですから。労働組合の支援を受ける民自党が本当に国民に評価されていると思っているんですか？　ただの敵失で生まれた第二党ですよ」

これが越本の言い分だ。

二点目としては、脱原発について「中長期的に脱原発を確実なものとする」という表現を連立政権の合意文書に明記しろ、と強硬に主張した。

「もちろん、即ゼロが理想ですよ。でも、理想がすぐに実現できるとは限らない。私は、電気料金が急激に上がるとか、復興の費用が捻出できないといったことが心配なんです。よくよく検証するまでは、直ちにゼロとはいえない。ですから、中長期的という言葉は非常に重要なんですよ」

そう、ぶら下がり会見で述べる。

「選挙のときには『脱原発綱領に同意』と明言されていましたよね。脱原発を期待した有権者を裏切ったことにはならないんでしょうか？」

こう記者が突っ込むと、

「選挙は戦《いくさ》ですよ。戦に勝つためには、少々口当たりのいいこともいわなければならない。もちろん嘘はいけませんけどね。私たちの脱原発は、中長期的な脱原発なんです。裏切りということではまったくありません。中長期的には、私たちは必ず脱原発を実現します」

連立政権協議はほとんど頓挫《とんざ》しかけていた。第一点はともかく、第二点を呑むことは、脱原発連合の存在意義の否定につながるからだ。


国民の五割超が期待していた脱原発連立政権の樹立が難航していることに、国民は苛立《いらだ》った。

「まったくもって、有権者を裏切っていますよね！」

と、テレビ朝経のキャスターが興奮しながら、越本代表に詰め寄った。しかし、中継放送のため、いま一歩、迫力が伝わらない。

「そんなことありませんよ。改新の党には改新の党の優先順位がありますからね。やっぱり、改新の党のプライオリティは、結党以来の地方分権と難波府市統合なんですよ。どういう枠組みができたら難波府市統合を実現できるのか、そこをいま、慎重に見極めているところです。まだ、どっちに付くか決めているわけではありません。

有権者のみなさんだって、どうしても即ゼロにしたいのなら、ずーっと即ゼロを訴えてきた共産党に投票されればよかったんじゃないですか？　そこも含めて、ぜーんぶ有権者の選択なんですよ」


京都御所や京都迎賓館を擁する京都御苑の周りでは、決して広いとはいえない道に、ボルボ製の白い大型トレーラーが一〇台、グルグルと走行している。

トレーラーの横には、

「今上陛下、建武《けんむ》の新政、明治の御親政、に続く御親政を！」

「日本国を放射能で汚す賊臣《ぞくしん》、加部・越本に天誅《てんちゅう》！」

「天照大御神《あまてらすおおみかみ》世直し特別広報隊参上！　原子力利権にたかる官僚機構と政府、電力会社を解体せよ！」

などと書かれ、否《いや》が応《おう》でも衆目を惹《ひ》きつける異様な雰囲気だ。

テレビで中継こそされないものの、その異様な画像は、ツイッターやフェイスブックを通じて全国に拡散されていく。「いいね！」のアイコンが続々と押されていく。


脱原発連合の連立協議の裏で、改新の党代表の越本は、保守党幹部と密会を重ねていた。越本の要求は、①脱原発依存とかベストミックスといったあいまいな表現ではなく中長期的な脱原発を確約すること、②難波府市統合を実現すること、③その実現を確実にするために自らを総務大臣として入閣させること、であった。あとは、越本以外の改新の党の閣僚ポストの数だ。そこに調整は絞られていった。

越本の裏切りを察知した脱原発連合側も、あわてて公命党への工作を開始した。しかし、公命党からすれば、改新の党が抜けた脱原発連合は、公命党と共産党が参加しても合計二三六……過半数に一歩届いていなかった。

大泉ジュニアが必死で保守党当選者から若手を引き抜こうと画策し成果が上がるかにも見えた

が、公命党からすれば、宿敵である共産党と同じ船に乗る抵抗感もあり、わざわざ過半数確保が微妙な船に乗るインセンティブはなかった。

（47）

このころ内閣総務官室には、憤《いきどお》りを覚えた有権者から、続々と天皇陛下宛ての請願が届き始めた。天皇陛下への請願が請願法に基づき可能であること、請願をする場合には内閣総務官室に送付すべきことが淡々と書かれたメッセージがコピー&ペーストされ、大量にツイッターやフェイスブックで拡散されていたのだ。

メッセージの最初の出所は、勾留されていた原子力規制庁総務課付の西岡進だった。小菅《こすげ》に勾留中、ずっと六法全書をにらみながら、改めて確信した方法だ。

大学以来の親交を復活させた原子力規制庁原子力防災課長の守下靖が、そのメッセージを拡散させた。その指南役は、係長の東田達也。ページビューの多いアルファブロガーに発信してもらい、シャンパンタワーのグラスの頂点からシャンパンを流し落とすように、ネット住民の隅々にまで、メッセージは拡散していった。

非ネットユーザーへの対策として、守下は、付き合いのあるマスコミも焚《た》き付けた。高齢者はネットをあまり使わないが、時間はたっぷりとある。近所の図書館や喫茶店で一日中新聞各紙を読み比べる高齢者も多いのだ。脱原発の実現を編集方針とする新聞各紙は、相次いで報道した。

「天皇陛下への請願件数が激増　脱原発を願う国民の気持ち発露」とのタイトルで、天皇陛下への請願の宛先や請願法の規定を、脱原発系の全国紙が大きく報道した。

「天皇陛下、どうか原発利権に絡《から》め取られたこの日本の政治を救ってください。脱原発は国民の願いです。脱原発を願う国民が圧倒的多数という選挙結果が出たにもかかわらず、保守党中心の政権ができて、脱原発があいまいになるのは許せません。どうか、陛下御自身による御親政をお願いします。いきなり御親政はできなくても、タイの国土のように、民主制が機能不全に陥った際には、陛下によるご裁定をお願いします。国民は天皇陛下のご裁定を祈るような気持ちで待っています」

……請願はこういった内容が大多数を占めていた。しかし、多種多様のメッセージが寄せられたが、それらは決して定型文のコピー&ペーストではなく、それぞれの請願は、国民自身の言葉で綴《つづ》られていた。

内閣総務官室は、内容を見たうえで、淡々と請願を宮内庁に回付した。

日本の民主党政権が作成した「革新的エネルギー・環境戦略」のときに国民から寄せられたパブリックコメントの総数は八万九一二四件……これを上回る勢いで請願が寄せられた。それは明らかに、日本の間接民主制が民意を反映していないことに対する、国民の苛立ちであった。

その苛立ちを内閣総務官室の役人も共有していたといってよい。政府機関の移転で転居を余儀《よぎ》なくされた国家公務員はエネルギー政策に関心も高かったし、霞が関の役人を徹底的に敵視する改新の党代表の越本に対する警戒心も強かったからだ。

自分たち国家公務員上級職は、天皇にお仕えする官吏だったのだ。いくら戦後の民主制に移行したからといって、連立政権の内閣発足後、慰安婦制度に関して諸外国に誤解を与えるような発言をする下種《げす》な輩《やから》に仕えることなど、虫唾《むしず》が走る……。


侍従長から毎日、大量の請願が陛下自身のお手元に届けられた。新聞報道以降、請願の数が増え、毎日何千もの請願が届いた。

「……陛下、私どもの総務課員にまず読ませて、まとめて整理し、表の形でお届けいたしましょうか。他のご公務もあるなか、お疲れになられるとお体に障《さわ》ります る」

と、侍従長が気遣う。

「いけません。必ず我が国民の思いに直接、私が目を通すのです」

陛下のお言葉には鬼気迫るものがあった。

「はっ、承知いたしましたっ」

内閣総務官室から宮内庁に回付されてくる請願の分量は、一日で段ボール三箱分にも及ぶ。常識的にはとても読める量ではないが、陛下の真面目で実直なお人柄からして、本当に目を通される可能性があった。

侍従長はひたすら陛下の健康を心配した。過労と睡眠不足とが重なると、齢《よわい》八〇を越えたお体に響くはずだ……。

(48)

総選挙後三〇日目の八月二三日（火）に、ようやく特別国会が召集された。ギリギリ日本国憲法第五四条第一項を遵守《じゅんしゅ》した形となった。

衆議院の首班指名では、保守党、改新の党、公命党合わせて二六一票が保守党総裁の加部信造に投票され、総理大臣として選出された。参議院も同じであった。

国会法第六五条第二項の規定により、内閣総理大臣の指名は、衆議院議長が内閣を経由して天皇陛下に奏上する。その奏上のため、京都御所の清涼殿に現れた小吹衆議院議長に対し、今上陛下は頗《すこぶ》る不機嫌であられた。

「小吹議長、今回の首班指名は、選挙結果で示された民意を明らかに反映していませんね」

しかし、陛下のお声は平静だ。

「恐れ入ります……法律に基づく正当な手続きに則って、今回の指名は行われております」

小吹衆議院議長はそう答えるのが精一杯だった。

「しかし、選挙戦での有権者との約束ごとを、選挙後には守っていない輩がおるではないか？」

陛下は小吹の双眸《そうぼう》に見入られる。

「私といたしましても、個人的にも、一政治家としても、議会人としても、誠に遺憾《いかん》でありますす。しかし、そういう輩を当選させたのもまた、民意でありますす」

小吹衆議院議長としては、そう答えるしかない。紫宸殿《ししんでん》では、加部が親任式のリハーサルをしながら、小吹の奏上と陛下の御名御璽《ぎょめいぎょじ》が終わるのを待っている。

「小吹さん、このまま、この首班指名を認めたらどうなると思いますか？　フクシマの教訓に学ばずに、一度ならず二度までも原発事故を起こしてしまった……ヒロシマ、ナガサキを入れれば、四度の被曝です。こんな国は世界中どこにもありません。先人から受け継いだ美しい国土が、ここまで汚されているのですよ」

「はっ、はーっ」

小吹衆議院議長は平伏するばかりであった。

「加部さんは、最初の政権のときは『美しい国』という本まで書いたではありませんか。さすがにフクシマのあとには、もう美しい国とはいわないようになったようですが……保守党の保守の理念というのは、我が国の美しい国土や伝統文化を守る、ということではないのですか？　私は断じて、加部さんを任命しません。議長から持ち帰って、もう一度、国会で首班指名をやり直してください」

陛下のご決意はゆるぎないようであった。

「さすがに、陛下……日本国憲法下では、天皇の国事行為は、すべて内閣の助言と承認を必要とするとされておりまして、国政に関する権能は有しておりません。これは、日本国憲法第三条と第四条に記されております。これが天皇不親政の原則であります」

東大法学部から大蔵省に入り衆議院議長にまで上りつめた秀才の誉《ほま》れ高い小吹である。しかしその小吹でも、こんな平凡な回答しかできない。

「小吹さん、それは違いますよ。日本国憲法第四条には、正確には『天皇は、この憲法の定める国事に関する行為のみを行ひ、国政に関する権能を有しない』とあるのです。この憲法の定める国事に関する行為をしなければならない、とは書いていません」

陛下はたしなめるように続けられる。

「……しかもですよ、日本国憲法第六条では、『天皇は、国会の指名に基いて、内閣総理大臣を任命する』とだけ書いています。六条の行為は、内閣の助言と承認も書いていません」

天皇不親政の原則と巷間《こうかん》いわれてはいるが、あくまでそれは我が国の伝統として不親政の場合が多いということに鑑《かんが》み、「原則」と称しているに過ぎない。

日本国では、伝統的に平時は天皇不親政ではあるが、世が乱れたときには、世を立て直すために、例外的に天皇陛下に治政に登場していただく場合があるのだ。鎌倉幕府滅亡後の建武の新政、明治維新後の立憲君主制による御親政が過去にもあった。

現行の日本国憲法下においても、政治が機能不全を起こしたときに、例外的に天皇陛下による部分的な御親政が行われることが、実は想定されている。それは、日本国憲法の条文上、内閣の助言と承認によることを要しながらも、天皇陛下自身が国事行為を行うとされていることから明らかである。

陛下が国事行為を拒否されれば、国事行為は完成しない。すなわち、民主的なプロセスによって選出された内閣が国のあるべき姿から離れた異常事態には、日本国の象徴であり日本国民統合の象徴である天皇陛下自身がそれを補正する機能、少なくとも国事行為を拒否する権能が、現行憲法には備わっているのである。

また実際に昭和天皇が「国政」に関与された、とするのが元参議院議員の平野貞夫《ひらのさだお》氏である。氏の著書『昭和天皇の「極秘指令」』では、一九七五年一二月から始まった第七七通常国会で、ロッキード事件の表面化によって混乱する国会を衆議院議長の前尾繁三郎《まえおしげさぶろう》氏が収拾、その波に乗って昭和天皇の「指令」を体現し、核拡散防止条約の承認を実現させた、と書く。当時の平野氏は衆議院事務局に務め、前尾議長の秘書として仕えていた。

衆院議長は国会の会期が終了した直後、天皇に審議の経過や状況をご説明することになっている。これが、いわゆる「奏上《そうじょう》」だ。この場で、唯一の被爆国となった日本が核防条約を承認していない事実と、それが国際的な批判を受けていた状況をご心配された昭和天皇の「お気持ち」、それが前尾議長に伝わり、議長を動かしたというのだ。平野氏は、その本を、こう結ぶ。

〈日本の憲法がいう、いわゆる「象徴天皇」は、単にシンボルなどではなく、日本的な伝統や文化、そして民族の共生さらに統合と融合の象徴としての「霊性」を持った存在として捉えるべきであろう〉

こうして天皇陛下が総理大臣を任命されない事態が発生した。

急遽、京都御苑内の大宮御所《おおみやごしょ》に間借りをした宮内庁で、皇室会議が開催された。

皇室会議の議長は皇室典範第二九条により、内閣総理大臣たる議員が議長となると定められていた。首班指名がなされるまで、加部は引き続き内閣総理大臣である。そして、皇室典範第三三条第一項により、皇室会議は議長が招集するものとされている。

議員一〇名が集まるや否《いな》や、加部総理が口を開く。

「このたび、今上陛下が、憲法第六条に定める国事に関する行為を自らなされることができない状況となりましたので、急遽、皇室典範第一六条第二項の規定により、摂政《せっしょう》を置く旨の皇室会議の議決を求めるものであります」

すぐさま小吹衆議院議長が手を挙げた。

「加部総理、それはちょっと違うんじゃないか。皇室典範第一六条二項は、『精神若《も》しくは身体の重患又は重大な事故により』とある。いま私が陛下に直接お会いしてきたが、陛下は極めてお元気ですよ。陛下がお元気なのに摂政を置くなんて議案は、戦前であれば不敬罪だ」

小吹衆議院議長は元大蔵官僚で、法令の条文には精通している。大学受験や国家公務員試験の洗礼を受けたことのない四世の加部が、とても敵《かな》うはずがない。

「それに、皇室典範第三六条に、『議員は、自分の利害に特別の関係ある議事には、参与することができない』と書いてあるじゃないか。今回、内閣総理大臣の任命に関する国事行為が行われないことが問題となっているのだから、内閣総理大臣たる加部総理は参与できないはずじゃないんですか。

第三〇条第五項には、『内閣総理大臣たる議員の予備議員は、内閣法の規定により臨時に内閣総理大臣の職務を行う者として指定された国務大臣を以《もっ》て、これに充てる』とある。この臨時代理は阿曾《あそ》副総理兼財務大臣のことでしょ。阿曾さんが代わりに招集しなくちゃ」

今上陛下の意を受けた小吹衆議院議長の精一杯の抵抗である。加部の浅黒く皺の深い不健康な顔面は、みるみる蒼白になっていった。

うしろから、内閣法制局長官の上畑秀介が手を挙げて立ち上がった。

「恐れながら申し上げます。本日の議事は、あくまで摂政を置くという議事であります。摂政を置く理由は陛下のご体調でありますから、内閣総理大臣である加部議員の利害に特別の関係ある議事とは解しておりません」

「バカなことというなよ。実質的には、総理の任命に関して摂政が必要になっているのだから、関係あるだろう」

と、小吹衆議院議長が悪態を吐《つ》く。しかし、皇室会議はあくまで国の行政機関の一つであり、その有権的解釈権者は、衆議院議長ではなく、内閣法制局長官であった。

「それでは、予定通り、議事を開始します」

すっかり血色の戻った加部総理が議事を開始した。会議自体は五分で終了した。

……こうして天皇陛下の体調を理由に、皇太子殿下を急遽、摂政として置くことが、官房長官から発表された。

その日、予定よりも六時間遅れて、夜中、京都御所の紫宸殿で皇太子殿下が摂政として、天皇陛下のお名前で、加部を内閣総理大臣に任命した。そうして、保守党、改新の党、公命党の三党連立政権が、難産の末、発足したのだ。

終　章　東京ブラックアウト

福島民報（二〇一四年三月一二日・四面）

「震災／原発事故三年　伊吹衆院議長脱原発に言及　首相周辺不快感」

伊吹文明衆院議長は一一日、東京都内で開かれた政府主催の東日本大震災三周年追悼式の式辞でエネルギー政策に関し「将来の脱原発を見据えて議論を尽くしたい」と述べた。議長就任に伴い自民党会派を離脱しているが、「脱原発は無責任」（安倍晋三首相）との党の主張と一線を画した形だ。首相周辺から不快感が出ており、波紋を広げそうだ。

伊吹氏は東京電力福島第一原発事故を受け、長期の避難生活を余儀なくされている現状に触れた上で「電力を無尽蔵に使えるとの前提に立ったライフスタイルを見直し、反省し、省エネルギーの暮らしにかじを切らねばならない」と強調し、脱原発に言及した。

首相周辺は「追悼式は政治的な発言をする場ではない。どうかしている」と反発した。

＊＊＊＊＊

（49）

国立京都国際会館を借りて開催された特別国会で、組閣の後、本会議に続いて、予算委員会が開催された。予算委員会は、メインホールではなく、二階のルームAという会議室が用いられ、テレビ中継された。

加部総理がいつもの若干舌足《したた》らずな口調で答弁している。

「我が国は、先の大戦における二度の原子力爆弾による被害、そして近年のフクシマ、新崎と、二度にわたる原子力発電所の事故を経験しているわけでございます。そうした経験を踏まえて、二度とこういったことが起こらないように、我が国が得た教訓を、国際的に発信していかなければなりません。

世界的に見れば今後もエネルギーの需給が逼迫《ひっぱく》することが予想されるなか、世界が引き続き原子力発電に依存しなければならないのであれば、こうした国際的な発信とともに、被災した我々として、この原子力発電の利用に関して国際的な貢献をしていくことが必要であります。その国際的な貢献の一環として、世界中がその困難に直面している放射性廃棄物の中間貯蔵施設を、他国に代わり我が国が引き受けることを、ご提案させていただく次第であります」

加部の頬に珍しく血の気が差し、紅潮している。加部は自分の言葉に酔っているようにも見える。

「……これは、一面においては国際的な貢献であると同時に、もう一つの重要な側面としては、我が国において貴重となった外貨の獲得手段ともなるわけでございます。

ご承知の通り、先の新崎原発の事故後に、我が国から外国資本が流出し、円の価値も非常に下がっているわけであります。円安に、株安と債券安のトリプル安の苦境から経済的な復興をするべく、ぜひ、国際的な放射性廃棄物の中間貯蔵施設の引き受けをやらしていただきたい、このように考えておるところでございます」

「そんなことといったって、中間貯蔵といいながらずっと永遠に貯蔵させられることになるんとちゃうの？　加部総理」

と、今回復活した民自党の千額《せんがく》議員が噛みつく。越本代表の裏切りさえなければ、脱原発連合政権で官房長官になるはずだった。もともとは極左の弁護士だった千額も、落選期間中、物心ともに電力の恩義を受けていたため、「中長期的脱原発派」に改宗していた。

加部が自信満々に答える。脳内でドーパミンが大量に分泌《ぶんぴつ》されている。

「我が国はですね、きちんと相手国と、国際条約として約束するんですよ。高レベル放射性廃棄物の最終処分には絶対にコミットしない、あくまで、相手国で最終処分場が見つかるまでの中間貯蔵施設だということを約束するんです。そして、五〇年後までに最終処分場が見つけられない場合には、放射性廃棄物は相手国に返還する、との規定も置くんです」

千額はするどく切り返す。

「そんなことといったって、条約の原案には、五〇年後の期限到来前に両国が反対の意思表示をしない限り、更新される、という規定があるじゃないですか。五〇年ごと更新、五〇年ごと更新って、結局は永久的に、日本に世界中の放射性廃棄物が放置される、ってことじゃないんですか」

千額の指摘は正鵠《せいこく》を射ていた。ただ、加部総理は加部総理で、正しい読みを持っていた。日本人は、五〇年後の話であれば、後世の負担など気にもせず、懸案を先延ばしにしても目くじらを立てない、大らかな国民性であるという読みを……。

京都で特別国会が開催されているあいだ、二〇一六年リオデジャネイロオリンピックに併《あわ》せて、国際オリンピック委員会（ＩＯＣ）総会が開催されていた。ここで中国の理事から緊急の議題が提案された。二〇二〇年の東京オリンピックの取り消しを求めるものだ。

「これから科学的・計画的に除染を実施しますから、二〇二〇年の東京オリンピックは安全に実施できます。我が国にはフクシマの経験で培《つちか》った除染の技術があります。その技術で、放射能汚染は完全にコントロール下にあります」

と、松添都知事は得意のフランス語と英語を交《まじ》えながら、必死で反論していた。

「……私は、東京オリンピックの成功を日本の復興のシンボルにしたい。みなさん、ぜひ東京を、そして日本を助けてください。世界のスポーツの力で助けてください！」

最後は浪花節《なにわぶし》だった。しかし、オリンピック選手への健康の影響を心配するＩＯＣの委員からしてみれば、除染によってどの程度線量が低下するか、その科学的根拠が示されないことが不満だった。

結局、二〇二〇年の東京オリンピックの取り消しは九三対一の圧倒的多数で決定された。続いて、同じく中国の理事から、上海を東京の代わりの候補地とする提案がなされた。すると、九二対二の圧倒的多数で、上海がそのまま選出されてしまった。反対に一票加わったのは、委員に一人を出しているチャイニーズ・タイペイのおかげだ……。

日本が新崎原発事故で混乱するなか、中国がじっくりと各国に根回ししておいたのだ。

一九〇八年のオリンピックはローマが開催予定地であったが、イタリアのヴェスヴィオ山が噴火し、その被害がローマにも及んだことから、開催地が急遽ロンドンに変更された。この先例を引き合いに出し、近隣国である中国が日本の危機を助けたい、という絶妙の根回しだった。

（50）

東京は、昼間は除染のためのトラックやブルドーザーが行き来するも、夜はすっかり人気のない暗黒のエリアとなった。

月の光にかすかに照らされて、ザハ・ハディドがデザインした建設途上の新国立競技場と東京スカイツリーが不気味に聳《そび》えている。もちろん新国立競技場の建設は中止となっていた。

そこがかつて繁栄する日本国の首都だったことを忘れないようにするためか、東京タワーだけがオレンジ色にライトアップされている。この灯《あか》りがあるだけでも、少しは防犯対策になっているらしい。

　ＪＲ東海が社運をかけて着手したリニア中央新幹線の建設も中止となった。東京は既にもぬけの殻で、乗客は見込めない。

　しかし、火力発電を中心に、日本国内には電力が充分に供給されている。それにもかかわらず、放射能汚染がゆえに、東京の首都機能は麻痺し、暗黒が支配するブラックアウトの状態となっていた。

　それは、原発という、神ならぬ人類には制御《せいぎょ》不能のモンスターを生かし続けたゆえなのか……過去に目を閉ざす者は、現在に対しても盲目となる、ということだったのか。

　――新崎原発の事故から一〇年後、除染しても除染しても線量の減らない関東平野に、世界中の放射性廃棄物を貯蔵する施設が設置された。

　施設といいながらも、コスト削減のために建屋《たてや》は設けられず、野晒《のざら》しで、コンクリートキャスクがいくつもいくつも並んでいるだけ……首都高の高架下には、続々とキャスクが並べられていく。

　ちょうどそれは、新崎原発の事故によって急性放射性障害やその後の甲状腺がんなどで亡くなった者たちの墓標のようでもあった。

　一応、名目的には最終処分場ではなく、最終処分するまでの間の中間貯蔵施設ということにはなっているが、世界の原子力発電所の放射性廃棄物の最終処分場を、事実上、一手に引き受けている……そんな三流国として生きていくしか、日本に道は残されていなかったのだ。

日本国内の残りの原発も、引き続き次の事故を目指して稼働していた。

日村は経済産業事務次官を経て、近畿電力の代表取締役副社長に天下っていた。

小島は関東電力の会長に収まっていた。

赤沢は加部のあとを継いで総理を務め、その後、政界を引退していた。

守下は出世コースから大きく外れ、定年間際のスタッフ職として、原子力発電の検査官を務めていた。

家が朽ち果ててもシロアリは生き残る。日本が放射能汚染にまみれても、電力マネーに群がる政治家や官僚は生き残る……。

二度の原発事故を起こしても原発推進は止まらない。それが「電力モンスター・システム」の復元力だった。

＊＊＊＊＊

今上陛下への請願の送付先

〒一〇〇‐八九六八　東京都千代田区永田町一‐六‐一　内閣官房内閣総務官室

著者略歴

若杉 洌（わかすぎ・れつ）

東京大学法学部卒業。

国家公務員Ⅰ種試験合格。

現在、霞が関の省庁に勤務。

著書に、ベストセラーになった

『原発ホワイトアウト』がある。

東京《とうきょう》ブラックアウト

二〇一四年一二月四日　第一刷発行

著者——若杉《わかすぎ》 洌《れつ》

カバー写真——ゲッティイメージズ

装幀——多田和博

発行者——鈴木 哲　**発行所**——株式会社講談社

東京都文京区音羽二丁目一二-二一　郵便番号一一二-八〇〇一

電話　編集 〇三-五三九五-三五三二　販売 〇三-五三九五-三六二二　業務 〇三-五三九五-三六一五

印刷所——慶昌堂印刷株式会社　**製本所**——黒柳製本株式会社

落丁本・乱丁本は購入書店名を明記のうえ、小社業務部あてにお送りください。送料小社負担にてお取り替えいたします。

なお、この本の内容についてのお問い合わせは、生活文化第三出版部あてにお願いいたします。

ISBN978-4-06-219341-2

定価はカバーに表示してあります。